朝と夕の犯罪

神倉駅前交番　狩野雷太の推理

角川文庫
24312

目次

第一部　朝と夕

大事なのは誰から生まれたかじゃなく、
誰といっしょに飯を食ったかだ

セルバンテス『ドン・キホーテ』

1

黄色は「進め」だ。
それが〝お父さん〟からはじめて教わったことだった。
赤は止まれ。青は進め。黄色は全速力で突っ込め！

2

ビーッ。鋭いクラクションを響かせて、車が目の前すれすれを通過していった。風圧でネルシャツの裾《すそ》がはためき、ドアをこすったのではないかと思ったほどだった。横断歩道の向こうに見える信号は赤だ。目に入った青年に気を取られ、注意がおろそかになっていた。一歩下がったアサヒの前を、色も形もさまざまな車がひっきりなしに流れていく。大学の最寄り駅のロータリーはいつも交通量が多い。
普段は長すぎると感じる待ち時間が、今は長いのか短いのかわからなかった。車道の信号が黄色になって赤になり、車の列が停まる。横断歩道の縞《しま》が向こうの端まですっかりあらわになる。青になった信号の下に立っている青年の姿が、再び視界に現れた。ずたずたのジーンズとナイキのごついスニーカー。金に近い色の髪に、いくつものピアス。ワンショルダーのバックパックを背負っている。

その青年をアサヒは知っていた。もう長い間、顔を見ていなかったが、ひと目でそうと気がついた。向こうもこちらに気づいているのかどうかはわからない。見覚えがあるような、というところだろうか。アサヒが彼を見つめているように、彼もアサヒを見つめているが、ほとんど無表情だ。

駅へ向かう学生や会社員に交じって、青年が足を踏み出した。アサヒはわずかに遅れ、駅から吐き出された群れに包まれて歩き出す。アサヒと彼とは互いを見つめたまま近づいていき、双方あと三歩ですれ違うというところで、急に彼がニカッと笑顔を見せた。二重まぶたの明るい瞳《ひとみ》に、やんちゃな少年の面影が表れる。いたずらが成功したとき、ユウヒはいつもこんな顔をした。

「なんだ、そっちも気づいてたのか」

「ひと目でわかったよ。兄ちゃん、変わってないな」

「おまえは……」

秋晴れの空をバックに輝く金髪を見上げる。会わないうちに身長を抜かれてしまった。

「いや、おまえも変わってないか。だからわかったんだ」

「急いでる？」

ユウヒが信号に目をやって尋ねた。そうでもないとアサヒは答えた。講義まではまだ時間があるし、間に合わなくてもべつにかまわない。ユウヒが引き返す形で、ふたり連れ立って横断歩道を渡った。ロータリーの中心にはちょっとした広場があり、待ち合わせスポットになっている。

「なんで歩行者用の信号には黄色がないんだろうな」

点滅する青信号を見てユウヒが言う。その横顔をアサヒはちらりと見たが、他意はないようだ。

「いくつになった」

「えー、たったひとりの弟の歳、忘れる？」

「正確には知らないから」

「冗談だって。十九。誕生日は結局わかんなくて、八月一日ってことになった。兄ちゃんは二十歳だよな。大学生？」

「政経学部の二年」

「かっけー。頭よかったし、真面目だったもんな」

「おまえは？」

「ラーメン屋のバイト店員。高校のときから続けてんだ」

進学はしていないのか。高校は卒業したのか。突っ込んで尋ねるのははばかられた。

「今日もこれからバイトなんだ」

「このへんなのか？」

「いや、神倉《かみくら》。今日は友達に会いに来てたんだ。美容専門学校行ってて、この近くに住んでんの。でもまさか兄ちゃんに会うなんてなあ。東京に住んでんの？」

「ああ、世田谷《せたがや》に」

『ああ、世田谷に』

　ユウヒはアサヒの口まねをして、頭のてっぺんから足の爪先《つまさき》までじろじろと眺めた。特徴のない黒い髪や、地味なTシャツとネルシャツや、無難なメッセンジャーバッグを。

「東京住みのわりには垢抜《あかぬ》けてなくない？」

「ほっとけ」

「そうだ、連絡先、交換しようよ」

　言いながら、ユウヒはもうパーカのポケットから携帯電話を取り出している。アサヒもバッグから携帯電話を取り出した。

「あ、兄ちゃんもフツーのケータイなんだ。iPhone4Sとかスマホとか気になるけど値段がなあ」

　最新機器に興味はなかったが、「だな」と話を合わせた。経済事情については進路のことより訊《き》きにくい。

　考えてみれば十年ぶりの再会だった。横断歩道を挟んで偶然に互いを見つけ、それから五分たらずでこうしていつでも連絡を取り合えるようになったのだと思うと、とても奇妙な感じがした。

「いろいろ話したいけど、バイトだから行くわ。改めて会おうよ」

「ああ」

「なるべく早くな。メールする」

じゃあなと別れて歩き出したとたん、背後から「兄ちゃん」と呼びかけられた。振り返ると、ユウヒは後ろ歩きで横断歩道を渡りながら、いっ、と口を横に広げて歯を見せた。

「いいじゃん」

アサヒは行儀よく並んだ自分の歯列を舌でなぞった。

3

「その歯、きれいにしましょうね」

アサヒを引き取って家に連れ帰る車のなかで、母は言った。助手席に座った彼女は、乗り込んでからずっと前方か窓の外に顔を向けていたので、後部座席のアサヒには、白い耳たぶの下で揺れるピアスしか見えなかった。透明な宝石はダイヤモンドだろうと思ったが、そもそもアサヒは他に宝石の種類を知らない。揺れるダイヤモンドのピアスが、記憶にある最初の母親の姿になった。その前に児童相談所で対面したはずなのだが、何も覚えていない。

「それなら任せてくれ。パパは歯医者さんだから。矯正は早いほうがいい」

ハンドルを握る男がルームミラー越しにアサヒを見た。パパという言葉に対する反応をうかがったのだと、そのときにはわからなかった。アサヒが黙っているのをどう受け取ったのか、新しい父親はぴかぴかの眼鏡の奥で目を細め、「僕のことは好きなように呼んでね」と優しく言った。アサヒははっとして、急いで「はい」と答えた。

「そんなにかしこまらなくていいんだよ」

「かしこまる、なんてわからないわよ」

言葉の意味はなんとなく知っていたが、黙っておいた。〝お父さん〟がよくラジオを聴いていたから知っている、とは言うべきでない気がした。

これから暮らす家は、東京の世田谷という地域にあり、〈こづか歯科〉と看板のかかった煉瓦色《れんがいろ》の建物の後ろに建っていた。医院よりもずっと新しそうな二階建ての白い家で、広いバルコニーと芝生の庭と車二台分のガレージがある。ガレージを寝床にしているのはBMWとフォルクスワーゲン、お父さん流に言えば「金持ちの乗るガイシャ」だ。

「金持ちの家」に「金持ちの庭」に「金持ちのワン公」。

小塚《こづか》家ではオスのトイプードルを飼っていた。焦茶色だからココアと名づけられたそいつは、新参者の人間の子どもが家のなかで何番目の地位にあるのかを見極めようとしていた。

いちばん偉いのは五歳の彩《あや》だ。それまで小塚夫妻のひとり娘だった彩は、突然登場した兄に反発した。だからココアも歯をむいてうなっていた。けれど三十分もしないうちに彩は敏感に察知した。この子にパパとママをとられる心配はないと。

兄を受け入れたとまでは言わないにしろ、彩がアサヒにあからさまな敵意を示すのをやめたことで、両親はほっとしたようだ。家族が増えたお祝いだと言って、父はホールケーキを買ってきて、とっておきだというワインを開けた。ココアのためのケーキもあった。アサヒはケーキを貪《むさぼ》るように食べ、口や手やテーブルや床までをもクリームでべたべたにした。

「飲みすぎよ、パパ。明日《あした》も仕事でしょ。しっかり働いてもらわないと」

「はーい。彩ぁ、ママに叱られちゃったよ」

父は七歳下の母に頭が上がらないように見える。でも、ひと切れのケーキと一杯のワインをおなかに収める間に、母は「ありがとう」と「おいしい」を数えきれないほど連呼した。食器を片付けたあとにも、またありがとうと告げた。

「なんだよ、大げさだなあ。そうだ、日曜日は家族みんなでどこかに出かけよう。ディズニーシーなんてどうだ。オープンしたら行きたいって言ってたろ。ママとアサヒと彩とで相談しといて。それから歯の矯正の話だけど、なるべく早いほうがいいから、知り合いの矯正医に話してみるよ」

「そうよね、お願い」

車のなかで自分をパパと呼んだときと同じく、新しい息子を呼び捨てにしたときにも、父はアサヒの反応をうかがっていた。アサヒはケーキの残りがしまわれた冷蔵庫を未練がましく見ていたが、彼の視線と、それに母の緊張した視線も、はっきりと感じた。

その夜、生まれてはじめて与えられた自分の部屋に向かって階段を上る前に、アサヒは両親に告げた。

「おやすみなさい……パパ、ママ」

慣れない呼称は、口に入れたものの大きすぎた飴《あめ》のようだった。

足元を嗅《か》ぎまわっていたココアが、すいと離れていった。

4

あのケーキを食べていたとき、母がどんな顔で自分を見ていたか、今ならありありと想像することができる。かつてお父さんの妻だった彼女は、生まれたばかりのアサヒを置いて出ていったと聞いていた。とっくに縁を切ったはずが、十年もたって戻ってきた息子。二十二歳の自分から送りつけられた荷物。アサヒにウェットティッシュを差し出しながら、母は思ったかもしれない。夢なら覚めて、と。

「きれいに食うなあ」

ちゃぶ台を挟んで畳にあぐらをかいたユウヒが、惣菜《そうざい》のからあげを箸《はし》でつまんだまま、まじまじとアサヒを見て言った。

神倉市内にあるユウヒのアパートだ。高校を卒業してからひとり暮らしをしているとのことで、気兼ねなく話せるからと誘われ、ユウヒのバイト先の定休日に訪ねてきた。アサヒのほうは夕方まで大学だったので、それから神倉まで足を運ぶのは億劫《おっくう》な気もしたが、それよりも現在のユウヒの生活を見てみたいという思いのほうが勝った。

神倉に来たのは人生で二度目だ。小京都と呼ばれる古い町は観光地としても人気だが、にぎやかなのは駅前の通りや有名な寺社など一部の場所だけで、ユウヒの住まいは生活のにおいがするありふれた住宅地のなかにあった。黄葉を待つイチョウが黄昏《たそがれ》の空を彩っていて、ぎんなんのにおいが充満している。

アパートは木造らしく、さびだらけの階段がむき出しになった二階建てで、各戸のドアの横に洗濯機が並んでいた。ユウヒの部屋は一階の端で、六畳の和室にキッチンとユニットバスが付いている。片付いてはいなかったが、物が少ないせいで汚いというより殺風景だ。冷蔵庫や組み立て式のパイプベッドなど最低限のものしかなく、それらの色やスタイルには統一感がない。しょぼい部屋だけど風通しだけはいいんだとユウヒが言うとおり、あせた畳はさらりとしていた。

「食べ方はだいぶ直されたから」

言いながら、ユウヒが焼いてくれた餃子《ギョウザ》を口に運ぶ。バイト先のラーメン店で余ったのをもらって冷凍してあるのだそうだ。キッチンには包丁やまな板や炊飯器があって、簡単な料理はしているという。

　正直、ここへ来るまでは、すさんだ暮らしをしているんじゃないかと不安に思っていた。外見も派手だし、悪い仲間とつながって悪いことをしているかもしれないと。しかし、そんな雰囲気は感じられない。

「直されたって、今の親に？」

「そう」

　食卓につく姿勢、茶碗《ちゃわん》の持ち方、いっぺんに口に入れる量、文字どおり箸の上げ下ろしに至るまで、食事のたびに細かく注意された。一時は食べること自体を嫌いになりかけたくらいだ。

「へえ、ちゃんとしてる」

　それはまさに母がアサヒに望んだことだった。この子をちゃんとした子にする。ケーキを食べさせたとき、もしくは十年ぶりに会ってがたがたの黄ばんだ歯を見たときから、決意していたに違いない。

「うまいな、この餃子」

「だろ。うちの自慢なんだ。ラーメンもうまいから、今度食べにきてよ」

「高校のときからそこで働いてるって言ってたな」

「高二から。学校はときどきサボったけど、そっちは無遅刻無欠勤。性に合ってんだろうな。卒業して就職っていうのもぴんと来なかったし、うちみたいなバカ校出て就ける仕事なんてたかが知れてるし、だったら続けようと思って」

ユウヒは発泡酒の缶を手に取り、あ、という顔になった。もう空になったらしい。未成年のはずだが、缶から直接ごくごくと喉《のど》に流し込む様は慣れたものだ。

「兄ちゃんも二本目いくだろ」

「いや、俺はいいよ」

「酒弱い？」

「どうかな。あんまり飲む習慣がない」

「大学生って飲み会ざんまいじゃねえの？」

「人によるよ」

アサヒはそういう場が好きではないし、誘われることもほとんどない。

ユウヒは立ち上がってキッチンへ行き、二本目の発泡酒を飲みながら戻ってきた。ぷはっと息を吐き、手の甲で口元を拭《ぬぐ》う。

「で、何だっけ。ああ、就職の話か。それに就職したら時間がなくなるって聞くからさ。俺、児童養護施設の手伝いしてて、そっちに時間を割けなくなるのは嫌なんだよ」

「児童養護施設？」

「同じ市内にある〈ハレ〉ってとこ。俺も入ってたとこだよ。うちの父さんはそこの職員で、俺が高校に上がるタイミングで里親になったんだ。早くにヨメ亡くして独身なのに、子ども引き取るなんてよくやるよな。おまけに俺は厄介なガキで、職員時代からそこらじゅう頭下げて回らなきゃならなかったのに。いちばんやばかったのは、中学で先輩殴って鼻の骨折ったとき。ほんと物好きだよ」

自分とユウヒとのやりとりは、まるで波のようだと思う。アサヒの言葉はそろそろと引いていく波で、ユウヒの言葉ははじけるように打ち寄せる波。勢いもテンポも色も異なる。昔からそうだったが、これほどに違いが顕著だっただろうか。

「今さらだけど、何ていうんだ、おまえの名前」

「ああ、そうだよな。いろいろ調査したけど本当の名前はわかんないままで、結局、新しく戸籍を作ったんだ。今の俺は、マサチカユウヒ」

思わず手が止まった。

「……正近《まさちか》ユウヒ」

「そう、下はユウヒのまま。苗字《みょうじ》は〝お父さん〟のをもらった。漢字は今の父さんが考えてくれて、雄々しく飛ぶで雄飛《ゆうひ》。悪くないだろ」

正近雄飛。声に出さずに復唱してみる。

「兄ちゃんは？」

「コヅカアサヒ。小さいに貝塚の塚、旭川《あさひかわ》の旭《あさひ》」

「カイヅカ？」

「土へんに家みたいな」

「兄ちゃんもアサヒのままなんだな」

「俺は戸籍がそうだから」

「アサヒとユウヒのまんまだ」

うれしそうなユウヒに、そうだなとほほえみ返す代わりに、アサヒは餃子を口に運んだ。小塚家の食卓に出されるものに比べて味が濃い。母の考えでは、こういう味つけは素材本来のよさや料理におけるちょっとしたひと手間を台無しにしてしまう。

ふいに自分の境遇も話さなければという気持ちに駆られ、口を開いた。

「うちは父が歯科医で母は専業主婦、あと妹がいる」

「へえ、妹いくつ」

「十五、中三。それと犬を一匹飼ってる」

「『金持ちのワン公』？」

ユウヒがいたずらっぽい目つきになった。つられるようにアサヒもにやりとしたが、すぐに笑みを引っ込めた。お父さんの思い出を持ち出す弟の真意が読めない。何のわだかまりもなく、ただ素直に懐かしんでいるだけなのか。自分もそうしていいのか、笑っていいのか、わからない。

「俺はひとりっ子だよ。犬もいない。まあハレでチビたちに囲まれてると、父さんとふたりきりの家族って感じしないけど。兄ちゃん、何学部って言ってたっけ」

「……政経」

ユウヒに大学の話をするのは、後ろめたいような気がした。ましてアサヒが通う大学は、難関校に分類される私立だ。

「政経って何すんの。理系?」

「政治と経済。文系だよ」

　こづか歯科は彩が継げばいいと意思表示するための進路で、父も母も反対しなかった。

「そっか。なんか兄ちゃんの人生がうまくいってるみたいで安心したよ」

　うまくいってる。そのとおりだろう。

「恵まれてると思うよ。……おまえは?」

「まあ、普通じゃない? 中学のときに一回ハレを脱走したことがあるけど、戻ってよかったと思うし。……ただ」

　コン、と音を立ててユウヒが缶を置いた。

「今は問題がある」

　こちらを見つめるその顔は、アサヒの知らないものだった。屈託のない子どもの面影は消え、厳しい目をした青年がそこにいた。

　頭のなかに黄信号が灯《とも》った。小塚旭になってから何度も見た光。自分が岐路に立っていることを知らず、進むべきでない道に足を踏み入れようとしている場合に灯る光だ。

　黄色は止まれ。無視してしまったときは、いつも悪い結果が待っていた。たとえば両親の機嫌がひどく悪くなったり、教室で冷や汗をかく羽目になったり。

　話を聞かずに立ち去るべきだ。だが、アサヒはそうしなかった。ユウヒのまなざしがそれを許さなかったし、アサヒ自身がそうしたくなかったからだ。

弟を見返して言葉を待つ兄に、ユウヒはいくぶん表情をやわらげて「食後にコーヒーでも飲む？」と尋ねた。短い話ではないのだろう。もらうよとアサヒは答えた。ユウヒはキッチンに立ち、電気ケトルで湯を沸かし始める。インスタントらしい。

「コーヒー飲んだりするんだな」

「煙草やめてから、たまに」

「やめたのか」

吸っていたことは意外ではなかった。

「ハレのチビにくさいって言われちゃってさ。あそこじゃ一回も吸わなかったんだけど」

こちらに背を向けて手を動かしながら、ユウヒはちょっと言葉を切った。アサヒの頭のなかには依然として黄信号が灯っている。

「震災のとき、兄ちゃんの周りは大丈夫だった？」

「震災？　ああ、知り合いに死者が出たり、家が倒壊するようなことはなかったよ」

今年の三月十一日に発生した東日本大震災。急に話題が飛んだと思ったが、そうではなかった。

「よかったな。こっちはハレの建物がやられちゃってさ」

「えっ」

「倒壊まではいかなかったけど、壁の亀裂《きれつ》とか床の傾きとか雨漏りとか。もともと老朽化してたしな。それでも手当てしながら使ってたんだけど、夏に市の職員が調査に来て、安全性に問題があるから使用を中止すべきだって」

「中止したらどうなるんだ」

「とりあえず子どもらには県内の他の施設に分散して移ってもらった。でもどこも満杯だし、やっとなじんだばっかかって子もいたのに。泣いて嫌がるのとか柱にしがみついて動こうとしないのとか見ると、こっちもつらくてさ。ったく、雨漏りなんか今に始まったことじゃねえっての」

「戻ってこられないのか？」

「建物がどうにかなればな。砂糖とミルクは？」

「え、ああ、どっちもいらない……いや、やっぱりミルクだけくれ」

ブラックで飲むことが多いが、たまにミルクが欲しくなる。疲れているときや、緊張しているときに。

「やっぱ砂糖はだめ？　うちにあるのはスティックシュガーじゃなくて、料理用の砂糖だけど」

アサヒは黙って弟の背中を見つめた。声音はごく普通だが、どんな顔でそれを言っているのか。

「じゃあ、今は移転先を探してるのか」

「なかなか難しいよ。普通の家を見つけるみたいにはいかないからさ。元の建物を建て直すか大々的にリフォームできればいちばんなんだけど、それにはやっぱ金がかかるじゃん。児童養護施設って国と自治体からの措置費ってやつで運営されてんだけど、かつかつで修繕費まではとても手が回らない。補助金には条件が合わないし、寄付金集めもうまくいってない。融資も検討したけど、理事長はもう歳で、病気してるのもあって、借金してまで経営を続けたいとは思ってないんだ」

「大変なんだな」

「でも、俺はハレを存続させたい。父さんもそうだし、何よりも子どもたちがそれを望んでるんだから。問題は金なんだ。あと五百万あれば、理事長を説得できるかもしれない。いや、してみせる」

何と言ったらいいのかわからなかった。私立大の文系学部で四年間にかかる学費が、たしか四百万くらいだったはずだ。父が去年買い換えたばかりのBMWは六百万ちょっとだったか。

電気ケトルがぐつぐつ鳴って湯が沸いた。運ばれてきたマグカップはひとつだけで、金髪ピアスの男には似つかわしくないハローキティのイラスト付きだ。

顔を上げると、ユウヒの真剣な顔が目の前にあった。

「協力してよ」

コーヒーの香りが鼻腔《びこう》に届く。頭のなかの黄信号が激しく点滅している。

「……協力？」

「五百万を手に入れる」

「どうやって」

「俺の知り合いに金持ちの娘がいるんだ。その子を誘拐する」

目を逸《そ》らさず、まばたきもせずに、ユウヒは言った。

やっぱりだ。黄信号を無視したら、ろくなことにならない。

アサヒは唾《つば》を飲み、それから思い出してコーヒーを口に運んだ。舌を火傷《やけど》しそうになった。

「変わってないな、そういうとこ。おまえはよく真面目な顔でとんでもないこと言って、俺が慌てふためくのをおもしろがってたよな。得意げに『うっそー』ってばらすときの、あの憎たらしい態度といったら」

笑えていないのが自分でもわかる。兄のいじましい悪あがきを、ユウヒは冷静な目で見つめている。アサヒは熱さにかまわずコーヒーをがぶがぶ飲んだ。

「心配しなくても、本当の誘拐じゃない。誘拐する相手も了承済み、仲間なんだよ。狂言誘拐ってやつ」

「冗談なんだろ」

「違うよ。狂言だけど冗談じゃない。遊びでもない。その子の親に身代金を要求して、千五百万円を手に入れる」

「千五百万？　五百万じゃないのか」

「俺に五百万、誘拐される仲間に五百万、兄ちゃんに五百万」

ユウヒは落ち着いている。そして、決めている。

マグカップを傾けたが、もう空だった。

「おかわり、いる？」

「犯罪じゃないか。犯罪だぞ、それ」

「だから兄ちゃんに頼んでるんだ。兄ちゃんにしか頼めないから。友達も、父さんや他の職員も、ハレで一緒に暮らしてた仲間も、誰もこのことは知らない」

「ばかなことはやめろよ。何か他の方法を考えるんだ」

「他の方法って？」

即座に切り返されて言葉に詰まった。

「だけど……犯罪だぞ」

また同じことを口にしてしまう。

「うまくいくわけない。捕まるに決まってる」

「やりようだよ」

「もし、もしうまくいったとして、金の出どころをどう説明するんだ」

「説明なんか必要ないよ。金は『伊達直人《だてなおと》』として寄付する」

漫画『タイガーマスク』の主人公の名前で児童福祉関連施設などに寄付を行う、いわゆるタイガーマスク運動が、去年のクリスマスを皮切りに日本各地で報告されていることは、もちろんアサヒも知っている。

ユウヒは空のマグカップを持ってキッチンへ行った。

「俺さ、小学校四年生から学校に通い始めたんだ」

「……俺は五年生からだった」

それまでまともな教育を受けたことはなく、基本的な社会通念さえ教わらずに暮らしていた。いや、あれは暮らしと呼べるものではない。家もなく、けちな盗みを重ねて、かろうじて食いつなぐだけの日々。

ずっとあとになって知ったことだが、住民票があるのに乳幼児健診を受けていなかったり学校に通っていなかったりする子どもは、行政による調査の対象となる。しかし住民票というものは、その自治体に居住実態がないと判断されたら削除される。住民票がなければ調査の対象にはならない。その子どもは所在も生活実態も不明となり、消えてしまうのだ。

「勉強ができなくて、給食は犬食いで、泳げなくて、はやりのゲームやテレビも知らなくて、そりゃいじめの恰好《かっこう》の的《まと》になるよな」

おまえもか、という言葉を呑《の》み込む。自分の経験を語りたくはない。

「こっちも慣れない環境にいらいらしてて、ちょっとしたことで椅子を振り回したり牛乳をぶっかけたりしたから、お互いさまってとこもあるけど。いじめられて泣くタイプじゃなかったし、何かやられたら、たいてい体でやり返してた。俺、昔からけんかの才能はあったみたいなんだよな。おかげでそのうち誰も手出ししてこなくなったけど、やっぱ学校は敵ばっかって気分が抜けなくてさ。だけどハレにいるときは、楽しかったし安心していられたんだ。仲間もいたし、父さんみたいに信頼できる大人もいた。あのころ、もしハレを追い出されてたら、俺はどうなってたかわかんない」

ユウヒの声がしだいに熱を帯びていく。

「今、子どもらはよその施設に移ってるけど、そのまま追い出すようなことはしたくないんだ。ただでさえ親や社会からいろんなものを奪われてきた子たちから、これ以上、何も奪いたくないんだよ」

「よその施設でだって幸せに暮らせるかもしれないじゃないか」

「それならいいよ。でも、帰りたいのに帰る場所がないって状態にはしたくない」

アサヒは自分のバッグを引き寄せた。「できないよ」

ユウヒが振り返ったようだったが、アサヒは下を向いていたので確認することはできなかった。

「兄ちゃん」

「協力はできない。話も聞かなかったことにする」

立ち上がりかけたアサヒの前に、ユウヒは静かに二杯目のコーヒーを置いた。砂糖はなしで。

「砂糖がだめになった理由、ばらしちゃってもいい？」

協力を拒まれることを最初から予想していたような落ち着きぶりだった。アサヒははっと顔を上げた。ユウヒと目が合ったとたん、胸に芽生えた疑念がたちまち根を張って確信になる。

「最初から、脅して協力させるつもりだったのか」

「兄ちゃんが自分から協力するって言ってくれたら、そんな必要なかったんだけど」

「ロータリーで再会したのも偶然じゃなかったんだな。俺のことをすっかり調べた上で接触したんだ」

小塚旭という名前。世田谷の住まい。通っている大学と通学経路。おそらく素行や性格も。そして、こいつは使えると判断した。

「犬を飼ってるのは知らなかったよ」

中途半端な中腰のままで、アサヒはユウヒをにらみつけた。血のつながりはない、けれど血よりも濃いものでつながっていたはずの〝弟〟を。

5

「あの鳥居が見えるか」

お父さんの問いかけに、十歳と九歳の兄弟は同時に「見える」と答えた。

「どんなふうに見える。くっきりと？　色は？」

ユウヒがすぐに「黒っぽい」と答える傍らで、アサヒは闇に目を凝らす。さっきエンジンを切る前、車のデジタル時計は午前二時三十六分を示していた。辺りには人っ子ひとりおらず、物音ひとつしない。石段を上った先にある境内は、木がこんもりと繁っているせいでいっそう闇が濃い。昼間は赤い鳥居も、今はユウヒの言うとおり黒っぽく、夜に沈んでいるように見える。

「石の鳥居も木の鳥居も同じだ。夜はあんなふうに見えにくくなる。あれは神社の営業時間が終わって、神様も寝てるからなんだ。どんな店だって閉めるときにはライトを消すだろ。だから神様はこっちの姿を見てないし、罰だって当てられないってわけだ」

「じゃあ、張り紙に書いてあったのは嘘なの」

ユウヒが早くも安心した声で言う。会話の発端は、少し前に見た賽銭《さいせん》泥棒に対する警告文だった。朱色の荒々しい筆で「賽銭泥棒め、必ず罰が当たるぞ」と書かれていた。同じ主旨の張り紙は何度も目にしていたから、兄弟は「賽銭」も「泥棒」も「罰」も読むことができた。それまではべつに気にしていなかったユウヒだが、これほど強い言い回しははじめてだったせいか、急に怖くなったらしい。

「そうとも、あれは人間が勝手に書いてるんだ。そもそも神様は人を救ってくれるもんなんだから、俺たちみたいな貧乏人には金を恵んでくれるのが本当のはずだろ。さあ持っていきなさいってなもんだ」

「そっか、だまされるとこだった。張り紙書いたやつ、きったねえの」

「わかったら、さあ行くぞ」

年齢はひとつしか違わないが、アサヒは弟ほど単純ではなかった。でもお父さんの言葉に反論はせず、言われるままに車の後部ドアを開けた。

アサヒが物心つく前、お父さんが建設現場で働いていたときに中古で買ったという白のカローラ。最近、中古車販売店の前を通ったときに同じと思われる車を見かけたが、三十九万円の値札がフロントに掲げられていた。こいつはまだまだ走れるとお父さんは言うものの、走行距離は二十万キロを超えていて、ブレーキランプが片方つかない。全身傷だらけで、左のサイドミラーが特に重傷だ。窓枠のゴムが剝《は》がれて垂れ下がっているので、ドアを閉めるときには挟まないよう注意しなければならない。

ツィーと音を立ててお父さんが息を吸い込む。寒いときの癖だ。十二月の深夜はさすがに冷える。

アサヒは体に合わないジャンパーの襟元を片手でつかみ、隙間から冷気が入り込まないようガードした。大人用しか手に入れられなかったからしかたない。ユウヒのジャンパーは逆に少し窮屈らしく、この寒さでも前を開けている。お父さんに髪を切ってもらったばかりなので、余計に寒々しく見えた。若いころは理容師になりたかったこともあるというお父さんだが、いつもぎりぎりまで短くする上、毛先はがたがただ。

「ユウヒ」

チャックを閉めるよう仕種《しぐさ》で伝えると、ユウヒは両手をポケットに突っ込んで裾《すそ》をぱたぱたさせてみせた。

「壊れた」

布をかんでいるだけじゃないかと思ったが、アサヒが試してもやはりチャックはびくともしない。「な？」となぜだかユウヒは得意げだ。

お父さんが自分のマフラーを外してユウヒの首にかけた。「巻いとけ」

何年か前にパチンコ店で知らない人から「失敬してきた」というもので、暗い青と黒のストライプがしゃれているとお父さんは気に入っている。冬はいつもそれを巻いているので、スウェットの伸びた首まわりや、そこからのぞく下着が隠れて、他の季節よりもいくらかはまともな大人に見える。マフラーは手に入れたときから煙草臭く、今はさらに臭くなった。お父さんが一日一箱吸うマイルドセブンのにおいだ。

ユウヒはすぐにマフラーを取って返した。

「寒くないよ」

お父さんの手に押しつけるなり、路上に停めた車から離れて石段を駆け上っていく。あの勢いで動けば、たしかに寒くはないだろう。こけるなよと声をかけながら、マフラーを巻き直したお父さんが歩いてあとに続く。そのあとにアサヒも続く。

古い石段は一段の高さも幅もまちまちだった。傾いていたり欠けていたり、踏んでみると思いがけずぐらつくところも少なくない。アサヒはお父さんが足を置いたとおりに足を置き、あるいはその場所を避け、慎重に上っていった。絶対にお父さんより前には行かない。子どもがふたりとも前にいたら、もしも両方が転げ落ちたとき、お父さんの手が足りなくなるからだ。ユウヒだけならお父さんは間違いなく受け止めてくれるだろうし、自分も手助けできるかもしれない。

二段上を行くお父さんの背中はけっして大きくない。肩幅が狭く痩《や》せていて、もともと猫背気味なのに寒くて肩をすぼめているから、なおさら小さく見えるのだろう。他の人がそばに立っていると、意外に背が高いことにちょっと驚く。

「兄ちゃん、早く」

鳥居の下でこちらを向いてユウヒが呼んだ。白い息がくっきり見えた。呼んだものの兄が追いつくのを待てず、またひとりでぐんぐん上っていく。

「気をつけて」

この日はなんとなく嫌な予感がしていた。ジャンパーのチャックが壊れたときから。いや、その前にユウヒが珍しく賽銭泥棒への警告文を気にしたときから。

けれど何も起こらず、三人は境内に到着した。お社がひとつと手水舎《ちょうずや》があるだけの小さな神社だ。おっ、とうれしそうな声を出したお父さんが、急に足を速めてお社に近づき、誰かが供えたカップ酒を手に取った。すぐには開けず、ジャケットのポケットに突っ込んで、お社の正面に立つ。

「ほら、ユウヒもこっち」

呼ばれたユウヒは、境内にある大きな切り株のそばにしゃがんでいる。切られたのか倒れたのかは知らないが、もとは立派な木だったのだろう。そういう場所にはよく小銭が供えられていて、ユウヒはそれをせっせと集めているのだ。

「俺、もうやったよ。ふたりとも遅いんだもん」

「お、そうか」

アサヒはお父さんの隣に並んで立った。二拝二拍手一拝。ただし拍手の音は控えめに。ふたりの動作のタイミングは完璧《かんぺき》にそろう。

寺社では参拝しなくてはならないとお父さんは考えていて、息子にもそうさせる。そして小さな声で「3H、3H」と唱える。健康(health)、幸せ(happiness)、愛情(heart)、だそうだ。3はHの数でもあり、家族三人の3でもある。家族三人、健康に幸せに仲良く生きていけますように。それから賽銭箱に手を伸ばす。

参拝客の多い寺社を狙うほうが、当然、収獲は大きいはずだ。でもそういうところは、夜は境内に入れないようにしてあったり、防犯カメラをしかけてあったり、小まめに賽銭を回収していたりする。

「なんだよ、しけてんなあ」

手際よく賽銭箱を開けたお父さんが舌打ちをした。お父さんがポケットから出した軍手をはめ、ズボンの腰のところに挟んでいたバールを使って賽銭箱の引き出しをこじ開けるまで、二十秒もかからない。その間、アサヒは懐中電灯でお父さんの手元を照らしている。丸い光のなかに現れたのは、百円玉と十円玉と五円玉がそれぞれ数枚ずつだった。小さい神社とはいえ少なすぎる。廃《すた》れてしまった神社なのか、たまたま回収されたばかりだったのか、何にせよついてない。

「こっちもこんだけ」

ユウヒが切り株のそばで不満げに片手を突き出してみせる。暗くて見えないが、小さな手のひらに収まる量ということだ。

「マック、無理？」

ここへ来る前に行った寺でも稼ぎは少なかった。頭のなかで足し算をして、引き算をする。バーガー単品と、お父さんの煙草代。ガソリンはまだ大丈夫だけど、明日《あした》か明後日《あさって》には銭湯に行きたい。

「今日は無理だな」

「これ足しても？」

アサヒは弟に近づいていって、手のひらの小銭を見てやった。

「もうちょっと」

「兄ちゃん、それ貸して」

懐中電灯を渡してやると、ユウヒは腰を屈《かが》めて切り株の周りを探し始めた。

アサヒは口内に湧いてきた唾《つば》を飲み込んだ。マックのことを考えたせいだ。ポテトはごみ箱をあされば高確率で食べ残しが手に入るから……。

「帰るぞ」

お父さんが煙草を吹かしながら歩いてきた。

「もうひと仕事しないの？」

「ひと仕事って」とお父さんは苦笑したが、何がおかしいのか、何が苦しいのか、アサヒにはわからなかった。

「今日はだめだ、ツキがない。いいか、こういうときに意地になって挽回《ばんかい》しようとすると、ろくなことにならないんだ」

ラジオでよく流れる、明日があるさ、という歌を、お父さんは陽気に歌う。

「でも……」

そりゃお父さんはお酒が手に入ったからいいんだろうけど、という言葉が喉《のど》まで出かかった。煙草もあるし、食べ物というだけなら、昨日コンビニでかっぱらったパンとスナックがある。

「十歳の子どもがそんな顔するな。よーし、今日は特別に二本だ」

兄弟はぱっと顔を見合わせた。薄暗いなかでも、ユウヒの大きな目が輝いているのがわかった。自分も同じだろう。

二本というのは、スティックシュガーの本数だ。フードコートや、ごくたまに飲食店に行くと、セルフサービスで置いてあるそれをごっそりつかみ取ってくる。水道水に混ぜて飲むのもいいが、粉薬みたいにじかに口に流し込むほうがアサヒもユウヒも断然好きだ。

　ユウヒはたちまち機嫌を直し、石段を下りる足どりは弾むようだった。今度はアサヒもユウヒのすぐ後ろについていった。懐中電灯をお父さんに渡してしまったので足元は真っ暗だが、目が慣れてしまえばだいたいの感覚でいける。

　でも、ちょっと油断しすぎた。ユウヒも、アサヒも。あと二段で地上というところで、ユウヒが足を滑らせて尻餅《しりもち》をついた。アサヒはあっと声をあげただけで、手を伸ばすこともできなかった。慌てて駆け寄って屈み込む。

「大丈夫？」

「う……」

「ユウヒ！」

「うっそー」

　ユウヒはしてやったりとばかりに伏せていた顔を上げた。腹が立つよりもほっとして、アサヒは額の汗を拭《ぬぐ》った。転んだときとっさに手をついたのか、ユウヒは自分の手のひらに目を凝らす。

　急ぎ足で下りてきたお父さんが、懐中電灯をユウヒの手のひらに向けた。小指側の膨らんだ部分をけっこう派手にすりむいたようだ。

「他に痛いとこないか」

「ないよ」

「頭とか打ってないな？」

「ない」

「本当に？」

「俺、運動神経いいもん」

証明するように、ユウヒはぴょんと跳ねて立ち上がった。お父さんがアサヒを見る。アサヒがうなずく。それでお父さんはひとまず安心する。

お父さんはユウヒの手を取り、傷にふうふうと息を吹きかけた。子どもたちがけがをすると、お父さんはいつもそうする。お父さんのおばあちゃんのまねだとかで、理由は知らないがそうするものなのだという。

「洗わないとな」

転んだのが石段の上なら手水舎があったが、あいにく石段の下だ。平気だと繰り返すユウヒをアサヒと一緒にカローラの後部座席に押し込むと、お父さんは猛スピードで今夜の〝ホテル〟へ向かった。

道の駅のことを一家ではそう呼ぶ。駐車場に停めた車のなかで寝るなら宿泊料はただ、トイレもあるし、その手洗い場では水を飲むことも体を洗うこともできる。おまけに何ロールものトイレットペーパーや、ときには誰かの忘れ物のお土産つき。店が開いている時間なら、ちょっと危険を冒せば、ごみ箱に手を突っ込むよりはるかにいい食べ物が手に入る。こういう場所では従業員も客も気が緩んでいるから、置き引きだって車上荒らしだって簡単だ。いや、簡単は言いすぎか。でも難しくはない。

お父さんはユウヒを急《せ》かしてトイレに直行すると、手をつかんで蛇口からほとばしる水のなかに突っ込んだ。「いたっ」とユウヒが声をあげたのは、傷に沁《し》みたというより、水の勢いか手首をつかむ力が強すぎたせいだろう。どうにか自分の手を取り返したユウヒは、濡《ぬ》れたその手を振ってから、チャックの壊れたジャンパーにこすりつけた。なるべく早くコインランドリーに行かないと、とアサヒは頭にメモする。乾燥機の底で取り出されるのを待っている清潔なタオルかハンカチを、こっそり「失敬する」ために。

トイレを出たとき、お父さんは別人になっていた。その変化はいつも唐突で、きっかけがどこにあるのかもわからない。まるでスイッチが切り替わったみたいに、普段とはほとんど正反対の、陰気で無口で不機嫌な男になる。子どもたちはたちどころにそれを察して、そっちのお父さんにはできるかぎり話しかけない。

嫌な予感はこれだったのだとアサヒは悟った。思ったより稼ぎが少なかったことでも、ユウヒが転んだことでもなく。

お父さんは無言で先に立って車に戻り、運転席に体を沈めた。お気に入りのマフラーに顎《あご》の先を埋《うず》め、足を小刻みに揺すりながら、せわしなく煙草に火をつける。

ユウヒがアサヒをつつき、挑戦的な笑みを浮かべてじゃんけんのポーズをとった。アサヒはなるべく向かい合わせになるよう尻の位置をずらした。目を合わせ、声は出さずに、せーので手を動かす。叩《たた》いて、かぶって、じゃんけんぽん！　アサヒは両手で頭を覆い、弟の一撃を防いだ。叩いて、かぶって、じゃんけんぽん！　また防ぐ。叩いて、かぶって、じゃんけんぽん！　今度は攻撃だったのに、間違えてガードしてしまった。笑い声を抑えようとユウヒが口をもごもごさせる。攻撃するときも音が出ないように、叩くふりをするだけだ。

静かにしていろとお父さんが言うわけではない。でも、お父さんもラジオも沈黙しているときは、なんとなく兄弟間でも話しづらくなって、息を潜めていなければいけない気になる。すると車内を満たす音は、お父さんがひっきりなしに煙草を吹かす音と舌打ちだけになる。アサヒもユウヒもその時間は窮屈で嫌いだ。弟がいてよかったとアサヒはいつも思う。

「メシ食え」

お父さんが振り向かずに短く言った。アサヒはドアポケットから、盗んだパンとスナックを取り出した。

「お父さんは？」

いちおう尋ねてみたものの、返事がないのはわかっていた。この状態のお父さんは、アルコールとニコチンしか受けつけない。アサヒとユウヒはパンをひとつずつ選んだ。食べ物を見たら急に強くなった空腹感をこらえ、袋を開ける前に大急ぎで「いただきます」と言う。必ずそうしろという、お父さんの言いつけだ。

呑《の》むようにジャムパンを食べてしまったユウヒが、そこで残念な発見をした。

「あれ、スティックシュガー、三本しかないよ」

スティックシュガーはいつも後部座席のドアポケットに、他の雑多なものと一緒に入れてある。ユウヒはそこに手を入れてかき回し、それから助手席のヘッドレストに針金でくくりつけてあるふたつの空き缶をのぞき込んだ。もともとコーンの缶詰だったほうには割り箸《ばし》やプラスチックのスプーンが、ミカンの缶詰だったほうにはあまり使われない歯ブラシが突っ込まれている。そこにスティックシュガーがないのは一目瞭然《いちもくりょうぜん》だ。

普段のお父さんなら、ここでただちに車を発進させ、二十四時間営業のファストフード店かファミレスに飛んでいく。アサヒたちがいいよと遠慮しても、父親が息子と約束したんだからと言って、なにがなんでもスティックシュガーを手に入れる。

でも今のお父さんは、黙って煙草を吸いながら貧乏揺すりをしているだけだ。

「ユウヒ、二本いいよ」

「え、兄ちゃんは？」

「ガムシロはまだあったろ。シロップ水にする」

突然、お父さんが運転席のドアを開けたかと思うと、何かをアスファルトに叩きつけた。さっき神社から持ってきたカップ酒だ。容器が割れる音と漂ってきたにおいでわかった。

アサヒとユウヒはぴたりと口を閉ざし、動きも呼吸も止めて待つ。お父さんがドアを閉め、煙草の煙を吐き出し、再び貧乏揺すりを始めるのを。

お父さんはシートに座ったまま車外に身を乗り出し、カップの破片を拾ったようだった。それに口をつけ、唇を突き出してわずかに溜《た》まった酒をすする音がした。やがてドアが閉まり、沈黙が訪れる。いや、お父さんは口のなかでつぶやいている。俺はクズだ、俺はクズだ、俺はクズだ……。

　結局、アサヒもユウヒもスティックシュガーは口にしなかった。無言のままごみを車の外へ投げ捨て、それぞれの尻の下からくしゃくしゃになった毛布を引っぱり出す。ジャンパーの上から体に巻きつけ、目をつぶる。

　次に目を開けたときには、どこか別の場所にいるだろう。あまり長い時間、同じ場所に車を停めているのはまずいから。そうやって少しずつ、九州から関東まで流れてきた。旅の始まりはアサヒもユウヒも覚えていない。生まれたときからずっと三人で車のなかにいる気がする。何か月後かには、ゴムが垂れ下がったこの窓から北の海を眺めているだろう。お父さんは「いつか三人で北海道に行くぞ。でっかいどうだ！」と言っていた。

　北海道に行くより、自分たちの駐車場があればいいのにとアサヒは思う。スティックシュガーを常備しておく台所があればいいのに。向かい合って食事のできるテーブルが。体を伸ばして寝られるベッドが。毎日入れるお風呂《ふろ》が。清潔なタオルが。お父さんとユウヒと自分と、家族三人、いつまでもいていい場所があればいいのに。

　そんな場所を何というか、アサヒは知っていた。

　お父さんがいつも願う三つのH——健康、幸せ、愛情に加えるべき、もう一つのH。家（home）だ。

6

「いただきます」

無意識にそう口にして、はっとした。どんなときでも「いただきます」は必ず言うこと。これはお父さんの言いつけだった。それが当たり前になっていたから、覚えてはいないものの、小塚家へ来てはじめてケーキを食べたあのときもそうしたはずだ。

思えば、お父さんにはそういうちぐはぐなところがあった。子どもに車上生活を強いて、盗みをさせ、小学校にも通わせずにいた一方で、行儀や言葉づかいに関していくつか独自のこだわりを発揮した。

お父さんを「お父さん」と呼ぶのもそうだ。父さんでも父ちゃんでもなく。――いいか、「お」と「さん」が肝心なんだ。ちゃんとした子はそういうもんだ。ムッシューって言うんだよ、ムッシューって。

言葉まではっきりと思い出した。当時はムッシューの意味もわからなかったし、お父さん自身もよくわかっていないようだった。誰かの受け売りだったのだろう。たぶんあの3Hも。本棚に不特定多数の人が本を突っ込んだみたいに、お父さんの頭蓋《ずがい》には思いがけない知識が入っていることがあった。高校を中退してから仕事を転々としてきたというから、そのせいかもしれない。

アサヒはナイフとフォークを手に取った。向かいの席では小塚の父がすでにロールキャベツにナイフを入れている。不思議なもので、なんでもない日に自宅でナイフとフォークを使って食事をし、ワインを飲んでナプキンで口を拭《ぬぐ》うこの父のことを、アサヒは「父さん」と呼ぶ。引き取られてすぐのころはこの家庭の習慣にならって「パパ」と呼んでいたが、成長するにつれ恥ずかしくなって変えた。父はそのことをむしろ、アサヒが小塚家になじんだ証《あかし》だと捉《とら》えて喜んだ。

そういえば、ユウヒも里親を「父さん」と呼んでいた。そんなことを考えながら、機械的にロールキャベツを口に運ぶ。

「彩、またそんなにかけて」

七味で真っ赤になった娘の皿を見て、母が苦々しい声を出した。

「だってこのほうがおいしいんだもん。カプサイシンでダイエットになるし」

「そのソースおいしくない？　ヨーグルトソースよ」

「おいしくなくはないけど、これじゃない感あるんだよね」

「あなたは痩《や》せる必要なんかないんだから、それより体の内側から健康的にきれいになるほうがいいわよ。ヨーグルトに含まれる乳酸菌には……」

「あー、その話はいいから」

菌を用いた健康法にはまっている母と、休日には化粧をして出かけるようになった妹は、互いに遠慮なくものを言う。たぶん仲がいいのだろう。彩は見かけによらず成績優秀らしく、父にとっても自慢の娘だ。

「なに？」

見ていたつもりはないのだが、彩に横目でにらまれた。慣れているのので無視していると、「うざい」と罵《ののし》られた。べつにどうということもない。小塚旭になって二年あまりの間、つまりはじめて小学校に通って必死で普通の生き方を学んでいた間に、学校でぶつけられた言葉の数々に比べれば。半分しか血がつながらないとはいえ自分の兄が、野蛮人だの家畜だのと呼ばれてトイレの床を舐《な》めさせられていたことを、彩は知っているのだろうか。だとしたら、アサヒのことが憎くてたまらなかったに違いない。

母がやんわり彩に注意する。父のおどけたような目配せは、年ごろの女の子は難しいな、と言いたいらしい。実際、何度かそう言われた。その意味をアサヒは正しく理解しているつもりだ。すなわち、いちいち目くじらを立てるようなことじゃない。家庭内がうまくいっていないわけじゃない。

アサヒは黙って乳酸菌を体に取り込む。酵母菌も。麹菌《こうじきん》も。アサヒは好き嫌いなく何でも食べる。砂糖以外なら。料理やお菓子に使われているのは平気だが、たとえばコーヒーに入れるなど、砂糖そのものを目にしてしまうと体が受けつけない。

――砂糖がだめになった理由、ばらしちゃってもいい？

こちらを見つめるユウヒの目を思い出す。アパートを出たあとも、こうしている今も、ずっとあの視線を感じ続けている。

時間をくれと告げたものの、その場しのぎにしかならないことはわかっていた。自分は脅迫に屈するだろう。ユウヒの言いなりになって狂言誘拐に荷担するだろう。あのことをばらされたら、今日まで積み重ねてきたものが台無しになる。十年かけて、少なくとも表面上は普通に生きられるようになったのに。言葉の定義を厳密にしなければ、多くはないが友達もいる。住む場所があって、大学生で、家庭教師のバイトをしている。ひとりの時間には、本を読んだり音楽を聴いたり映画を観たりする。卒業したら就職して、いずれは結婚だってするかもしれない。

「ところでココア、今日もごはん残したのよ。涼しくなれば元気になるかと思ってたけど、もう歳だし、やっぱり明日にでも病院に連れていったほうがいいんじゃないかしら」

「えっ、じゃあ、あたし行く」

「あなたは学校でしょ」

「ココアのほうが大事じゃん。ココアだってあたしと行くのがいちばん安心するよ」

「学校が終わってから連れていったらいいじゃないか」

ユウヒがハレの存続を願うのはわかる。共感はできなくても理解はできる。でもなんでそこまで、と尋ねたアサヒに、ユウヒはきょとんとした顔で答えた。だって、それで問題解決じゃん。

「のんきなこと言ってて、ココアに何かあったらどうすんの。パパはあたしが重大な病気でも仕事を優先するの？」

「そんなわけないだろう」

「同じじゃん」

「わかったわよ。明日の朝いちばんに、私と彩でココアを病院へ連れていく。終わったらちゃんと学校行くのよ」

そうだった、ユウヒはそういうやつだった。十年前、車上生活に嫌気が差していたアサヒはふと漏らした。家が欲しい、普通の暮らしがしたい、と。するとユウヒはけろりと言ったのだ——車がなければいいんじゃない？

「はーい。大丈夫だからね、ココア」

父と母と妹が同じ方向を見て会話をしていることに、ようやく気づいた。リビングの隅にうずくまった、焦茶色で尻尾《しっぽ》のある家族。

アサヒがそちらに顔を向けたときには、すでにその話題は終わっていた。両親は歯科医院に新しく雇った受付の女性の話を始め、彩は真っ赤なロールキャベツをつつきながら携帯電話をいじっている。食事中はやめなさい、と母が彩に注意した。

7

北海道へ行こうと言っていたお父さんが、突然、九州を目指そうと言い出したのは、神奈川と東京の境目あたりをうろうろしていたときだった。三人の放浪生活は九州から始まったと聞いていたのに、日本列島のまんなかを越えてなぜ引き返すのかと、アサヒは困惑して理由を尋ねた。

「だって十二月だぞ。これからどんどん寒くなるんだから、南へ行ったほうがあったかくていいじゃないか。鹿児島なんて火山が噴火してて、砂まであったかいから砂風呂《すなぶろ》ってのがあってな……」

途中からはまともに聞いていなかった。北海道だろうと鹿児島だろうと、もううんざりだ。暑くても寒くてもいいから、決まった場所に住みたい。家が欲しい。

「……どこにも行きたくなんかないよ」

後部座席でぽつりと漏らしたアサヒのつぶやきは、運転しながらしゃべり続けるお父さんの耳には届かなかったようだ。しかし隣にいたユウヒには聞こえていた。

「さっきのってどういう意味？」

お父さんが煙草を買うために車を離れたときに訊《き》かれ、アサヒは口ごもった。裏切り者になったような気がした。じっとこちらを見つめて待つユウヒから目を逸《そ》らし、ぶっきらぼうに答える。

「もうこんな生活は嫌なんだよ。家が欲しい。普通の暮らしがしたい」

兄がそんなことを考えているなんて思ってもみなかったのだろう。意味を理解するのに時間が必要だったのか、ユウヒはしばらく黙っていた。それから言った。

「だったら、車がなければいいんじゃない？」

アサヒは目をみはって弟を見た。寒いなら毛布かぶればいいんじゃない、とでも言うみたいに、ユウヒは平然としている。

「そしたらどこにも行けなくなるじゃん」

「それって……」

お父さんが車に戻ってきたので、そこで話は途切れた。口を閉じてシートに背中を押しつけ、アサヒは自分の心臓の音を聞いていた。

車がなければ。ユウヒの言葉が頭のなかをぐるぐる回る。車がなければどこにも行けなくなる。家を見つけるしかなくなる。そうだ、車が壊れてしまえば――。

それから数日後の深夜、アサヒはおんぼろカローラの外にひっそりと立った。今日は酒が思いがけずたくさん手に入ったおかげで、お父さんは運転席で高いびきをかいている。ユウヒは車の中から窓に額を押し当てて、こちらの様子を見守っている。数秒おきに振り向いてお父さんの様子をうかがう。

アサヒはぎゅっと右手を握りしめた。汗ばんだ手のなかには、スティックシュガーが三本。ガソリンタンクに砂糖を入れたらエンジンが壊れると、前にどこかで読んだ漫画に描いてあった。給油口の開け方は、お父さんがやっているのを見て知っていた。ガソリンのにおいが鼻を刺す。真っ白な息がせわしなく漏れる。心臓を吐き出してしまいそうだ。どんな盗みをやったときも、こんなに緊張したことはない。

作業を終えてそっと車に戻ってからも、体の震えが止まらなかった。「やったね」とささやくユウヒの声に、うなずくのがやっとだった。闇のなかに体を横たえて眠れずにいると、後悔と不安が忍び寄ってくる。あんなことをしてよかったのか。お父さんにばれやしないか。この車はもう動かないんだ、捨てられるんだと思うと、自分でやったくせに胸が締めつけられてシートに顔をこすりつけた。

それでもいつの間にか眠りに落ちていたようだ。車の振動でアサヒははっと目を覚ました。動いている？　慌てて体を起こすと、運転席からお父さんののんびりした声が届いた。

「お、起きたか。今日はふたりとも寝坊だな」

見ればユウヒはまだ眠っている。

窓の外に顔を向けると、景色が横に流れていた。コンクリートで固められた斜面の上に木が繁り、葉っぱがきらきら光っている。白いガードレールがずっと続いている。緩い下り坂を、おんぼろ車は軽快に走っていた。

「車、なんともなかったんだ……」

深い吐息がこぼれた。がっかりしているのに、どこかほっとしたような、奇妙な気分だ。車は壊れなかった。作戦は失敗した。

「なんだ、夢でも見たのか」

アサヒのつぶやきを聞きつけてお父さんは笑った。

「いつも言ってるだろ、こいつはまだまだ走れるって。今は神倉ってとこに向かってるんだ。寺や神社がたくさんある町だから稼げるぞ。九州へ出発する前に、軍資金をがっぽり手に入れないとな」

ラジオのボリュームを上げ、ハンドルを指で叩《たた》いてリズムをとる。

ユウヒがむくりと体を起こしてアサヒを見た。

普段は〝ホテル〟のトイレで体を洗うか拭《ふ》くかですませるが、たまには公衆浴場も利用する。そこでは体じゅうの垢《あか》を落とせるだけでなく、うまくすれば駐車場や脱衣所でひと稼ぎすることもできる。

神倉に入って二日目の今日、やって来たのは〈つるかめ湯〉という銭湯だった。入り口の古びた券売機で、お父さんは大人の券を一枚と小学生の券を二枚買った。さらにタオル三枚と歯ブラシ三本とひげそりの券も買った。そんな贅沢《ぜいたく》をするのは、何か月も前に盗んだ銅線が高く売れたとき以来だ。お父さんの言うとおり、この町は稼げる。

車は相変わらず問題なく動いている。別の方法を考えなくてはいけない。

鼻唄《はなうた》を歌いながら風呂を堪能《たんのう》したあと、お父さんはアサヒとユウヒにアイスを渡し、一時間ほどここで待っているよう言った。いつものパターンで、来る途中に見つけたパチンコ店へ行くのだ。

勝ってきてねと送り出し、アサヒたちはアイスの棒をくわえて館内をうろついた。こうして人の目がある場所に来るのは、小学校の下校時間を過ぎてからだ。学校なんて行かなくていいんだ、人として大切なことは学校じゃなくても学べる、というのがお父さんの持論だが、アサヒたちが学校に行っていないことがばれるのはまずいらしい。

脱衣所に人がいなくなった隙をついて、ユウヒが籠《かご》に手を突っ込んだ。貴重品を専用ロッカーに入れず、脱いだ服と一緒にそこへ置いておく客は少なくない。

「だめだ」

アサヒの制止に、ユウヒはちょっと不満げな顔をした。

「なんで？　チャンスじゃん」

「客が少なすぎるし、俺たちがここへ入るのをフロントのおばさんが見てた。それにもしばれて逃げる羽目になったら、お父さんが迎えに来たとき困る」

「そっか」

ユウヒはあっさり引き下がった。そこでふといたずら心を起こしたらしく、財布から札を抜く代わりに、隣り合った籠に入っていたブリーフを入れ替える。

「気づくかな。気づかないではいたらバカだよな。ここで見てようよ」

「怪しまれるって。こっそりじゃないと」

アサヒとユウヒはひそひそと笑い合いながら、貴重品ロッカーの返金口に取り忘れがないかをチェックし、みごと百円を手に入れた。それから脱衣所を出て、自動販売機の下と釣り銭口をのぞき、下駄《げた》箱の脇のベンチに陣取って、交互にちょくちょくいたずらの結果を見に行った。にこにこ眺めていたフロントのおばさんに兄弟かと訊かれて「はい」と答え、何年生かと訊かれて「僕が四年生で、弟は三年生です」と答え、しっかりしていると褒められた。そうやってお父さんを待った。

ところが、約束の一時間を過ぎてもお父さんは戻ってこない。一時間半がたち、一時間四十分がたつと、おなかがぐうぐう鳴り出した。さらに三十分たつと、空腹は忘れた。目の前の自動ドアはときどき開くが、入ってくるのは冷たい空気と知らない人ばかりだ。お父さんは携帯電話を持っていないし、外に出て闇に目を凝らしてみても、おんぼろカローラは影も形もない。フロントのおばさんも心配そうに首を傾げている。その目が兄弟のがたがたの髪を観察していることに気づいて、にわかに居心地が悪くなる。

お父さんは勝ちすぎて時間を忘れているのだろうか。そういうことは何度かあった。お父さんは「いやあ、すまんすまん」と笑って謝るか、「俺は父親失格だ」と言って自分の顔を拳《こぶし》でひどく殴りつけるか、どっちかだ。それとも、もしかしてまた急に別人スイッチが入って、どこかでじっとふさぎ込んでいるのだろうか。最近それが増えている気がする。そうでなければ、まさか事故にでも遭ったのか……。

ユウヒが一分おきに「まだ?」と訊く。そのたびにアサヒは「もう来るよ」と答える。本当はへっちゃらな顔で答えたいのに、うまくいかない。

下駄箱の脇のベンチで、アサヒたちは待ち続けた。口数が減るのとあべこべに不安は膨らんで、もしもひとりだったら、べそをかいていたかもしれない。

また長い時間がたって、自動ドアの向こうに警察官の制服が浮かび上がった。アサヒはとっさにユウヒの腕をつかんで逃げようとしたが、警察官が入ってくるほうが早かった。彼はふたりの全身にさっと視線を走らせ、優しく尋ねた。

「アサヒくんとユウヒくん？」

胸騒ぎがした。どうして名前を知っているのだろう。ユウヒが問いかけるようにこちらを見た。アサヒは黙って警察官を見つめる。

「お父さんの名前は、正近卓爾《たくじ》さんだね」

警察官はベンチの前にしゃがんで、アサヒたちを見上げる恰好《かっこう》になった。アンパンマンみたいに顔の丸いおじさんだ。声はやっぱり優しいのに、顔は笑っていない。心臓のどきどきがひどくなる。

「落ち着いて聞いてね。……お父さんが、亡くなったんだ」

アサヒもユウヒも、何も言わなかった。ぴくりとも動かなかった。亡くなるという意味が伝わっていないと思ったのか、警察官が簡単な言葉で言い直す。

意味は知っていた。ラジオで聞いて、お父さんに尋ねたことがあったから。お父さん、亡くなるってどういう意味？　死んじゃうってことだよ。

死んじゃうってことだよ！

警察官が話をしている間、アサヒは下を向いて、つんつるてんのズボンに覆われた膝《ひざ》と、その上できつく握った拳をにらんでいた。アサヒの拳は中指の付け根の骨が尖《とが》って飛び出している。お父さんの拳には同じ箇所に丸くて硬いこぶがある。男の拳だとお父さんは言う。

そんなことを思っていて、説明は切れ切れにしか耳に入ってこなかった。車を発見
——運転席に男性の——財布に免許証が——。

そのなかでひとつの言葉だけがはっきりと聞こえた。

原因は、車のトラブル。

警察官はそう言った。その瞬間にわかった。

アサヒがガソリンタンクにスティックシュガーを入れたせいだと。

失敗したものだと思っていた。それが今になって。お父さんが運転している最中に。

おととい嗅《か》いだガソリンのにおいがよみがえり、吐き気がこみ上げた。口を覆って体を丸めたアサヒの背中を警察官がさする。

ユウヒにもわかったはずだ。

アサヒがお父さんを殺した。

震えているユウヒの顔を見ることができなかった。

8

あのあと、アサヒとユウヒは神倉の児童相談所に保護された。そしてそこで、自分たちが本当の兄弟ではないと知らされた。しばらくしてアサヒは小塚家に引き取られたが、

その間のことはよく覚えていない。ユウヒとどうやって別れたのかさえ覚えていないのだ。

唯一、記憶にあるのは、ユウヒがどこからかスティックシュガーを手に入れてきたことだ。たぶん事務室あたりからくすねてきたのだろう。ふたりにとってごちそうだったそれを食べたら、兄ちゃんも少しは元気になるはずだと考えたに違いない。だがアサヒは、ユウヒがうれしそうに差し出したそれを目にしたとたんに嘔吐《おうと》した。

あれから十年。深夜に小塚家のキッチンに立ったアサヒは、母がポーランドで買ったというシュガーポットに手を伸ばした。なかには白と茶色の角砂糖が入っている。スティックシュガーでも同じだが、さすがにもう見るだけで気分が悪くなるということはない。親指と人差し指でそっとつまみ、口元へ近づける。深呼吸をして、思い切って口に放り込む。次の瞬間、アサヒはそれをシンクに吐き出した。すぐに水道水で口をゆすぎ、シンクの縁に手をついて全身で息をする。もう汗をかくような季節ではないのに、パジャマにしているTシャツが冷たく濡《ぬ》れている。

やはりだめか。覚悟していた結果ではあった。

狂言誘拐に協力するよう脅迫を受けてから、明日で一週間になる。合法的にハレが五百万円を得られる方法を自分なりに探してみたが、結果は芳しくなかった。脅迫に従うほかないのだと半ばあきらめつつ、もしも砂糖を克服できていたら抗《あらが》ってみようと思った。それとも、完全にあきらめるための儀式にすぎなかったのか。

仕組まれたものとも知らず、ユウヒとの再会を喜んでしまった自分に腹が立つ。のこのこと部屋を訪れた自分を殴ってやりたい。いや、それ以前に、十年前のあの日、どうしてユウヒの無邪気な言葉を真に受けてしまったのだろう。アサヒは慎重な子どもだった。なのに車がなくなればというあの一事に限って、なぜあんなに短絡的に、楽観的に考えてしまったのか。結局のところ自分も子どもだったのだ。サンタクロースを信じたことがなくても。

シンクの縁からずるりと手を下ろし、スウェットのポケットから携帯電話を取り出す。ユウヒのメールアドレスを呼び出し、「やる」と入力する。歯を食いしばって送信ボタンを押した。

翌日の昼過ぎに、アサヒは再びユウヒのアパートを訪ねた。バイトは夕方からだそうで、アサヒのほうは講義をふたつサボった。

「意外」

アサヒを招き入れたユウヒは、開口一番にそう言った。

「怒ってると思ってた」

「怒ってるよ。たぶんおまえが思ってる以上に」

「じゃあ顔に出ないんだ」

「よく言われる」

アサヒは前と同じくちゃぶ台のそばに座った。近所で工事をしているようで、大きな音が響くたびにちゃぶ台がかすかに振動する。そのちゃぶ台の上には、神倉のタウン誌らしき雑誌が開いて置いてあった。「秋の小京都を満喫」と題して、紅葉スポットやカフェが写真つきで紹介されている。

「その左下の、わかる？　なんとあの、つるかめ湯だって。息子が継いで大幅にリニューアルしたらしいんだけど、みごとに別物だよな。俺さ、お父さんと銭湯行くの自慢だったんだ。しなびたじいさんや、たるんだおっさんばっかのなかで、お父さんは痩《や》せてはいたけどいい体してたじゃん。実戦用の筋肉だって言ってたっけな」

　コンセプトはレトロモダンだという浴場の写真から、アサヒはすぐに視線を離した。

「わざわざこんなもの持ち出さなくても、やるって言っただろ」

「……そんなつもりじゃなかったんだけど」

　ユウヒはちょっと驚いた顔をしてから、苦笑いとともに雑誌を閉じた。前に会ったときから気づいていたことだが、その拳にはお父さんと同じこぶがある。拳《けん》ダコというらしい。

　お父さんと銭湯に行くのは、アサヒにとっては自慢などではなかった。そんなころもあったのかもしれないが、少なくとも記憶にある限りでは。洗い場の床が垢《あか》でいっぱいになって、他の客から迷惑そうに見られて、いつも恥ずかしかった。毎日風呂《ふろ》に入れる家が欲しかった。

「コーヒーは？」

「いらない。さっさと本題に入ってくれ」

了解、とユウヒは肩をすくめて向かいに腰を下ろした。

「誘拐のターゲットは、松葉美織《まつばみおり》っていう十五歳の女の子。俺はミオって呼んでる。ミオの父親は元県議会議員の松葉修《おさむ》だ」

松葉修。知らない。娘は十五歳というと、妹の彩と同い年だ。

「中学生？」

「いや、高一。神倉にある麗鳴館《れいめいかん》学園ってとこで、幼稚園から大学まで一貫のお嬢さま学校だよ。でも小学校の高学年くらいからずっと休みがちらしくて、今年の春に知り合ったときも学校サボって市立図書館にいたんだ。俺はハレの子どものために本を借りに行ったんだけど、児童書コーナーの場所がわかんなくてさ。たまたま近くにいたミオに訊《き》いたら、案内してくれた上に、おすすめの本を教えてくれたんだ。それからもちょくちょく顔を合わせることがあって、話すようになった。夏前くらいからはハレにもたまに遊びに来てた」

「その子はなんで狂言誘拐に協力するんだ。おまえの彼女なのか？」

「違うよ。ミオ自身も金を欲しがってんの。家を出るために」

「家族と折り合いが悪いのか」

「ミオが学校サボってるの知ってても、親は何にも言わないんだってさ。自傷行為で病院に運ばれたときも、万引きで補導されたときもそうだったって。ただ黙ってもみ消して、なかったことにしたらしい」

アサヒに口を挟む隙を与えず、ユウヒは先手を打つように言葉を継いだ。

「ミオはいい子だよ。本が好きなおとなしい子。あ、写真見る？」

返事を待たずに携帯電話を操作して画像フォルダを開く。松葉美織の写真は何枚もあって、ユウヒとふたりで写っているものもあるようだったが、ユウヒが表示したのは美織がひとりでイチョウの木の下にたたずんでいるものだった。いかにもお嬢さま学校らしいブレザーの制服に身を包み、はにかんだようなほほえみを浮かべている。長い黒髪が風にそよぎ、色白のふっくらとした頰にかかっている。

「この子が……？」

「問題行動を起こしたり、狂言誘拐で実の親から金をふんだくろうとするようには見えない？　兄ちゃんだって犯罪を犯すようなやつには見えないけど」

ユウヒはその写真をアサヒの携帯電話に送ってきた。

「ターゲットの顔は知っときたいだろ。あ、ひょっとして好みだったりする？」

冗談をアサヒは無視した。「それで？」

ユウヒは携帯電話を畳んで、ぽいと床に放り出す。そんなふうにするせいだろう、殺風景な部屋のあちこちに不規則に物が散らばっている。再会したときに背負っていたバックパック、公共料金の領収証や宅配ピザのメニュー、コミックやDVDや文庫本。

「古いデータだけど、身代金目的の誘拐事件の検挙率は九十五パーセント以上で、犯人が身代金を奪ったまま逃げ切った例は一件もないんだって。つまり、警察に捜査されればまず捕まると考えたほうがいい。捕まらないためには警察を介入させないことが重要ってわけ。ミオの問題行動をもみ消してることからもわかるとおり、松葉家は世間体を重んじる。しかも父親の松葉修は、次の横浜市長選に立候補するんだ。誘拐事件が表沙汰《おもてざた》になって、娘の素行不良を世間に知られるのは避けたいはずだろ。だから警察に知らせず、内々に処理しようとする可能性は高いと思う。逆に言えば、読みが外れて通報された場合は、その時点で計画は中止だ」

説明する準備はできていたという口ぶりだった。アサヒが引き受けることを確信していたのだと思うと腹立たしい。

「兄ちゃんにはその見極めをやってもらう。松葉の選挙事務所にボランティアのスタッフとして潜り込んで、警察の介入があるかどうかを探るんだ。兄ちゃんならすぐ信用を得られるよ。見るからに誠実そうだし、名門大の政経学部の学生だしさ」

「……なるほど、それで俺か」

水をくれとアサヒは要求した。手渡された水を一気に飲み干し、拒否するという選択肢はないのだと改めて自分に言い聞かせる。

「条件がふたつある。ひとつは、俺が協力者だとは誰にも明かさないこと。共犯者である美織にもだ」

条件を付けられる立場ではなかったが、ユウヒはそうは言わなかった。

「いいよ。ミオを安心させるために内部に協力者を確保したことだけは話すけど、それが兄ちゃんだとは言わない。ふたつ目は？」

「身代金の要求額を一千万円に減額すること。俺の取り分はいらない」

「見返りなしでやるっての？」

「俺はおまえに脅されたからやるんだ。自分の人生を守るために。金のためじゃない。要求額が少ないほうが成功率は高まるはずだし、そっちにとっても得だろ」

ユウヒはキッチンへ行き、マグカップとグラスを持って戻ってきた。マグカップは前に出されたハローキティで、グラスはキリンビールのロゴがプリントされたものだ。中身はコーラのようだった。

アサヒの前にグラスを置き、乾杯を求めるようにマグカップを掲げる。

「再会とチーム結成を祝して」

まるで心から笑っているような笑顔で。

アサヒはマグカップの縁を一秒見つめ、そこに自分のグラスを当てた。安物の厚いガラスと陶器がぶつかる音は、なぜかお父さんの拳《こぶし》を思い出させた。

閉じたタウン誌が目に入る。リニューアルしたつるかめ湯。お父さんの死を知らされたときのあのユウヒの沈黙を、アサヒは今も忘れることができない。

アサヒが加入した時点で、ユウヒと美織が立てていた計画はおおざっぱなものだった。

美織を誘拐したことにして匿《かくま》う。松葉修の選挙事務所に脅迫電話をかける。事務所に潜入したアサヒが警察の介入の有無を見極める。警察の介入がなければ身代金の受け渡しを決行する。その後、美織を返す。

それですべてだ。まるで具体性に欠ける。

「あ、でも身代金を運ばせるやつは決まってるんだ。ミオの兄貴、由孝《ゆたか》」

「理由は？」

「適任だってミオが」

性格的にということだろうか。即断はできないが、松葉夫妻や秘書を動かすよりはよさそうだ。警察に通報されないために市長選のタイミングを狙うのに、そこで彼らに妙な行動をさせては、かえって目立ちかねない。

アサヒは誘拐事件の記事や捜査員の手記などを手当たりしだいに読んだ。身代金の受け渡し方法と場所、そこへ至るまでのルート、相手への連絡手段、その他もろもろ、考えなければならないことはいくらでもある。必要な道具もそろえなくてはいけないし、下見だって必要だ。やるしかないのなら、必ず成功させなくてはならない。失敗したら、最悪の場合、身の破滅だ。

突然、部屋のドアが開かれ、アサヒはとっさにノートパソコンを閉じた。振り返ると、彩が廊下からこちらをにらんでいた。十一月だというのにショートパンツをはいている。むき出しの細い脚がドアの内側へ入ってくることはけっしてない。そもそも部屋に近づくことすらめったにない。

「ノック……」

「したよ」

アサヒの抗議を、彩はいまいましげに遮った。嘘ではないだろうし、声もかけたのだろう。気づかないほど没頭していた自覚はある。

「ごはん」

とげとげしくひとことだけ告げて、彩はさっさと立ち去った。母に言われてしかたなく呼びに来たのだと全身で示していた。

アサヒは息を吐き、パソコンに乗せていた手を下ろした。今この画面には、松葉修のホームページが表示されている。横浜市長選は十一月二十七日だが、選挙事務所はすでに稼働しており、ボランティアスタッフを募集していた。

立ち上がり、部屋の明かりを消して一階へ下りる。父が厄介な患者についておもしろおかしく話す声が聞こえてくる。食卓には鯖《さば》やぎんなんやかぼちゃなど旬の食材が並んでいた。

「このごろがんばってるみたいだけど、レポートか何か？」

アサヒの茶碗《ちゃわん》にごはんをよそって母が尋ねる。

「うん、ちょっと面倒なやつで」

「あんまり根を詰めすぎないようにしなさいよ」

「大丈夫だよ」

実際、睡眠時間をだいぶ削っているにもかかわらず、神経が昂《たか》ぶっているせいか少しも眠くはならない。

「これから帰りが遅くなる日が増えるかも。グループでやる課題だから集まらないといけなくて」

「そう。ごはんがいらないときは連絡してね」

むかつく、と彩が顔を背けて言った。視線の先には老犬が寝そべっている。ココアの体調がよくならないせいで、最近の彩は特に機嫌が悪い。病気ではないと診断されたのだから老衰だろうが、どうしようもないことがはがゆくて、どうしようもないからアサヒに当たる。

「ココアの具合が悪くても関係ないってわけ」

「課題だから」

「楽しそうじゃん」

アサヒは目をしばたたいた。楽しそう？

「彩、旭は遊んでるんじゃないんだから」

父がとりなすと、彩はむっつりと黙って食事を始めたが、その前にアサヒをひとにらみするのは忘れなかった。美しいがきつい顔立ち。同い年でも松葉美織とは印象が正反対だ。写真で見ただけだが、木漏れ日のなかでほほえむあの子と犯罪がどうしても結びつかない。

計画を練るため、アサヒはしばしばユウヒのアパートを訪れていた。東京から通うのは面倒ではあったが、会話の内容が内容だけに、他人の耳目を気にしなくていい場所があるのはありがたい。そしてそのうちの何度かは、ユウヒと会う前後の時間に麗鳴館学園や市立図書館へ足を運んだ。できれば松葉美織をじかに見てみたかったからだ。こちらの顔を知られたくないので、こっそり観察するつもりだった。しかし今のところ成功しておらず、美織と犯罪のギャップは大きくなるばかりだ。盗み見るという行為はなんとなく後ろめたくて、ユウヒには言っていない。

十一月の二週目に入ったその日、図書館へ行ったのも、見られたらラッキーというくらいの気持ちだった。建物は古くちっぽけで、色づき始めたイチョウに埋もれている。日が傾き冷たくなってきた風が、冬の先触れのように葉を鳴らす。

自動ドアを通り抜け、独特のにおいのする空気を吸い込んだ。図書館は好きだ、たぶん。アサヒは何事に対しても強い関心を持てない。本を読み音楽を聴き映画を観るけれど、好きでそうしているのか、それが普通だからそうしているのか、自分でも判然としない。普通の生活になじもうとして、注意深く人のまねばかりしているうちに、いつの間にかわからなくなっていた。それでも図書館は好きなのだろうと思うのは、このにおいを嗅《か》ぐと落ち着くからだ。

いつもどおり利用者がまばらな閲覧室に、その姿はあった。何度も写真を見ていたから、ひと目で松葉美織だとわかった。制服姿で長い黒髪を片方だけ耳にかけ、帰り支度をしているようだ。

ついに会えた。体温が上昇する。アサヒはロビーに引き返して待機し、やがて出てきた美織のあとを追った。

美織は図書館に隣接する小さな公園へ行き、自動販売機で何か湯気の立つ飲み物を買って、ベンチに腰を下ろした。スクールバッグから文庫本を取り出して読み始める。伏せた睫毛《まつげ》がそよぐように長く、優しい曲線を描く横顔は写真よりきれいに見えた。唇にほのかな笑みをたたえて、何を読んでいるのだろう。タイトルが見えなくて、アサヒは少し距離を詰めた。しまったと思ったときには遅く、美織が気づいて顔を上げる。しっかり目が合ってしまった。

「何を読んでるんですか」

不審に思われないよう、とっさに平静を装って話しかける。美織は警戒するふうもなく、おっとりとほほえんで表紙をこちらへ向けた。『ドン・キホーテ』――タイトルは知っているが読んだことはない。

「狂った男が風車を巨人と思い込んで立ち向かう話ですよね」

「そのエピソードばっかり有名だけど、それはほんの一部なんです。全体はかなり長くて、いろんな冒険があるんですよ」

答える声はやわらかく、どこかあどけない。

「好きなんですか？」

「はい、とっても。本は持ってるんですけど、今は人に貸してて。読みたくなって図書館に来たら、ちょっとのつもりがやめられなくて借りちゃいました」

「そんなに」

「ドン・キホーテと従者サンチョのやりとりがすごく楽しいんです。ずっと聞いてたくなる」

「聞いて……」

「あ、読んで、ですね」

美織は本を胸に抱き、とても幸せな夢を思い出すように語る。その様子をアサヒはしげしげと眺めた。じかに会って話しても、やはり目の前の少女と犯罪が結びつかない。それどころか違和感はいっそう強くなった。この白い綿毛のような女の子が、自分の親をだまして金を奪おうとしているなんて。このきれいな手で万引きをして、制服の袖《そで》の下に自傷の痕《あと》を隠しているなんて。

「だからラストは悲しいんですけど」

どんなラストなのかと訊《き》こうとしたとき、公園の外灯が灯《とも》り、アサヒは腕時計に目をやった。そろそろユウヒのアパートに向かわなければならない。

あまり暗くならないうちに帰ったほうがいいと言いかけたが、余計なお世話だろうと思い直した。適当に挨拶《あいさつ》をかわしてその場を離れる。

しばらく歩いて振り返ると、美織はまだベンチで本を読んでいた。さっきよりも冷たくなった風に、長い髪がふわりと揺れる。美織はどこもかしこもやわらかそうだった。

9

「おまえもそういう歳か」

運転席に乗り込んできたお父さんは、にやにやして言った。子どもたちが眠っている間に煙草を買ってきたらしく、白い煙を窓の外に吐き出す。夏の明け方のことで、ユウヒは額に玉の汗を浮かべて夢のなかにいた。

違うよ、とアサヒは慌てて否定した。慌てたせいで舌がもつれる。

「目が覚めたらひとりで、そこに新聞があったから」

助手席は荷物置き場と化していて、いちいちトランクにしまうのは面倒な雑多なものが積み重なっている。お父さんがどこかで拾ってきたそのスポーツ新聞は、なかの面を開いた状態でいちばん上に放り出されていて、そこには半裸の女の人の写真が掲載されていた。胸からあふれて落ちそうな乳房だった。

「見てたわけじゃないよ」

「こういうのに興味が出てくるのは当たり前のことだ。アサヒはどんな女の子がタイプなんだ。ん？」

「だから違うって。知らないよ」

「考えてみりゃ、おまえは実際の女の裸は見たことないんだな。赤ちゃんのときに見たお母さんのおっぱいなんて覚えてないだろ」

アサヒはシートにどすんと背中をつけ、両手で耳をふさいだ。この話を続けるのは嫌だと露骨にアピールしているのに、お父さんはこちらを見ていない。窓から手を出して煙草の灰を落としながら、首をひねって助手席の半裸の女を見ている。

「いいか、同じ男としてアドバイスだ。女はちょっとぽちゃっとしてるくらいの、やわらかいのがいい。ガリガリやムキムキはだめだ。毛布だってパンだってやわらかいほうがいいだろ？」

窓枠から剝《は》がれて垂れているゴムを、アサヒはサンドバッグのように殴った。でも、この拳《こぶし》はまだ男の拳ではないから、猫がひもにじゃれているみたいでかっこ悪い。アサヒは不機嫌な顔で無視を決め込んでいたが、「同じ男として」というフレーズだけはうれしかった。

「しかし、そうか。アサヒがそういう歳になあ。やだねえ」

お父さんはひとりで陽気にしゃべり続ける。毛布の季節なら頭からすっぽりかぶりたいところだったが、しかたがないのでTシャツの襟を引っ張って頭のてっぺんまで持ち上げた。息がこもって顔が熱いし、汗くさいし、最悪だ。

お父さんはしばらくしゃべっていたが、しだいにその声が弱々しくなり、うつろな感じになって、ぷつりと消えた。それから長い沈黙のあと、別人の声でつぶやいた。

「いつまでもガキのままじゃないんだよな……」

10

美織と会ったあと、アサヒは帰りの電車のなかで『ドン・キホーテ』のあらすじを調べた。騎士道物語の読みすぎで狂気に陥った男の冒険譚《たん》。美織が悲しいと言ったラストは、彼が正気に戻って死ぬというものだった。

アサヒは小説を購入して読み始めた。文庫本で六冊もあったが、美織があれほど好きだという物語に興味を引かれた。

ドン・キホーテという男は、なんとなくお父さんを思い出させる。明らかにまともではない行動をとりながら、いかにももっともらしい理屈を並べ立てるところが。ならばその理屈に丸め込まれ、彼を慕ってともに旅をする従者サンチョは、かつての自分とユウヒだろうか。最後に死んでしまうところまで、ドン・キホーテとお父さんは同じだ。ただし、お父さんは正気に戻らないままだったけれど。

小説はまだ出だしで、ドン・キホーテはサンチョと出会ってさえいない。一方、誘拐計画のほうはまずまず自信の持てる形に仕上がってきた。やっぱり頭を使うことは兄ちゃんだ、兄ちゃんを仲間に入れたのは正解だった、とユウヒは感心しきりだった。

アサヒは松葉修の選挙事務所にボランティアスタッフとして採用された。投票日まで二週間。右も左もわからなかったが、わからなくても特に困ることはなさそうだった。やれと言われた作業をやるだけだ。

「お疲れさま」

ポスターの裏にテープを貼っていると、松葉由孝が隣の椅子に腰を下ろした。松葉修の長男で、美織の兄。順調にいけば身代金の運搬役を務めることになる男だ。アサヒよりふたつ年上だが、東大に入るために三浪しているので学年はひとつ下だという。由孝は初対面のときに自分からあっさりとそう明かした。

「テープ貼りなんてつまらないだろう」

「いいえ、単純作業は嫌いじゃないので」

「実を言うと僕もだ」

こちらに向ける笑顔は、涼しげで端整だ。

事務所内には老若男女が入れ替わり立ち替わりして、それぞれの作業をこなしつつ雑談を交わしている。アサヒも話しかけられれば応じるし、周囲から浮かないように振舞っているつもりだが、それは小塚家に引き取られて以来の習い性のようなもので、社交はおしなべて苦手だし下手だ。「そうですね」「そうなんですか」「なるほど」――ひどいときはこの三つのローテーションのみで乗り切っていることを、誰にも気づかれていなければいいのだが。敬語を使うかどうかの違いだけで、学校でも似たようなものだった。

そんなアサヒには珍しく、由孝との会話は苦にならない。まったくとは言わないが、ほとんど身構えずに話せる。こちらのことを根掘り葉掘り訊かないからだろう。

由孝の所属する社会階層を考えれば、ストレートで東大に入って当然で、三浪というのはけっして褒められた話ではないはずだった。彼が他人に対して必要以上に踏み込まないのは、苦労人ゆえなのかもしれない。

「そろそろ切り上げて、たまには何か食べて帰らないか」

由孝から個人的な誘いを受けるのははじめてだった。彼が夕飯に選んだのは、最近オープンして評判がいいというラーメン店だった。

「ラーメン……」

「苦手だった？」

「あ、いえ、俺の知り合いがラーメン店に勤めてて、食べに来いって言われてたなって」

「けんかでもした？」

「まあ、そんなとこです」

「ちなみに、ここは海老《えび》ワンタン麺《めん》が売りらしいよ」

なるほど、入り口脇の看板にもでかでかと書いてある。アサヒは海老ワンタン麺を、由孝は人気ナンバー2だという肉ワンタン麺を注文した。海鮮はあまり得意ではないようだ。

まずスープをひとくち飲んだ由孝が、ふぅ、と息をついた。

「ああ、染み渡る。昨夜は応援弁士との内交渉ってやつに同行したんだ。いい機会だから将来のために勉強しておけって言われたんだけど、やっぱりああいう場は肩が凝るよ」

「由孝さんもお父さんと同じ道に？」

「意義ある仕事だとは思ってるけど、はっきり決めてはいないよ。目指したからといって必ずなれるものでもないしね」

「由孝さんならなれますよ」

お世辞ではなかった。選挙事務所での由孝は、客観的に見てとても感じがいい。昨夜のように専門的な案件に関わる一方で、ビラ配りなど体を使う仕事や掃除などの雑用も嫌な顔ひとつせずにこなす。事務所をふらりと訪ねてきた町内会の人にも、謙虚かつ気さくに接する。スタッフが由孝を悪く言うのを聞いたことがないばかりか、このたった数日の間にも、本人のいないところで褒めているのを何度も耳にした。

印象的だったのは、年配のスタッフが口にした「やっぱり血筋だね」という言葉だ。「親の育て方がいいのね」というのも聞いた。

事前にユウヒから得た情報によると、松葉家というのはこの地域に代々続く名家で、先代当主も県議会議員だったそうだ。由孝と美織の母である塔子《とうこ》は、その先代のひとり娘だった。修は婿養子に入る形で、松葉の姓と義父の地盤を継いだのだ。

松葉夫妻に対する地域の信望は厚い。大きな目に活力があり弁舌さわやかな修と、上品な美人で常に腰の低い塔子。アサヒ自身が修と言葉をかわしたのは、働き始めた初日の一度きりだが、修はアサヒの目をまっすぐに見て「よろしく頼むよ」と言った。塔子の接し方はさらに丁寧できめが細かく、折に触れてねぎらいや感謝の言葉をかけてくれる。見ていると、誰に対してもそうらしい。単に有権者や支援者の心をつかむためのテクニックなのかもしれないが、娘の不祥事をもみ消すというので漠然と描いていた、傲《ごう》慢《まん》で悪辣《あくらつ》な人物とは印象が違った。

理想の夫婦だと人は言う。そこに由孝を加えれば、理想の一家となる。

だが、その一家に長女は含まれていない。松葉家について語られるときに美織の名が出ることはほとんどなく、たまに出たとしても、小さいころはかわいかったとか神倉の名門女子校に通っているというくらいで、現在の彼女のことは誰もよく知らないようだ。

「まあ、ゆっくり考えるよ。息子だからって安直に跡を継ぐべきじゃない」

「そういえば妹さんもいるんですよね」

「ああ、誰かから聞いた？　美織っていって高一なんだけど、彼女はそっちの道には進まないと思うよ。選挙の手伝いをするどころか、父が当選しようが落選しようが関係ないって顔してる。本人の自由だから、それでいいんだけどね」

由孝の口調はごく自然で、美織に関する話題を避けたがっているそぶりはない。しかし、それ以上語ることもなかった。もう少し詳しく訊《き》いてみたかったが、しつこくつついて、のちのち不審に思われても困る。

「そう言う君は？」

「え？」

「政経学部だし、多少なりとも政治に興味があるからうちに来たんだろう。実家が歯科医院なのに違う道を選んだんなら、それなりの考えがあるのかと思ってさ」

　由孝がそんなことを気にとめていたとは意外だった。

　アサヒは海老ワンタンを口に入れた。うまいはうまいが、しょっちゅう食べるものでもないので、よそと比べてどうなのかはわからない。

「政経学部に入ったの自体ちょっと興味があっただけで、将来的にどうとか考えてるわけじゃないです」

　彼を欺くために言葉を濁したわけではなく、本当のことだ。

「僕だって似たようなものだよ。将来なんて……」

　由孝はそこで言葉を切り、あとはふたりとも無言でラーメンを平らげた。狭いカウンター席で肩を並べて麺をすする時間は、妙に落ち着くものだった。

　食べながら、アサヒはふいに松葉塔子と母がよく似た種類の女であることに気づいた。塔子に対してなぜか苦手意識があったのだが、それでかと納得する。母親似の上品な容姿に似合わず由孝は早食いで、彼が箸《はし》を置いたとき、アサヒの丼《どんぶり》にはまだ麺が三分の一ほども残っていた。

　途中まで一緒に帰る道すがら、互いの大学の話をした。レポートのために読まなければならない本があるのだが手に入らなくて困っているとアサヒが言うと、由孝は書名を尋ねた。マニアックな研究書ですでに絶版になっているものだ。言ってもわからないだろうと思ったが、由孝の反応は予想外のものだった。

「それなら持ってるよ。興味があって、ちょっと前に古書店で探して買ったんだ。よかったら貸そうか。なんならこれからうちに寄ってくれたら、すぐ渡せるけど」

一瞬、返事に詰まった。由孝の家ということは、美織の家でもある。もし美織と鉢合わせしたら、図書館に続いて二度目の遭遇だ。自分が誘拐計画の一員であることは極力隠しておきたいのに、感づかれてしまうかもしれない。

「突然行ったりしたら、ご家族にご迷惑じゃ」

「両親はそろって会食、妹はたぶんいないよ」

「……それなら」

松葉邸は、横浜は山手《やまて》の高級住宅街にあり、ひとことで言うと豪邸だった。驚くほど広い敷地を背の高い塀が囲んでいる。警備会社のステッカーが貼られた門を抜けると、手入れの行き届いた和洋折衷の庭の向こうに、宏壮《こうそう》でしゃれた洋風の家屋が姿を現した。お父さんの言うところの「金持ちの家」。はじめて小塚邸を見たときにもそう思ったものだが、その比ではない。この家ならば一千万円の身代金など安いものだろう。

身代金の対象となる少女が在宅しているのかどうかはわからなかった。家の中はしんとしている。花が活《い》けられた玄関はきれいに片付いていて、靴は一足も出ていない。

由孝はアサヒを二階の端にある自分の部屋へ案内した。途中さりげなく注意していたが、美織の部屋がどこにあるのかは見当もつかなかった。やはりいないのだろうか。この間のようにどこかで本を読んでいるか、街をふらふらしているのかもしれない。それとも、ひょっとしてユウヒと一緒なのか。

そんなことを考えていて、由孝の言葉への反応が少し遅れた。

「すぐ出すから、ちょっと待ってくれ」

「……すごい量ですね」

由孝の部屋には巨大な本棚が三つもあり、そのすべてにぎっしりと本が詰まっていた。ざっと背表紙に目を走らせる。哲学や思想に関する本が多いようだ。小説や漫画などエンターテインメント作品は見当たらない。

「父や祖父から譲られたものもあるから。気になる本があったら持ってっていいよ」

由孝は詰め込み具合がいちばんましな本棚の奥から、目当ての本を取り出した。手つきが慎重なのは、ページがばらけてしまう恐れがあるからだろう。

「状態が悪くて申し訳ない」

「いえ、ありがとうございます」

より慎重に受け取った本からは、図書館のにおいがした。

由孝がじっとこちらを見ていた。ほほえんでいたが、その目にはわずかな緊張があった。

「母以外でこの部屋に入ったのは君で二人目だ。一人目は小学校一年生のときに一週間だけ来た家庭教師」

言われてみれば、アサヒのほうも友達の部屋に招かれた経験はなかった。普通の人のまねごとができるようになるまで友達は皆無だったし、のちにできた友達ともそういう付き合いはしてこなかった。

アサヒが漠然と感じた昂揚《こうよう》を、由孝も感じているらしい。

だがそれが言葉として表された瞬間、アサヒの熱は冷めていった。彼との間に引かれた見えない線を意識する。

「他に何かいる？」

「とりあえずこれだけで。ありがとうございます」

アサヒはそそくさと松葉邸をあとにした。


「順調？」

軽い調子のユウヒの問いに、アサヒは下を向いたまま「たぶん」と答えた。アパートの畳に座り、持参した路線図と地図をちゃぶ台に広げる。

ユウヒは狭い室内をうろうろしてサインペンを捜している。アサヒも周囲を見回すと、床に放り出された文庫本が目に留まった。漫画の下敷きになったそれは、『ドン・キホーテ』の一巻目だ。前から目にしていたはずなのに、今までそうと気づかなかった。

「あれ……」

「ん？」

「いや」

美織は自分の『ドン・キホーテ』を人に貸していると言っていた。ユウヒが自分で買うとは思えないから、これがそうなのだろう。

あったあったと赤いサインペンを振って、ユウヒが向かいに腰を下ろす。アサヒは『ドン・キホーテ』から視線を引き剝《は》がした。

「松葉由孝ってどんなやつ？」

「美織から聞いてるんじゃないのか」

「兄ちゃんから見た印象を聞きたいんだよ」

「……頭のいい人だよ」

脳裏に浮かんだいくつもの言葉のなかから、ひとつを選んで答える。

自宅を訪ねて以降、ほどほどに距離を取ることを心がけているものの、なんだかんだでよく話をするようになった。近ごろ扱いが難しくなってきたという彼の妹のことも。君と話すのは楽しい、と繰り返し由孝は言う。アサヒもそう感じるからこそ、そのたびに複雑な気持ちになる。

「ひょっとして情が移った？」

「そんなんじゃない」

「あんまり深入りしちゃだめだよ。兄ちゃんはスパイなんだから」

おどけた口調だが、ユウヒの目は笑っていなかった。

「わかってる」

「だよな。由孝はミオのこと、どんなふうに言ってんの」

「問題行動が多いのは何か悩んでることがあるからだろう、前みたいに自分をもっと頼ってほしいって。できた兄貴だよ」

「松葉修は警察に通報しそう？」

「おそらくしない」

投票日が近づくにつれ、陣営全体の熱意と緊張が高まっている。情報の扱いには以前に増して神経質になっているし、由孝によれば、松葉夫妻は美織がまた何か不祥事を起こしやしないかとひそかに気を揉《も》んでいるという。

「家族っていっても、必ずしもひとつじゃないんだよな」

ユウヒのつぶやきに、アサヒはそっと目を上げた。よっしゃ、とでも言うかと思ったのに。ユウヒは路線図をのぞき込んでいて、表情はよく見えない。

「十年前、俺と兄ちゃんとお父さんはひとつだったろ。社会からはみ出してたから、まるで世界に三人ぼっちみたいだった」

ユウヒがサインペンのキャップを取った。

「お父さんがいなくなって、ふたりぼっちになると思った」

きゅっと音を立てて横浜駅を丸で囲む。

「実際はひとりぼっちになった」

紙につけたペン先から赤いインクがにじんでいく。

お父さんが遺体で発見されたあと、保護された児童相談所で、アサヒとユウヒは自分たちが兄弟ではないことを知らされた。

アサヒはお父さんの子だ。正近卓爾と離婚した妻との間に生まれた。

ユウヒの出自は不明だった。お父さんの子ではなく、アサヒの弟でもない。

「おまえには里親も友達もハレの仲間もいるだろ。ひとりぼっちでも、ふたりぼっちでも、三人ぼっちでもない」

アサヒは思い切って顔を上げて言った。ユウヒは紙からペンを離して曖昧《あいまい》に笑った。

11

投票日まであと六日。十一月二十一日午後一時過ぎの選挙事務所は、大勢が電話で投票を依頼する声で一瞬たりとも静まっていない。

アサヒは大学を休み、朝からずっと事務所にいた。今日から三日間はそうして夜までいるつもりだ。

朝いちばんに、修と秘書が事務所に来て二階へ上がっていった。二階には一般のスタッフは立ち入ることができない。修たちはしばらくして街頭演説に出かけていき、昼過ぎにいったん戻って、今は二階で出前の昼食をとっている——ということになっている。

修が戻ってからほどなく塔子も事務所に顔を見せ、二階へ行った。そのあと由孝もやって来て、やはり二階へ向かった。由孝は今日は夕方になると聞いていたが、予定を変更したようだ。普段は一般スタッフとともに一階で仕事をし、呼ばれなければ二階へ行くことなどないのに、脇目も振らずに直行だった。

由孝が下りてきた。はじめてアサヒの存在に気づいた様子で、近づいてきて隣の椅子にどさりと腰を下ろす。心ここにあらずといったふうだ。アサヒは呼び出し中の電話を切り、由孝のほうへ体をひねった。

「何かあったんですか？」

「ん？　いや……」由孝が口ごもるのは珍しい。

「トラブルでも？」

「うん、まあ、そうなんだ。ああ、でも選挙に影響はないから気にしないで」

由孝はこちらを向いてほほえんでみせたが、きれいな顔は青ざめている。ちょっと外の空気を吸ってくると言って出ていった彼は、二十分ほどで帰ってくるとそのまま二階へ上がっていき、事務所を閉める時間になっても下りてはこなかった。

翌日は由孝も塔子も朝から事務所に来て、選挙運動に出かけた修と秘書に代わって二階の留守を預かっていた。塔子にしろ由孝にしろ一日そこにいるというのは例のないことだが、スタッフが誰も不審がっていないのは、彼女らの態度がいつもどおりだからだろう。珍しいですねとスタッフのひとりに声をかけられた塔子は、「いよいよ正念場ですから。最後までよろしくお願いします」と優雅に一礼してみせた。昨日は動揺していた由孝も、今日は落ち着いた表情を取り戻している。修や秘書も含めて、誰も重大なトラブルを抱えていることなどおくびにも出さない。

由孝が一階に姿を見せたとき、アサヒはこっそりと状況を尋ねてみた。今日の変則的な行動は昨日言っていたトラブルのせいなのか、そのトラブルは解決しそうなのかと。

由孝の答えは両方ともイエスだった。

「君の目はごまかせないな。君にだから言うけど、ちょっと深刻な事態でね。でも大丈夫、対処の方針は昨日から決まってて、あとはそれを実行するだけなんだ。そのためには今日明日は二階を空にはできない。明日は父もスケジュールを変更して事務所にいることになる」

「選挙運動を中止するんですか？　選挙に影響はないはずじゃ……」

「明日一日だけのことだよ。その後は元どおり、問題なしだ。ただ、このことは他のスタッフには黙っててくれ。動揺させるだけだから」

「わかってます。俺にできることがあれば言ってください」

「ありがとう。君は優しいね」

苦いものがこみ上げた。一方で、脳は冷静に仕事をしていた。

その夜八時半に事務所を出てから、アサヒはユウヒにメールを送った。決行だ、と。

あとで会おうと、ユウヒからすぐに返信があった。零時まではバイトだというので、零時半に待ち合わせる。場所は神倉の、ユウヒのアパートとは駅を挟んで反対側にある公園だ。

いつものようにアパートで会うわけにはいかない。今そこには「誘拐された」美織がいる。どこに匿《かくま》うかとアサヒが言ったとき、ユウヒはきょとんとして「うちでいいじゃん」と言った。美織もそのつもりでいると。ユウヒの彼女ではないと前に聞いたが、実態がどうなのかアサヒにはわからないし、突っ込んで訊《き》く気にもならない。

アサヒは二十四時間営業のマクドナルドで時間をつぶしたあと、約束の十分前に公園に着いた。外灯もない小さな公園内は無人で、道路から離れたところにあるベンチは暗がりに埋もれている。悪事をたくらむ男が連れを待つにはおあつらえ向きだ。そこに腰かけ、携帯電話をチェックする。母からメールが届いていて、ココアの具合が悪くなったので今から三人で病院に連れていくと記されていた。

「悪い、お待たせ。超特急で片付けたんだけど」

零時三十二分に現れたユウヒは、金色に近かった髪を黒く染めていた。この暗さで見ても、それだけでずいぶん印象が違う。子どものころの面影が強くなる。

「その髪……」

「ああ、明日は目立たないほうがいいだろ。けっこう好評なんだけど、ミオは前のほうがよかったって」

　ユウヒはぽんと自分の頭を叩《たた》いて、アサヒの隣に腰を下ろした。ごついスニーカーに包まれた足をだらしなく前方へ投げ出し、提げていたビニール袋から発泡酒を二本取り出す。

「まずは乾杯だな」

「何に？」

「決まってる、計画の第一段階をクリアしたことに」

　松葉修は誘拐犯の要求に応じる。現段階で警察を介入させてはいないし、これからもさせる気はない。松葉一家と秘書の動きや由孝の言葉から、そう判断を下したのはアサヒだった。

「まだ第一段階だ」

「でも、ここをクリアできなきゃ先はなかった」

　プシュッと小気味よい音が無人の公園に響いた。アサヒもならって缶を開ける。

「ウカノミタマノカミのお導きかもな」

　缶の縁を軽くぶつけ、ユウヒはいたずらっぽい目つきで言った。アサヒはぽかんとしたが、ややあって赤い前掛けをした狐の像が脳裏に浮かんできた。あれはどこの神社だったか。車上生活をしていたころ、賽銭《さいせん》目当てに訪れた寺社の仏や祭神の名前を片っ端から覚えては、退屈な車内で交互に言い合って詰まったほうが負けというゲームをしていた。

「オモダルノカミ」

言って、アサヒはぐびりと飲む。案外、覚えているものだ。

「アマノオシホミミノミコト」

「オオヤマクイノカミ」

ユウヒは続いてやきとりの缶詰を開けた。

「兄ちゃん、ゼラチンのとこ好きだったよな。ホムダワケノミコト」

「……好きだったな」

忘れていた。当時、お父さんが酒のつまみにやきとりの缶詰を買うと、肉をくれるというのにゼラチン部分をねだっていた。もしも母がそれを——息子がやきとりの缶詰の、しかもゼラチンなんかをうれしそうに食べているところを見たら、悲鳴をあげたかもしれない。引き取られて間もないときに当然のようにヨーグルトの蓋《ふた》を舐《な》めて、ひどく叱られた。いやしいという言葉が、それからずっと耳の奥に残っている気がする。

ふいに、こうしてユウヒとなごやかに話していることの奇妙さに気がついた。脅されて犯罪の片棒を担がされているというのに、何がオオヤマクイノカミだ。だが、何度も会ってともに計画を練り、計画とは関係のない話——アサヒが将棋部でユウヒがサッカー部だったことや、アサヒは泳げるようになったがユウヒは今も泳げないことなど——も少しずつするうちに、昔の感覚が呼び覚まされつつあるのは否定できない。あのころは盗みも遊びも何でも一緒にやっていた。

「美織はどうしてる？」

「さっきメールしたら、もう寝るって」

「携帯は使わないほうがいいって言ったろ」

「基本的にはずっと電源切ってるはずだよ。警察が介入しないなら大丈夫だとは思うけど」

「確実じゃないのを忘れるなよ。危なそうならすぐに中止だ」

「わかってるって。兄ちゃん、ほんとに分け前はいらない？　昔から欲がないよな。ひとつしかないものは必ず俺に譲ってくれた。兄と弟ったって一歳しか違わないのに。ハレの子どもらと接するようになって、兄ちゃんってできた兄貴だったんだなってつくづく思うよ」

アサヒは顔をよそへ向けて発泡酒をあおった。公園にはブランコが並んでふたつ。鉄棒も並んでふたつ。

あのころは、ユウヒをうらやましいなんて思ったことはなかった。何もかも同じだったから。お父さんは常に兄弟に分け隔てなく接した。兄と弟という意味でも、自分の子と他人の子という意味でも、いっさい差をつけなかった。

「はじめておまえのアパートに行ったとき、神倉ってこんなに近かったのかって驚いたんだ」

何の話かというようにユウヒが小首を傾げる。自分でも、なぜいきなりそんな話を始めたのかと思う。

駅前の雑踏を通り抜けながら、もしも今までに来ていればユウヒとすれ違っていたかもしれないと思った。東京で会ってひと目でそうとわかったように、気がついていたかもしれない。そのときなら、ふたりの間に脅迫だの犯罪だのが割り込んでくることはなく、ただ再会を喜べたのだろうか。それとも、互いの環境の違いから、よそよそしく別れておしまいだっただろうか。

神倉の児童相談所に保護されたユウヒが神倉の児童養護施設に引き取られることは、当然に予想できたはずだ。なのに、十年も知らずにいた。知ろうとしなかった。過去の自分から遠ざかろうと必死だったのだ。普通の子になるために。ユウヒからお父さんを奪った罪悪感から目を逸《そ》らすために。

「こんなに近くにいたのにな」

「俺も兄ちゃんが東京にいるって知ったときはびっくりしたよ。もっと早く捜せばよかったって思った」

ユウヒがそうしなかったのは、必要がなかったからだろう。新たな人生になじんで、幸せだったからだ。アサヒの場合とは違う。

「ところで、兄ちゃんの負けでいい？」

「なんだ、続いてたのか。じゃあ、コノハナサクヤ……」

「残念、時間切れ。勝った俺は肉で、兄ちゃんはゼラチンな」

ほい、と差し出された箸《はし》を受け取り、やきとりの周りの茶色いゼラチンを口に入れる。思わず苦笑がこぼれた。

「いま食べると、そんなにうまいもんじゃないな」

でもやっぱり嫌いじゃない。嫌いにはなれなかったのだと気づいてしまった。泳げるようになってもやはり水は怖いように、歯並びを矯正しても、ヨーグルトの蓋を舐めなくなっても、結局、自分はあのころのままだ。

どこからか踏み切りの音が聞こえてきた。

アサヒは残った発泡酒をひと息に飲み干した。

12

十一月二十三日。勤労感謝の日。

午前八時前にアサヒは選挙事務所に到着した。八時を待ちかねたように選挙カーが出動していったが、そのなかに松葉修本人の姿はない。

八時十五分ごろ、二階にいた由孝が下りてきて、アサヒに一緒に来るよう告げた。アサヒは内心、狼狽《ろうばい》した。なぜ自分が、なぜこのタイミングで呼ばれるのか。まさか、ばれたのか。

「……どうしてですか」

「来てくれたらわかるよ」

疲れの見える由孝の顔には、困惑の表情が浮かんでいる。

案内された部屋では、松葉夫妻と秘書が着席して待っていた。ドアと向かい合う形に置かれた奥の大きな机に修。その前の応接セットに塔子と秘書。ドアが開いた瞬間、三つの顔がいっせいにこちらを向いた。息苦しいほどに空気が張りつめ、皆、深刻な顔をしている。由孝がソファに腰かけ、アサヒにもそうするよう勧めた。唾《つば》を飲み、とりあえず従う。ソファの沈む音がやけに大きく聞こえる。

「小塚旭くんだな。いつもよくやってくれてありがとう」

言葉とは裏腹に、修の声音はいつになく硬い。やはりばれたのだろうか。美織に会ったのがまずかったのか。それとも由孝に近づきすぎたか。だとしたら、修はどうするつもりなのだろう。俺はどうすればいい。

「時間がないので、さっそく本題に入らせてもらう」

目で合図を受けた秘書が、テーブルに置いてあった一枚の紙をアサヒのほうへ押してよこした。彼らの意図がわからないまま、印字された文章に目を落とす。

『松葉美織を誘拐した。二十三日の朝までに一千万円を用意しろ。警察には知らせるな』

「おととい、二十一日の午前中に事務所に届いたものだ。宛名は私で、差出人の名はなかった。美織というのは私の娘だ。その脅迫状とともに、美織の名前入りのＩＣ定期が同封されていた」

アサヒは顔を上げたが、用心深く口を閉ざしていた。冷や汗が背中を流れ落ちる。

「だがその時点では半信半疑だった。選挙にいたずらはつきものだ。これがそうだとしたらかなり悪質だがね」

修はまず自宅に電話をかけ、美織が前日は帰っていないことを塔子から聞いた。しかし美織は日ごろから素行が悪く、帰らなかったのもはじめてではない。次に美織の携帯電話にかけたがつながらなかった。学校に出欠の確認はしなかった。無断欠席はよくあることだし、不用意に騒ぎ立てるのは望ましくないと考えたからだ。

「しかし午後になって、私の直通電話に誘拐犯を名乗る人物から連絡があった。機械で変えたような声で、性別も年齢もわからなかったが」

修は机の端に置いた固定電話に手を乗せた。

「この番号を知っている者は限られ、美織はそのなかに含まれている。犯人は美織を電話口に出し、私に声を聞かせた。それで誘拐は事実なのだと認めざるを得なくなった」

塔子がハンカチを鼻に押し当てた。しとやかな印象が強いが根は気丈なのだろう、こんなときでも取り乱した様子を見せない。この三日、上品なスーツの着こなしにもヘアスタイルにも隙はなかった。

「警察には？」

腹をくってアサヒは尋ねた。

「悩んだが、知らせるなと犯人がわざわざ書いている以上、娘の無事を第一に考えることにした。それに今は大事なときだ、我々としてもこの件は表沙汰《おもてざた》にせず秘密裏に処理したい。つまり犯人の要求に全面的に応じると決め、身代金を用意した」

テーブルの上に置いてあるリュックの中身がそうなのだろう。リュックに入れろというのもこちらの指示だ。

「犯人は身代金の運搬役に由孝を指名した。あとの指示は当日、すなわち今日出すから、朝八時から美織が解放されるまでは事務所から離れず、常に直通電話に出られる状態にしておけとのことだった。そしてさっき、八時ちょうどに犯人から電話があったんだが、やつは運搬役を誰か別の人間に替えろと言ってきた」

「え？」

本心からの声が出た。どういうことだ。ユウヒからそんな話は聞いていない。

当の由孝が説明を引き継ぐ。

「理由はわからない。犯人は何も言わなかったんだ。ただ僕ではだめだと。他の、予定と違う行動をとっても怪しまれない人物を選べと言われて、僕の頭に浮かんだのが君だった。君なら信頼できる。申し訳ないけど、身代金の運搬役を引き受けてくれないか」

頼む、と修が頭を下げた。こんなふうに切羽つまった声を聞くのははじめてだ。秘書がそれにならい、さらに頭を低くした塔子がすがるように訴える。

「お願いします、小塚さん。由孝がこれほど信頼しているあなたになら、私たちも安心して任せられます。ご迷惑でしょうが、どうか娘を、松葉を助けてください」

さまざまな考えが脳裏を駆けめぐった。ユウヒはなんだってそんな指示を。急に運搬役を変更しなければならない事情が生じたのか。それはどんな事情だ。それとも犯人から指示があったというのは嘘で、やはり松葉側がアサヒの関与に感づいて罠《わな》にはめようとしている？　黄信号だ。運搬役は拒否して、計画を中止すべきか。いや、引き受けてからでも中止はできる。ユウヒと連絡を取ってから判断すればいい。

「……わかりました」

黄色は進めだ。

松葉家の三人が口々に礼を言い、秘書が深く頭を下げた。再び修が口を開く。

「横浜駅午前十時十分発の湘南新宿《しょうなんしんじゅく》ラインの上りに乗れ、というのが犯人からの最初の指示だ。次の指示は私の直通電話に届けられ、それを私が君に伝える。だから携帯には常に注意を払い、いついかなるときでも応答するようにしてくれ」

運搬役をあちこち移動させるのは誘拐のセオリーだ。警察の追跡がないとしても、松葉側は独自に尾行や監視をつけるに違いなく、それをまく必要がある。尾行について修がアサヒに知らせないのは、アサヒの態度で犯人にばれるのを警戒してのことだろう。いちいち修から指示を受けるのはまどろっこしいが、それは彼が変心して警察に訴えたりしないよう牽制《けんせい》するためだ。修を交渉のテーブルに縛りつけておく。完璧《かんぺき》なやり方とは言えなくとも、ある程度の効果はあるはずだ。

「犯人は複数人のグループで、事務所も運搬役も監視していると言っている。こうしてこの部屋の窓を開け放っているのも、犯人からの指示だ。おかしなそぶりが少しでも見られれば、娘の命はないと。くれぐれも行動には気をつけてくれ。それから、言うまでもないと思うが、この件は他言無用だ」

すべてにはいと答えたあとで、アサヒはいったんトイレに行き、ユウヒにメールを送った。返信はすぐだった。

『たしかに俺が出した指示だよ。兄ちゃんが選ばれるとは思わなかったけど、考えようによっちゃラッキーだよな。きついけどよろしく』

ラッキー。そうとも言える。運搬役がアサヒなら、途中で犯人の指示に背く心配はない。しかし運搬役を変更した理由は記されておらず、それを尋ねるメールをもう一度送ったが、返信はなかった。くそっ。心のなかで毒づいて、乱暴に携帯電話を閉じる。電話をしたいところだが、さすがに危険だろう。

このまま続行すべきか迷う。ユウヒは何かたくらんでいて、それはアサヒにとって不利益になることなのかもしれない。ありうることだと思う。ふたりの間には十年という年月が横たわっている。ユウヒにはユウヒの歴史があり、人間関係がある。狂言誘拐に必要な道具はたいていユウヒが調達してきたが、その出どころについてしばしば言葉を濁すことから、ろくでもない知り合いが少なからずいるらしいと察せられた。美織との関係だって不透明だ。兄ちゃんにしか頼めないなんて言葉を真に受けてはいない。どうする。引き返すなら今だ。これが最後のチャンスかもしれない。

だが結局のところ、アサヒに選択肢はないのだった。ときどき忘れそうになるが、アサヒはユウヒに従うしかない立場で、それがわかっているからユウヒは一方的に「よろしく」と告げた。

アサヒは何秒か目を閉じていらだちを抑え、身代金が待つ部屋へ戻った。リュックを受け取って背負う。重くはないが、背中が緊張する。

「よろしく頼む」

三対の目に見送られて部屋を出た。由孝は一階の出入り口までついてきて、「美織はかわいそうな子なんだ」とつぶやくように言った。松葉家が体面を重んじるのは事実で、美織は一家の厄介者なのだとしても、やはり心配なのだ。

「金はちゃんと届けます」

目を逸《そ》らして告げ、事務所を離れた。姿は見えないが、近くにユウヒがいるはずだ。ひそかに運搬役についていき、必要な場面で必要なことをする。アサヒは事務所に残って修たちの監視を担当する計画だったが、事務所のほうはこの際、放っておくしかない。この計画の狂いが悪い結果を招かなければいいが。

休日の上り電車は、遊びに出かけるらしい乗客で混雑していた。この日時を指定したことを少し後悔しながら、リュックを体の前に抱え、中ほどの吊革《つりかわ》を確保する。もう片方の手には携帯電話。次の指示をアサヒはもちろん知っているが、いつ電話が鳴るかわからないという態《てい》でいなければならない。

雑誌の中吊り広告には、原発や仮設住宅という言葉が並んでいる。それを見上げるふりで、さりげなく周囲をうかがう。はやりのサルエルパンツをはいた青年。ニンテンドー3DSに夢中の子ども。ビンラディン殺害は陰謀だとかなんとか、妻らしき女に向かって熱弁をふるう老人。そんななかに、やはりいた。今、連結部の近くで顔を背けたマスクの男は、松葉側がつけた尾行だ。新聞を読んでいるふりをしているが、瞳《ひとみ》がまったく動いていない。男と交流はないものの、顔だけは事務所で見かけた覚えがある。

――人の顔をよく観察するんだ。そいつがおまえを怪しんでるのか、殴ろうとしてるのか、だまそうとしてるのか、あるいはただの間抜けか。それを見極められれば、ピンチは半分になってチャンスは倍になる。

お父さんの教えだった。それが染みついていたから、アサヒは今でも人の顔をよく覚える。

アサヒはそしらぬ顔で車窓の風景に目をやった。この湘南新宿ラインは、二〇〇一年の十二月に運行を開始した。三人の生活が終わりを告げた二〇〇一年の十二月。当時、ラジオでよくその話題が出ていたのを覚えている。別の車両に乗っているはずのユウヒは、覚えているだろうか。

三十分ほど電車に揺られたところで、携帯電話が震えた。「松葉直通」の表示を確認して耳に当てると、次の新宿で降りろという犯人からの指示を伝えられた。さすがと言うべきか、修の口調は冷静だ。口元を手で覆って、はいと答える。

大勢の乗客とともに新宿駅のホームに吐き出されて二十秒もしないうちに、再び修から連絡が来た。次の指示は、山手線《やまのて》の外回りに乗れ。

アサヒはリュックを背中に戻し、階段を下りて山手線のホームへ向かった。ユウヒの姿は見当たらないが、マスクの男はついてきている。お父さんの言葉を借りれば、あいつは「ただの間抜け」で決まりだ。アサヒは歩きながら携帯電話を持った手をジャケットのポケットに突っ込み、手探りでユウヒにメールを打った。「ますくのおとこ」と。「ますけ」とか「あとこ」になっているかもしれないが、いちおう知らせておく。

山手線も混雑していたが、新宿で乗客がごっそり入れ替わったため席が空いた。しかししかしアサヒはドア近くに立っていることを選んだ。

――いつも逃げることを意識しとけ。そしたら予想外のやばいことが起きてもパニックにならずにすむ。予想外のやばいことってのが人生にはつきものだからな。

それもお父さんの教えだった。アサヒは今まさに誘拐という予想外のやばいことに巻き込まれている最中であり、しかも共犯者は信用しきれない。

山手線が駒込《こまごめ》駅に着いたとき、携帯電話が震えて修の声が飛んできた。

「そこで降りろ！」

すぐさまホームに飛び出す。

「向かいの電車に乗れ！」

そこには山手線内回りの電車が停まっていて、すでに発車メロディが鳴っている。ドアが閉まる寸前になんとか滑り込んだ。あらかじめ知っていたとはいえ、ひやひやするタイミングだった。ドア近くの乗客が顔をしかめたが、外回りの電車に取り残されたマスクの男はもっとひどい顔をしているに違いない。それとも呆気《あっけ》にとられているか。選挙事務所では修も歯がみしたかもしれない。

これで少なくともひとり、尾行をまいた。松葉側は事件に関わる人間をなるべく少なくとどめたいと考えているため、尾行に充《あ》てる人数は多くないはずだ。修は次の行き先を知ることができるが、犯人からの指示がこんなふうにぎりぎりで出されるのでは、手の者を配置しようにも間に合わないだろう。

再び新宿駅を通過し、五反田《ごたんだ》駅でまた同じことをやった。今度は内回りから外回りへ。電車から飛び出してホームを横切ろうとしたところ、女子高生の集団に進路をふさがれた。背中に学校名が入ったそろいのジャージに身を包み、大きなスポーツバッグを肩にかけ、おしゃべりに夢中になっている。もう発車メロディが終わる。アサヒは彼女らを押しのけて進み、閉まりかけたドアに指をかけた。無理なご乗車はおやめください。アナウンスを無視してドアの隙間に体をねじ込む。事故などで電車が遅れた場合に備えて別プランも用意してあるので、どうしても乗る必要はなかったのだが、自分の役どころを考えればこうすべきだ。

鼓動の速さに反して、心は自分でも意外なほど落ち着いていた。なぜかしきりにお父さんのことを思い出す。呼吸をするように盗みを働いていたあのころのことを。

そのまま山手線を一周し、また内回りに乗り換え、まもなく東京駅というところで、修から電話があった。東京駅で降りて乗り換えろとの指示に従い、人の列に交じって階段へ向かう。次の指示は、十三時発の東海道《とうかいどう》線下りに乗ること。尾行の手配が追いつかないよう、乗り換えの時間はタイトに設定してある。祝日で混雑していることを考えると少々きつい。

東海道線には間に合った。ここまではおおむね順調だ。

――な、これだから寺や神社では手を合わせとかなきゃいけないんだ。

アサヒは思わずほほえんだ。そんな余裕があることに自分で驚くと同時に、尾行者に見られはしなかったかと慌てて顔を引き締める。最初の間抜けなマスク男以外、アサヒは尾行者を把握できていない。ユウヒのほうで発見していればいいのだが。

横浜駅で電車から降ろされ、桜木町《さくらぎちょう》駅まで徒歩で移動させられた。つい次の目的地に視線を向けてしまい、これは指示を知っている人間の行動だと自分を戒める。ここからはいっそう冷静にならなくては。

駅前の道を松葉修の選挙カーが通っていった。「松葉おさむ」と大書された笑顔のポスターもあちこちで見かけた。修は児童福祉の拡充を公約のひとつに掲げている。美織にとってこの狂言誘拐は、父親、ひいては家族に一矢《いっし》を報いるような意味があるのかもしれない。

その修から電話を受け、観光スポット周遊バス〈あかいくつ〉のバス停へ行く。乗るのは、Cルートの十四時八分発。

指示どおりにしてから、我ながらこれはいい手だったと思った。観光バスに乗っているのは家族連れやカップルやグループがほとんどで、ひとりの客は少ない。アサヒと、一眼レフを首から下げた若い女と、カジュアルな服装の中年の男。いちおう彼らの顔を記憶しておく。

バスが遅れるのは計算の上だ。時刻表では山下《やました》公園まで四十分弱となっているが、実際に着いたのは十四時五十五分だった。目をつけた乗客のうち一眼レフの女だけが一緒に降りた。

携帯電話に次の指示が来た。タクシーを拾って厚木《あつぎ》方面へ行け。

空車がなかなか来なくてやきもきした。ようやく捕まえて乗り込んだとき、一眼レフの女はまだ近くにいて風景写真を撮っていた。彼女が尾行者なら、こちらが出たあとすぐに追ってくるだろう。「一眼レフの女」とユウヒにメールを送る。ユウヒは友達に借りたという派手なバイクにまたがっているはずだが、その姿は見つけられなかった。

「厚木までだとけっこうかかりますよ」

運転手が言うのが時間なのか料金なのかわからなかったが、どちらにせよ問題ない。

「しかも今日は、市内の公園と大通りを使ってB級グルメのフェスティバルをやっててね。大通りは一般車両通行止めだし周辺の道路も通行規制がかかってるんですわ。夜には花火も上がるし、仮装コンテストやパレードなんかもあって、そりゃもうすごい人ですよ。あ、お客さんもひょっとしてそれですか」

はい、とだけアサヒは答えた。会話を望まない客だと察したのか、運転手はそれ以上は話しかけてこなかった。黙って車に揺られながら、これからのことを考える。そして、ユウヒが運搬役を変更した理由を。それをアサヒに教えない理由を。このまま続けていいのかと自問する。黄信号は進めじゃないと、本当は知っているのに？

四十分以上もタクシーに揺られ、通行規制が多くなってきたあたりで、降りろと指示があった。路肩に停めてもらい、けっこうな額を支払って降りると、またすぐに電話があった。公園通りを中央公園に向かって歩け。

運転手が言っていたとおり、周辺は多くの人でごったがえしている。仮装している人も多く、ピエロもいるし、侍も、ピカチュウもいる。そしてこういうお祭り騒ぎには欠かせない、警察官も。仮装ではなく本物だ。街のあちこちに立って警備に当たっている。

そのうちのひとりが近づいてきて、一瞬、足が止まりかけた。首の後ろが硬くなり、心臓が肋骨《ろっこつ》を叩《たた》く。

――堂々としとくのがコツだぞ。見られてると思っても知らん顔をしてろ。もし声をかけられたらきょとんとしてみせろ。受け答えは自然に、でも口数は少なく。べらべらしゃべるとぼろが出るし、隠したいことがあるんじゃないかと勘繰られるからな。

朝の湘南新宿ラインに現れたお父さんの幻は、まだついてきている。

「君」声をかけられ、背筋が凍った。「ずいぶん酔ってるようだね」

警察官はアサヒの横を通り過ぎた。おそるおそる振り返ると、アサヒのすぐ後ろを頭にネクタイを巻いた赤ら顔の男が千鳥足で歩いていた。これは酔っ払いのコスプレですよ、などと回らぬ舌で弁明している。

――はっは！　ほら見ろ、おまわりなんて、ぼんくらばっかりだ。

幻のお父さんが声を弾ませる。

喉《のど》で止まった息をそっと吐き出したところで、携帯が震えた。タクシーを降りてから十分。松葉修を通す最後の指示だ。

「左手にあるＫＫホテルに入って、二階の男子トイレの用具入れを見ろ」

いよいよここまで来た。

ホテルがフェスティバルに合わせたプランを提供しているせいか、正面玄関から見えるロビーラウンジにも仮装した人が大勢いた。マリオと入れ違いに中へ入り、にぎわうラウンジを抜けて、エレベーターで二階へ上がる。二階にはレストランがひとつと貸し会議室があるが、この時間はレストランが営業していないため、一階に比べてひと気がない。ユウヒが手を打ったのか、あの一眼レフの女や他の尾行者らしき人物も見当たらなかった。もし隠れていたとしても、この状況では目立ちすぎておいそれとは近づけない。

男子トイレは無人だった。壁に貼ってある表によれば、次の清掃は約一時間後だ。用具入れを開けると、モップやバケツとともに大きな紙袋があった。日本全国に店舗を持つ家電量販店のもので、ガムテープで口が閉じられている。アサヒがホテルへ到着する直前に、ユウヒが先回りして持ってきたのだった。ホテルの防犯カメラに姿が映っているだろうが、今日は似たような若者がたくさん出入りしているから、顔さえはっきり映らないようにしていれば問題ないはずだ。

人が来ないうちに紙袋を持って個室に入った。袋の中身は、指示を記したメモとパンダの着ぐるみだ。

指示は頭に入っているが、いちおう目を通してから、身代金が入ったリュックのポケットにしまった。リュックにGPSのたぐいが仕込まれていないことを確認した上で、ジャケットを脱ぎ、それも丸めて突っ込む。薄手のセーターとジーンズの上から着ぐるみを身につけた。首から足首までのスーツと頭部に分かれていて、スーツの部分はフリースのパジャマのようにやわらかく背中にチャックがあり、頭部はフルフェイスのヘルメットのようにすっぽりかぶるタイプだ。靴だけは自前のスニーカーだが、顔面も含めて肌が露出する箇所はひとつもない。

着ぐるみのなかでアサヒは顔をしかめた。ユウヒが調達してきたのだが、保管状態が悪かったらしく、ひどくかび臭い。頭も顔も体も、たちまち全身がかゆくなってきた気がする。

我慢してリュックを背負った。もう携帯電話に犯人からの指示が来ることはないが、念のためにしっかりと手に持つ。紙袋は置いていってかまわない。これでいいか。頭のなかを隅々までチェックする。よし。

目の部分に開けられた穴はとても小さく、視界はこれ以上ないほど制限され、一歩踏み出すにも注意が必要だった。まずはそろそろと個室から出る。鏡に映った姿は滑稽《こっけい》かと思いきや、どことなく不気味だった。

着替えている間には誰も来なかったし、トイレの外にも尾行者らしき人影はない。来たときとはルートを変えて階段で一階へ下り、そのまま立ち止まらずに正面玄関から外へ出た。少しの時間でまたぐっと人が増え、それに伴い仮装した人も増え、リュックを背負ったパンダがそこに溶け込むのは難しくはなかった。凝った仮装でないせいか、むしろほとんど注目されない。

運搬役に着ぐるみを着せるのは、もともとユウヒのアイディアだった。美織が家族に大切にされていないことへの仕返しに、ちょっとからかってやろうというのだ。目立ってよくないとアサヒは最初は反対したが、このフェスティバルを知って使えると思った。

数人がかりで扮《ふん》した巨大な汽車やスフィンクスの前に回り込み、背後からの視線を遮るようにしながら、パンダは大混雑の大通りを進んだ。どこからかブラスバンドの音楽が聞こえてくる。ソースのにおいも漂ってくる。大道芸でもやっているのか、わっと歓声が上がる。

そのすべてを無視してたどり着いたのは、複数の路線バスが発着するバスターミナルだ。何もなければホテルから徒歩十分の距離なのに、倍近くも時間がかかった。その代わり、視界の狭さにも動きづらさにもだいぶ慣れた気がする。

目的のバスはすでに乗り場で待機していて、座席がぽつぽつ埋まっていた。列ができている乗り場もあるが、街から離れた集落へ向かうこの路線の利用者は少ない。ほとんどが高齢者で、仮装している者はいない。

バスのなかで全身着ぐるみはさすがに不審なので、乗り込む直前に頭部だけ脱いだ。海底から浮上したような開放感だ。顔を見られたくなくてうつむいて乗り込んだが、首から下がパンダの男を、運転手や乗客が気に留める様子はなかった。フェスティバルで浮かれた変なやつには慣れているのかもしれない。

十六時半きっかり、日の入りとほぼ同時にバスは出発した。これが最終便で、終点に着くのは一時間後だ。客の乗降が少なく渋滞もまず起きないルートで、めったに遅延がないことは確認済みだ。

乗降口に近い二人がけの座席に座ったアサヒは、ほんのつかの間、目を閉じた。神経が冴《さ》えて少しも眠くはないが、一日じゅう移動し続けて体は疲れている。

相変わらずお父さんの気配を感じていた。染みついた煙草のにおいみたいに。とっくに縁を切り葬った過去のにおい。目を閉じてバスの振動に身を委《ゆだ》ねていると、それはますます強くなった。

バスは市街地を抜け、山梨方面へと進んでいく。景色が山がちになり、残照もみるみる消えて、闇が迫ってくる。

行き先は山の中腹にある小さな集落で、斜面にへばりつくように何軒かの古い家と畑が見えたが、すべてが使われているわけではなさそうだった。山に差しかかるまでに乗客はアサヒともうひとりの老人だけになり、その老人もふもとの集落で降りた。まもなく十七時半。あたりはすっかり闇に包まれ、道路を照らすものはバスのライトしかない。

停留所は緩やかなカーブの途中にあった。そこから先は道が細くなり、車が入れないことはないが、バスはここでＵターンする。Ｕターンせずに進めば廃業したキャンプ場があり、さらにその先は徒歩でしか行けない登山道だ。

無人だった。道の反対側に厚木市街方面へのバス停があるが、そこにも誰もいない。静けさと冷気が体に染み込んでくる。

待合小屋があり、ベンチが置かれていた。ベンチには手作りらしい古びた座布団が敷かれている。そこへ入っていき、ベンチの座面の裏をまさぐると、指先が小さな紙に触れた。バイクで先着したユウヒが貼りつけていった、次の行動を指示するメモだ。着くるみのままで十八時に地図の場所へ来い。アサヒには必要のないメモだが、計画どおりにユウヒがここへ来ているという合図にはなる。ベンチの下には黒いビニール袋が押し込んであり、なかには懐中電灯が入っていた。

再び頭までパンダになり、リュックをとんと背負い直す。目的地は、キャンプ場の先の登山道の途中にある公衆トイレだ。そこを提案したのはユウヒで、友達とキャンプに来たことがあるらしい。下見をして、アサヒも納得した。

　ここからトイレまでは普通の恰好《かっこう》で歩いて三十分の距離だが、犯人は十八時ちょうどに来いと要求している。あと二十分少々。走らなければ間に合わない。そんな時間設定にしたのもユウヒの考えで、着ぐるみを着せるのと同じく、ちょっとした仕返しだそうだ。

　走り出してすぐに、ユウヒの稚気を受け入れたことを後悔した。着ぐるみは走りにくい上、ひどく暑い。昨日から気温が下がって夜は一桁《ひとけた》にまで落ち込むという予報だったが、あっという間に汗が噴き出してきた。運動不足もあって、たちまち息が上がり、全身の筋肉が悲鳴をあげる。

　ようやくキャンプ場。チェーンで封鎖されている。完全に廃墟《はいきょ》だ。横目で見て、鞭《むち》を入れる気持ちで足を動かす。犬の吠《ほ》える声が聞こえる。野犬の住処《すみか》になっているのだろうか。恐怖。懐中電灯の光があちこちへ飛ぶ。背中のリュックが揺れる。捨ててしまいたい。足が痛い。腹も痛い。息が苦しい。あとどのくらいだ。

　舗装されていない登山道に入り、石や木の根に足を取られつつよろよろと登っていくうち、やっと公衆トイレが見えてきた。最後の力を振り絞ってたどり着き、荒い息で携帯電話の時計を見ると、約束の時間まであと一分もない。

　考える暇はなかった。そんな力も残されていなかった。トイレに飛び込み、ひとつしかない個室に入って鍵《かぎ》をかける。

　ほとんど直後にドアの外で声がした。

「お疲れ」

　変声器を通していない、ユウヒの声だ。

　アサヒは無言でリュックを下ろし、丸めたジャケットの下から札束を取り出した。ドアの下の隙間から差し出そうとして、寸前で動きを止める。

「なんで、運搬役、変更したんだ」

　沈黙があり、自分の息づかいと激しい鼓動、それに虫の羽音だけが聞こえた。懐中電灯の明かりに浮かぶドアの落書きをアサヒは見ていた。ローマ字で記された誰かの名前。

「気が変わったんだ」

　ユウヒはそう答え、ドアの隙間に指先を差し込んできた。アサヒはしばしためらったが、結局その手に札束を握らせた。

「……ありがとな、兄ちゃん」

　そのひとことを残し、ユウヒが去っていったのが気配でわかった。このドアにはあらかじめ細工と補強がしてあり、いったん施錠してしまえば開けることも蹴破《けやぶ》ることもできない。携帯電話は圏外だから助けを呼ぶこともできず、ユウヒが安全圏に逃れてから松葉側に連絡するのを待つしかない。

　落ち着いて見ると、ひどく汚い場所だった。登山客もあまり使用していないのかもしれない。和式の便器の周りは水浸しで、落ち葉が入り込んで溜《た》まり、巨大な蛾の死骸《しがい》が転がっている。着ぐるみのせいでさほどは感じないものの、吐き気を催すようなにおいがしているに違いない。最低の一日の、最低の終着点。

それでもこれで終わったのだと、アサヒは自分に言い聞かせた。

13

「もし野犬の群れに囲まれたらどうする？」

あれはいつどこでの会話だったのだろう。車上生活には都市部のほうが都合がよくて、野犬が出るような場所にはめったに行く機会がなかったから、ラジオの話題がきっかけだったのかもしれない。

お父さんの質問に、ユウヒは力強く即答した。

「やっつける！」

「素手でか？　野犬には凶暴な牙《きば》があるんだぞ」

「じゃあ石をぶつける！」

「ユウヒは勇敢だな。さすが俺の息子だ。でも野犬はすばやい」

アサヒはどうだ、というようにお父さんがこちらを見る。

「高いところへ逃げる」

「いい考えだ。アサヒはやっぱり頭がいい。でも野犬はすばやいって言ったろ。おまえたちが思う以上にだ」

じゃあさ、とユウヒは新たな案を口にしようとする。たぶんまだ思いついていないのに。アサヒは黙って考えながら、お父さんの言葉の続きを待つ。

「おまえたちは野犬に囲まれて尻餅《しりもち》をついて震える。犬たちはじりじりと輪を狭めてくる。歯がよだれで光ってるのが見えて、生臭い息がかかる。そこにお父さんが現れる。おまえたちは、もう大丈夫だと思う」

赤信号で停まったところで、お父さんは窓の外に煙草の灰を落とした。横に並んだ車から非難がましい目を向けられたらしく、首を傾けて威嚇する。きれいな車だ。「金持ちの車」じゃないけれど、普通の車。

「俺は野犬のやっつけ方を知ってる。それを実行できる力とすばやさと度胸がある。でも俺にとって大事なのは、野犬をやっつけることじゃなくて、もう大丈夫だとおまえたちが思うってことだ。お父さんが来たからもう大丈夫だと」

信号が変わるなり、隣の車は急発進して遠ざかっていった。てっきりしばらく追い回すのだと思ったが、お父さんはそうしなかった。ゆっくりとアクセルを踏み、煙草の煙を吐き出す。

「でもな、俺がいなくても、おまえたちが勝てる方法がひとつだけある」

なになに、とユウヒが訊《き》いた。アサヒはやはり黙って待った。

「それはな……」

14

「成功を祝して」

　黒髪のユウヒが笑顔で差し出した缶に、アサヒは自分の缶をぶつけた。じかに口をつけて思い切り顎《あご》を上げ、ごくごくと喉《のど》を鳴らして一気に飲み干す。こんなにビールがうまいのははじめてだ。

　あのあと、やって来た修の部下によって、アサヒは二時間ぶりにトイレから救出された。彼らは個室の内部を調べ、タンクの下に折り畳んだ紙が貼られているのを見つけた。それは横浜市内の地図で、一か所が赤い丸で囲まれており、そこには建設中のビルがあった。さっそく急行したところ、薬で眠らされている美織を発見したという。

　アサヒはそれを選挙事務所の二階で聞いた。着ぐるみを脱いで顔だけは洗ったものの、汗がすっかり冷えてしまった体はそのままで、おまけに朝食以降は何も口にしていなかった。せめて水分は取るべきだったと、あとになって思う。

　美織はただちにかかりつけの病院へ運ばれ、塔子と由孝がそこへ向かった。残った修と秘書に見送られ、アサヒは事務所を出て、その足でユウヒのアパートへとやって来たのだ。修は車で送らせると言ったが、行き先を知られたくなかったので断って電車を使った。

シャワーと着替えを借りて風呂場《ふろば》から出てきたタイミングで、美織が覚醒《かくせい》したと由孝から電話があった。健康状態に問題はないが、強いショックを受けているようで、事件についてはまだ何も聞けていないとのことだった。

のちに彼女はこう語るはずだ。誘拐されていた間のことは、目隠しをされていたからよくわからない。建物の様子も、犯人の顔も見ていない。ただ犯人の声や話し方から、年配の男女で構成された三人以上のグループだと思う。

ただし、美織がそれを警察に語ることはない。美織は「めまいがして倒れた」だけで、誘拐事件などなかったのだ。万引きや自傷行為が、美織いわく「なかったこと」になったように。君もそれを間違えないでくれと由孝は言った。まさにこちらの狙いどおりになったわけだが、図書館で一度だけ会った美織の顔が頭に浮かんで、あまりいい気分ではなかった。

ユウヒが二本目のビールを持ってきた。

「今日はじゃんじゃん飲んでよ。山ほど買ってあるから」

金額のことが頭をよぎったが、おごられてもいいだろうと思い直した。大変な目に遭ったのだ。飲まず食わずで一日じゅう移動し続け、あんな恰好《かっこう》で山道を走って、汚いトイレに二時間も閉じ込められて。しかも、着ぐるみはダニやらノミやらの住まいになっていたようで、アサヒの顔や首筋はそれらにやられたと思《おぼ》しき赤い斑点《はんてん》だらけになっていた。着たときにかゆいと感じたのは、気のせいではなかったのだ。松葉家の面々はひどく心配し、申し訳ながった。

ようやく人心地がついて部屋を見回す。ベッドの枕元に『ドン・キホーテ』の一巻が置いてあるのは、美織がそこで読んでいたからか。さっきシャワーを借りたとき、風呂場には長い黒髪が落ちていた。

「腹へってるだろ。チャーハン作るけど、他にリクエストある？」

「今日はやきとり缶はないのか？」

思いがけず軽口が出たのは、無意識に気まずさをごまかそうとしてだったのか。それとも、計画が成功したことで我知らずハイテンションになっているせいか。ちゃぶ台の脚元には、一千万円が入ったスポーツバッグがある。

「ごめん、今日はないんだ」

ユウヒはキッチンに立ち、こちらに背を向けて具材を刻み始めた。その手つきを眺めるともなく眺め、うまいもんだなと思う。料理をする手。拳《けん》ダコのある手。どちらも今のユウヒの手だ。

チャーハンを炒《いた》める音とすさまじい換気扇の音をBGMに、ひとりで黙って飲む。この部屋にはテレビもない。

ほどなくすべての音が消えると、急に静けさが際立った。ユウヒが山盛りのチャーハンを両手に持って運んでくる。ふぞろいな皿を二枚、スプーンを二本、ことりとちゃぶ台に置く。いいにおいだ。

ユウヒが向かいに座るのを待って、アサヒは言った。

「いただきます」

「……いただきます」

ユウヒも同じ言葉を口にする。

その声に違和感を覚え、アサヒはスプーンをつかみかけた手を止めた。うつむいたユウヒの顔を見ると、ほほえんでいるものの、表情がぎこちない。

「ユウヒ？」

ゆっくりと顔を上げたユウヒは、困ったようにアサヒを見つめた。

「食べてから言うつもりだったんだけど」

見慣れない悲しげな瞳《ひとみ》に、胸がざわつく。

すうっと息を吸い込んでから、ユウヒはアサヒを見つめたまま口を開いた。

「兄ちゃんに会うのは、これで最後にするよ。せっかくまっとうに生きてるのに、犯罪の手伝いなんかさせてごめん」

アサヒはぽかんとして、その唐突な言葉を受け止めた。

「なんだよ、いきなり」

「いきなりじゃないよ。全部終わったら、その日に言おうと思ってた」

声音の静かさにたじろぐ。こんなふうに話すユウヒは知らない。

「俺さ、十年前に警察に保護される前から、自分がお父さんの子じゃないって知ってたんだ。兄ちゃんと兄弟じゃないって」

「え……」

「俺はお父さんの借金相手の子なんだ。お父さんは当時三歳の俺に包丁を突きつけて、借金をチャラにしろって迫った。ところがけんもほろろにあしらわれて、俺を抱いたまま逃げて、自分の子として育ててたんだって。俺が今回、誘拐って手段を選んだのは、そのことをどっかで意識してたのかもな」

アサヒはごくりと唾《つば》を飲み、どうにか声を押し出した。

「いつから知ってたんだ」

「お父さんが急に九州へ行くって言い出したとき、理由を訊いたんだ。そしたら、俺を本当の親に返すためだって。俺の本当の家が鹿児島にあるから」

お父さんによれば、三人の車上生活の始まりは九州だった。鹿児島。それでか。

「中三のとき、一度だけ見に行ったことがあるんだ。ハレを脱走して、事務室から旅費を盗んで。友達の家にいたことにしたけど、実際ははるばる鹿児島まで行った。正確な住所を知らなくても、お父さんから聞いてた情報だけで簡単にたどり着けたよ。実の父親はヤクザまがいの男だった」

ユウヒは言葉を切り、小さくかぶりを振った。

「こんなこと話しても意味ないよな。どんな親か、俺がハレに戻ったってことで察しがつくだろ。三歳の息子が包丁を突きつけられてもおかまいなしで、連れ去られても放っておいた連中だ。事件は通報されてなかったし、捜索願も出されてなかった。俺の実の親はそういう人間だったんだよ」

「お父さんは、どうして突然おまえを返そうなんて」

「俺と兄ちゃんが成長するにつれて、お父さんは車上生活に限界を感じるようになってきてたんだと思う。それに、お父さんは知ってたよ。兄ちゃんが車上生活をやめて、普通の生活をしたがってたこと」

言葉が出なかった。動いたつもりもないのに、スプーンがちゃぶ台から落ちた。

「本当の親に返すって聞かされて、めちゃくちゃショックだった。本当の子じゃないから俺だけ追い出されるんだって思った」

ユウヒの口角が震える。いったんぎゅっと唇を結び、決意を宿した目でアサヒを見る。

「俺はそれがどうしても嫌で、車がなければばって思った」

「……え？」

どこかで聞いた言葉だ。──車がなければいいんじゃない？

どこかじゃない。忘れもしない。十年前の十二月、ユウヒがアサヒに告げた言葉。車上生活に嫌気が差していたアサヒは、それを真に受けて車を壊そうと考えた。そのために給油口からスティックシュガーを入れた。車は事故を起こし、お父さんは死んだ。

「まさか、わざとだったっていうのか」

弟はただ無邪気に言ったのだと思っていた。今の今まで、ずっと。

「そうだよ」

「俺が車に細工をするように仕向けたのか」

声が震える。体の全部が震えてくる。

髪を黒くしたユウヒは、子どものころのユウヒに驚くほど似ている。二重まぶたの明るい瞳。その輪郭がぶれてぼやける。

「そう。俺は兄ちゃんにお父さんを殺させてしまった。実の息子じゃない俺が、兄ちゃんから兄ちゃんのお父さんを奪ったんだ。脅迫なんかできる立場じゃなかったんだよ」

ユウヒは堰《せき》を切ったようにしゃべり出した。

「だけど、狂言誘拐をやろうと思いついたとき、頭に浮かんだのは兄ちゃんだった。里親の父さん、ハレで一緒に育った仲間、親身になってくれる職員、友達、たくさんの人が周りにいるのに。なかにはもっと犯罪に対してハードルの低いやつだっているのに。なあ、この部屋、統一感ないだろ。全部もらいものなんだ。自分の好みとか、よくわかんなくて。車の外でどう生きたらいいのか、どう生きたいのか、全然わかんなくてさ。父さんはおまえの好きに生きたらいいって言うんだけど、それがわかんないんだよな。とりあえずハレには恩があるから、そのために生きてみてるけど」

いつの間にかユウヒの顔はゆがんでいた。丸めた紙くずみたいにくしゃくしゃで、涙を流していないのが不思議なくらいだ。

「もう三人ぼっちじゃないって、兄ちゃん、俺に言ったろ。でも、俺はずっと三人ぼっちの世界にい続けたんだと思う。お父さんと、兄ちゃんと。里親の父さんはあんなによくしてくれるのに、養子縁組をしないかって言ってくれたとき、どうしても、うんって言えなかった。自分の根っこがあっちの世界に囚《とら》われてるんだ。本心から家族って思えるのは、お父さんと兄ちゃんだけなんだ。だけど、家族でいる資格なんて俺にはなかった」

アサヒは立ち上がった。これ以上、聞いていられない。体じゅうの血管が膨れ上がり、こめかみが波打っている。

部屋を飛び出したアサヒを、ユウヒは止めなかった。表に出たとたん、けたたましいクラクションとともに車がすれすれのところを通過していった。その音に頭のなかがかき回される。ぐちゃぐちゃだ。もうぐちゃぐちゃだ！

お父さんを殺してしまったことに、ずっと罪悪感を抱いてきた。それだけじゃない。ユウヒに対しても負い目があった。ユウヒからお父さんを奪ってしまったと自分を責めてきた。なのに、あれはユウヒがやらせたことだった？

三人ぼっちの世界。自分の根っこ。家族でいる資格。いま聞いた言葉が脳内で暴れ回っている。わかんなくてさ。ああ、俺にだってわからない。三人の世界が終わって十年だ。こう生きるべきだと俺は教え込まれてきた。それが「普通」で「ちゃんとしてる」ことだと。そうでないと社会に受け入れられないのだと。だから歯を食いしばってそうしてきた。十年。血を吐くような十年。その間、おまえは楽しくやってきたんじゃないのか。新しい人生で、幸せなんだろ？

こみ上げる感情を抑えられず、電柱を殴った。通りすがりの女がぎょっとしたようにこちらを見て、足を速めて去っていく。

アサヒはその場を離れ、あてどなく夜の町を歩いた。いろんなことがとりとめもなく頭に浮かぶ。

つるかめ湯の下駄《げた》箱のそばで、しきりにこちらを見たユウヒ。震えていたユウヒ。お父さんの死を告げられたときの、あの沈黙。歯の矯正。小学校の教室でパンツを下ろされたこと。やわらかそうな美織。『ドン・キホーテ』の文庫本。誘拐計画とその成功。はっは！　お父さんの笑い声。陽気で優しいお父さん。俺はクズだと、父親失格だとふさぎ込むお父さん——。

我に返ったとき、どのくらいさまよっていたのかわからなかった。人通りがすっかり絶えているから、かなり遅い時間だろう。腕時計も携帯も、ユウヒの部屋に置いてきていた。

道端で立ち止まり、これまでの二十年の人生を考えた。最初の十年と次の十年のことを。

奪ったものと奪われたもの。得たものと失ったもの。真実と嘘。本質と見せかけ。大事なものと要らないもの。こっちの世界とあっちの世界。

自分という人間の根っこを強く意識する。新しい土に根づかせようと必死だったけれど、本当はずっと知っていた。

顔を上げる。白い息の向こうに、車のヘッドライトの黄色い光が小さく見えた。

黄色は進め。全速力で突っ込め。

アサヒはユウヒのアパートに向かって歩き出した。

15

玄関の鍵《かぎ》は開いていた。ここまで来ても第一声をどうすべきか決められず、ノブを握ったまましばしためらう。子どものころはどうやって仲直りをしていたのだろう。思い出せない。

まだチャーハンのにおいが漂っていた。そういえば、ひとくちも食べていない。

アサヒは深く息を吸い、ドアを開けた。まずは顔を見てからだ。

最初に見えたのは、ユウヒの足だった。畳に寝転がり、こちらに背を向けて体を丸めている。眠っているのか。拍子抜けしたような、ほっとしたような気分だった。ユウヒが暴れたのか、ちゃぶ台の位置が大きくずれて、空き缶が畳に転がっている。

音を立てないように部屋に上がる。そのとき、妙なにおいに気づいた。チャーハンのにおいに混じって、生臭いようなにおい。

いぶかりながら歩を進めたアサヒの視界に、ユウヒの全身が映った。その瞬間、頭が真っ白になった。

ユウヒの体の下に、赤い水たまりがある。腹に包丁が突き刺さっている。

鼓動が胸を突き上げた。

「ユウヒ！」

飛びついて揺さぶると、うっすらと目が開いた。まぶたの白さにぞっと鳥肌が立つ。

「……兄ちゃん」

「何があった！　なんでこんな」

アサヒの手を振りほどこうとするようにユウヒは身をよじった。しかしその動きは鈍く、痛むのか、息を止めて顔をゆがめる。スウェットがどす黒く染まっている。包丁にくっついていたネギがぱらぱらと畳に落ちる。

「いいから……」

ごぼっと異様な音を立てて、ユウヒは血を吐いた。アサヒの膝《ひざ》にもかかった。

「しゃべるな！」

けれど、黙らせたところでどうすればいいのかわからない。

ユウヒの喉《のど》がひゅうひゅうと苦しげに鳴る。額から汗が噴き出している。

包丁の柄が震えている。抜こうとして、抜いたら余計に血が出るのではと思いとどまった。アサヒの手も震えている。こうしている間にも、血だまりはどんどん大きくなっていく。ユウヒの命が流れ出していく。

死ぬ。自分が何かひとつ選択を間違えたら。あのとき、お父さんを殺してしまったみたいに。

どうしよう。どうしたらいい。

その瞬間、アサヒは十歳の子どもに戻っていた。つるかめ湯の下駄箱のそばで、お父さんが迎えに来るのを待っている。なんでまだ来ないんだろう。外はもう真っ暗だ。約束の時間はとっくに過ぎている。ユウヒは今にも泣き出しそうだ。本当はアサヒだってそうだ。混乱と不安に押しつぶされかけている。お父さん。心のなかで何度も何度も呼びかける。早く来て、お父さん。

――アサヒ。

声が聞こえた。はっと顔を上げると、そこにお父さんがいた。目の前に立ってアサヒとユウヒを見下ろしている。青と黒のストライプのマフラー。口の端にくわえたマイルドセブン。指の付け根の拳ダコ。最後に見た姿だった。最後だなんて思わなかったから、顔はよく見なかった。今、お父さんはほほえんでいる。

アサヒは部屋を見回して自分のバッグを見つけた。無我夢中で引き寄せて携帯電話を取り出し、一一九番を押す。

ユウヒが力を振り絞るようにして首を横に振る。まぶたが再び閉じかけている。

電話がつながった。自分が何をしゃべっているのか、よくわからなかった。ただ、死ぬなと願った。

どの神でも仏でもいい。ユウヒを助けてくれ。

ふたりきりの家族なんだ。兄弟でいようと決めたんだ。

だからユウヒ、死ぬな。死ぬな——。

†

「いよいよだね」

誘拐決行前日、美織は胸を高鳴らせて、雄飛の背中に話しかけた。

風呂場《ふろば》の鏡の前に立つ雄飛は、まだ見慣れない黒髪だ。周囲からは好評だというが、美織は元の色のほうが奔放な感じがしていいと思う。

雄飛は背後に映り込んだ美織に目を向けた。

「びびってねえの？」

「ちっとも。『臆病《おくびょう》と無鉄砲を両はじにして、そのちょうどまん中に勇気がある』んだよ」

「何それ、また『ドン・キホーテ』の台詞《せりふ》？」

「そう。それに私には雄飛くんがついてる。私の庇護《ひご》者にして救済者」

犯行の具体的な部分については、雄飛にほぼ一任している。だからもうひとりの共犯者が選挙事務所に潜入していることだけは聞いたが、その名前も顔も知らない。雄飛を全面的に信頼している。

「よくそんな小難しい言葉を覚えられるな」

半ば押しつける形で文庫本の一巻を貸したものの、雄飛はほんの数ページめくっただけで投げ出してしまった。部屋の隅で埃《ほこり》をかぶっていたので、今はまた美織が読んでいる。

「俺の知り合いでそんな本が読めそうなのは、兄ちゃんくらいだ」

「本当にお兄ちゃんが好きなんだね」

十年前に別れ別れになった兄の話をするとき、雄飛の声は普段と変わる。どこがどうとは言えないが、特別なのだということだけははっきりわかる。かすかに嫉妬《しっと》を覚えるくらいに。

「俺は兄ちゃんに対してひどいことをしたんだ」

「だけど、雄飛くんにとって唯一の家族なんだよね。血のつながった家族よりもそっちを選んだんでしょ」

雄飛に近づき、そっと手をとった。大きくて硬くてあたたかい手だ。美織の好きな手。包み込み、指の一本一本、爪の一枚一枚の形を確かめるようになぞる。

「私にもあるよね、家族を選ぶ権利」

「……ああ」雄飛は目を伏せて答えた。

黒い睫毛《まつげ》と黒い髪。やはり黒髪も悪くないかもしれない。

美織は雄飛の拳《こぶし》に、みずからの額を押し当てた。うっとりと目を閉じる。

「私の本当の人生は、雄飛くんと出会って始まったんだよ。雄飛くんが私を目覚めさせてくれたの。だから私は、雄飛くんを信じてる」

第二部　夜と昼

なるほど悲しみってものは人間のためにあるもんで、獣のためじゃあねえ。だけんど、人間もあんまり悲しむと獣になっちまうよ。

セルバンテス『ドン・キホーテ』

1

うだるような夏の日だった。

　神倉駅前交番に勤務する狩野雷太《かのうらいた》は、住民からの通報を受け、部下の月岡《つきおか》とともに自転車で現場に向かっていた。現場は駅の西側に建つ集合住宅。通報者はそこの住人で、隣の部屋から聞こえていた子どもの泣き声が聞こえなくなり、異臭が漂ってくるので、様子を見てほしいという。

　二十数戸のすべてが単身者向けのマンスリーマンションだった。こざっぱりとした三階建てで、問題の部屋は三〇二号室だ。共同玄関を入ってすぐのところにある郵便受けに借り主の名はなく、のぞいてみると、チラシがあふれんばかりに溜《た》まっている。建物の中は薄暗く、しんとしていた。平日の午後は留守の部屋が多いのだろう。

　階段を急いで上る。三階に着いた時点では、異臭は言われてみればという程度だった。しかし三〇二号室の前に立つとはっきりと感じられ、さらにドアについている新聞受けを指で開けると、強烈なにおいが漏れ出してきた。何かが腐ったにおい。

　月岡が呼鈴を押し、警察ですと呼ばわりながらドアを叩《たた》く。応答はなく、ドアに耳をつけても物音ひとつ聞こえない。開けますよと声をかけてノブをひねる。鍵《かぎ》がかかっている。隣の部屋のドアがわずかに開いて閉じた。

すぐにマンションの管理会社に連絡して鍵を開けてもらった。担当者はひどくうろたえていて、鍵がなかなか鍵穴に入らなかった。

ドアを開け、月岡とふたりで中へと踏み込む。

目に飛び込んできた惨状に、狩野は言葉を失った。

窓もカーテンも閉め切ったワンルームの部屋。フローリングの床に散乱するごみ。そのなかに埋もれるようにして、小さな子どもがふたりいた。ひとりは仰向《あおむ》けに倒れ、もうひとりはぐったりと壁にもたれて座っている。どちらも下着一枚しか身につけておらず、むき出しの体は骨と皮ばかりだ。

倒れているのは女児だった。すでに事切れていて、遺体の腐敗が始まっている。

座っている男児のほうはまだ息があり、屈《かが》み込んで大声で呼びかけると、閉じたまぶたがうっすらと開いた。ひからびた唇がかすかに動き、何かつぶやいたようだが聞き取れない。

「みっちゃん、救急車と応援要請！」

茫然《ぼうぜん》と立ち尽くしていた月岡が、電流に打たれたように動き出した。

2

神倉市のマンションの一室で、女児の遺体が発見され、衰弱した男児が保護された。神奈川県警は神倉署に捜査本部を設置した。

県警捜査一課に所属する烏丸靖子《からすまやすこ》は、現場のマンションの前に立ち、情け知らずの太陽をにらみつけた。正面玄関の脇に供えられた花はしおれ、ジュースやお菓子のパッケージが日差しを乱反射している。

「あっちぃ……」

若いころは暑さにも寒さにも強かったのだが、四十を越えてからこたえるようになってきた。パンツスーツなんか着ているから余計に暑い。

顔をしかめてマンションに入っていく烏丸に、群がったマスコミがいっせいに反応する。フラッシュがたかれ、マイクが突きつけられる。捜査の状況は。母親は犯行を認めてるんですか。保護された男児の容態は。日常的に虐待が行われていたんでしょうか。この調子でマンションや近所の住人、手を合わせに訪れた人に詰め寄っているらしく、なんとかしてくれと警察に苦情が来ている。

「はいはい、どいてくださいねー」

取り合わずに素通りし、エレベーターはないので階段で三階へ上がる。廊下の端にある小さな窓が開いているのは、においを逃がすためか。

三〇二号室。立番の巡査にごくろうさまと声をかけ、黄色いテープをくぐって中へ入る。悪臭がむっと鼻をつく。

鑑識はすでに作業を終えたあとで、ごみの散乱する室内は無人だった。敷金礼金保証人不要、契約は月ごとのマンスリーマンションだ。備え付けの家具や家電に住人の個性はないが、壁には子どもが描いたらしい絵がたくさん貼られている。馬に乗って槍《やり》を持った騎士に、ドレスを着たお姫さま。拙《つたな》い文字が添えられたものもある。『ママ　いつもありがとう』――あれは母の日に描かれたものか。『おにいちゃん　7さい　おめでとう』――あれは男児の誕生日に。『ママ　ゆうや　まひる』――三人でにこにこと手をつないで、どこへ出かけていくのだろう。赤ちゃんの人形や児童書もあった。子ども用の食器も、歯ブラシも。

ごく普通の家庭だ。仲むつまじい母と子どもたち。少なくとも、独身で子どももいない烏丸の目にはそう見える。

だが、子どもたちはここに置き去りにされていた。窓が閉め切られエアコンも稼働していなかったため、昨日、八月五日に発見されたときの室温は三十五度を超えていたという。ふたりは暑さのあまり服を脱いだのだろう。

女児の遺体は司法解剖に回されている。保護された男児は神倉市立病院で治療中だ。買い置室内の状況からして、ふたりは食べ物を求めて冷蔵庫や戸棚をあさったらしい。買い置きのカップ麺《めん》やレンジで温めるだけの冷凍食品、菓子などが尽きると、生の野菜をかじったりマヨネーズやケチャップを吸ったりして、それも尽きると水道水を飲んで飢えをしのいでいたようだ。

マンションの管理会社によると、部屋の借り主は、吉岡《よしおか》みずきという女だった。二十三歳の会社員で、入居したのは半年前。書類上は単身ということになっており、子どもが同居していたことを管理会社は把握していなかったという。

この吉岡が二児の母親と思われたが、所在がわからなかった。契約書に本人が記入した勤務先は実在せず、部屋にあった名刺から実際はデリバリーヘルスで働いていることが判明したものの、七月二十六日から無断欠勤が続いていて連絡が取れないとのことだった。マンションの契約の際にもデリヘルの面接の際にも本人確認は行われておらず、こうなると名前や年齢さえでたらめという可能性もある。

「烏丸さん」

呼ばれて振り向くと、黄色いテープの外に西《にし》がいた。中学生のころから捜査一課の刑事になりたいと思っていたそうで、三十半ばでやっと念願が叶《かな》って張り切っている。鼻の下に指を当てて眉《まゆ》をひそめていた西は、目が合うなり「うお」と軽くのけぞった。

「なんすか、その顔」

「ご挨拶《あいさつ》だね。この部屋に来たら誰でもこんな顔になるだろ」

悲惨な現場はそれなりに踏んできたが、今回は格別だ。

「ほんと胸くそ悪いっすよね」

唾《つば》でも吐きそうな西とともに、烏丸は隣の三〇三号室へ向かった。通報者であるそこの住人から話を聞くためだ。

斎藤《さいとう》という五十がらみのその女は、自身は神倉市民ではないが、神倉に住む親が市内の病院に入院しているので、世話をするためにこのマンスリーマンションを借りているとのことだった。先が見えないまま毎月の更新を続け、もうじき一年になるという。あらかじめ連絡してあったためすんなり会うことができたが、刑事たちを部屋にあげようとはしなかったので、烏丸と西は狭い靴脱ぎに立っていなければならなかった。

「まあね、半年前にあの人が入居したときから、子どもがいるんじゃないかってことには薄々気づいてたんです。子どもの声とか足音って、どうしたって漏れてくるじゃないですか。とはいえ、そういうことはまれで、たいていはとても静かだったんですけどね。姿を見たことも一度もないですし」

「でも、ここは単身者用のマンションですよね」

「嘘ついて入居したんじゃないですか。ここの管理会社、かなりいいかげんだと思いますよ。こっそりペット飼ってる人とか同棲《どうせい》してる人もいるみたいだし。私もどうせ仮住まいだと思って我慢してることがたくさんあるんです」

「吉岡さんと交流はありました？」

心外だとばかりに斎藤は顔をしかめた。

「いいえ、まったく。前に挨拶したのに無視されて、それからはすれ違っても会釈もしません。人と関わりたくないような感じでしたよ。だから名前も知りませんでしたし。明らかに男ウケを狙った恰好《かっこう》で夜出かけて朝帰ってくるから、水商売の人なんだろうとは思ってました。あとは、スーパーやドラッグストアの帰りらしいところを何度か見かけましたけど」

「異変を感じたのはいつごろですか？」

「七月二十五日です。私、日記をつけてて、見返したら二十五日のところに書いてありました。隣から『死ね』と怒鳴る声が聞こえてきて驚いた、って。朝、お茶を淹《い》れようとしてたときだったから、こぼしそうになったのを覚えてます」

「『死ね』？　吉岡さんがそう言ったんですか？」

「さあ、あの人の声かどうかは。絶叫っていう感じでしたし。ただ、そのあと乱暴に玄関ドアを開け閉めする音がして、子どもの泣きわめく声が聞こえてきたんです。ママとか、ごめんなさいとか、言ってるみたいでした。それ以降、そういう声が一週間くらい断続的に聞こえてて。気にはなってたんですけど、交流もないですし、私も親の世話で忙しくて、それに正直に言えば関わり合いになりたくないという気持ちもあって、そのままにしてました」

烏丸は乾いた唇を舌で湿した。

「その間に吉岡さんの姿を見たことは？」

「ありません。でも、もともと生活時間帯が違いますから」

「通報したときの状況を教えてください」

「八月に入って、子どもの泣き声が聞こえなくなったんです。正確にいつとは言えないんですけど、そういえば聞こえないなって。なんだか異臭も漂ってくるみたいだし、怖くなって、迷った末に一一〇番しました。もっと早くそうしてれば……」

斎藤はうなだれ、節の太い指で目頭を押さえた。

聴取が終わって三〇三号室のドアが閉まったとたん、西が憤懣《ふんまん》をぶちまけるように息を吐いた。

「七月二十五日に子どもたちを置いて家を出て、それきり十日以上も帰ってないってことですかね。無断欠勤は二十六日からってことでしたし。ろくな食べ物もなしにそんだけほっといたら、死んじゃうのはわかってただろうに。しかも『死ね』って。こいつは殺人ですよ」

保護責任者遺棄致死か、殺人か。

育児放棄の結果として死に至らしめた場合、殺意の有無が問題となる。この母親は故意に娘を死なせたのだろうか。

「まだわかんないよ」

そう言ったものの、烏丸も同じことを考えていた。子どもが描いた「ママ」の笑顔が、頭のなかでぐにゃりとゆがむ。

事件発覚の翌日未明、吉岡みずきなる女は、交際相手の男性宅にいたところを神倉署の捜査員によって発見された。子どもたちの母親であることを認め、任意同行の求めにおとなしく応じたが、取り調べに対しては黙秘している。事件についてはおろか、自分の名前すら答えない。発見されたとき、本人確認ができるものはいっさい所持していなかった。神倉市に住民登録はされておらず、家宅捜索でも身元のわかるものは見つかっていない。

黙秘を続ける吉岡は、非協力的な態度から逃亡や証拠隠滅のおそれがあるとして、まずは男児に対する保護責任者遺棄罪で逮捕となった。子どもの父親や知人に保護を依頼していたという可能性もないではないが、交際相手や職場の関係者にも子どもの存在を隠していたことから、そうは考えにくいと判断された。

そのタイミングで、烏丸が取調官に任命された。当初は神倉署の刑事課署員が事情聴取に当たっていたが埒《らち》が明かず、やはり同性のほうが聞き出しやすいだろうとの理由で白羽の矢が立ったらしい。神倉署の面々はおもしろくない様子だったが、そんなことをいちいち気にしてはいられない。

取調室ではじめて対面したとき、吉岡みずきの両目は乾いていた。視線を下げてマリンカラーの爪をいじる様は、授業に退屈している学生のようだ。緩く波打つ茶色の髪を首の後ろで結わえ、貸与品のグレーのスウェットを身につけている。袖口《そでぐち》からのぞく細い手首には、いくつもの古い傷跡があった。色白の美人だが、店のホームページに載っていた写真とずいぶん印象が違うのは、化粧の有無や服装の違いというより表情の違いのせいだろう。

吉岡の身柄を確保した捜査員によると、娘の死を知らされたときもこんなふうだったらしい。涙も見せずうろたえもせず、ぼんやりと捜査員を見て、そっかあ、死んじゃったかあ、とつぶやいた。何度も反芻《はんすう》しているその言葉を、烏丸はまた思い出す。

押収した吉岡のスマートフォンには、子どもの写真や動画が大量に収められていた。親子三人、くっついてアップで写っているものもたくさんあった。あんなに幸せそうに笑っていたのに。

司法解剖の結果、女児の死因は脱水と栄養失調、平たく言えば餓死だと判明した。また、死亡したのは八月二日ごろだということもわかった。子どもたちが発見されたのは八月五日だから、男児は女児の遺体とともに三日間ひとりで過ごしたことになる。他に重大な身体的虐待の痕跡《こんせき》、たとえば火傷《やけど》や骨折の痕《あと》などは見られなかったものの、だからといって恒常的な虐待がなかったとは言えない。男児は病院で治療を受け、もう会話もできるはずだが、今のところいっさいの質問に対して口を閉ざしているという。衰弱は激しいものの、体に深刻な後遺症が残る心配はないということだけが救いだった。

「まずはあなたの名前を教えてくれる？」

烏丸の質問に、吉岡は沈黙で応《こた》えた。沈黙というより無視だ。

「それじゃ、あなたの子どもたちの名前は？」

吉岡はやはり答えない。

「ゆうやくんと、まひるちゃん、だよね。貼ってあった絵に書いてあったよ。どういう漢字を書くの。それともひらがな？　お兄ちゃんと妹で、ゆうやくんは七歳なんだね。まひるちゃんはいくつ？　五歳くらいだろうって医者は言ってるけど」

七歳なら小学校一年生か二年生のはずだ。しかし部屋にランドセルはなく、ゆうやが小学校に通っている様子はなかった。近隣の保育園や託児所への聞き込みでも、ゆうやとまひるらしき子どもの情報は得られなかった。烏丸もマンションの住人に尋ねて回ったが、子どもの存在に気づいていなかった者がほとんどだった。

「七月二十五日の朝に、あなたの部屋で『死ね』と叫ぶ声を聞いた人がいるの。続いて部屋を出ていく物音も。それはあなた？」

少し間を空けて烏丸は続ける。

「同じく七月二十五日、あなたは交際相手である杉浦《すぎうら》さんの家に転がり込んだ。その日は約束してなかったのに、急に訪ねたんだってね。そしてそのまま警察に発見されるまで居座った。それまではどんなに遅くなっても泊まらずに帰ってたから、杉浦さんは帰らなくていいのかと訊《き》いた。するとあなたは、帰れないと答えた。『帰れない』ってどういう意味？」

子どもがいることを知らなかった杉浦は、吉岡が別の男と暮らしていると思っていたそうだ。だから必ず帰宅していたが、この日、その男に追い出されたのだと。だからそれ以上は追及せず、好きなだけけいていいと言った。

「あなたはひとりで子どもたちを育ててたの？　父親は？」

殺風景な取調室に烏丸の言葉だけが積もっていき、同じだけのはがゆさが心のなかに積もる。記録を取っている西がいまいましげにこちらを見ている。

「あなたが話してくれないと、まひるちゃんをきちんと弔ってあげることもできないよ」

解剖はオールマイティではない。被疑者や被害者の口から新たな事実が出てこないとも限らない以上、早々に遺体を焼いてしまうわけにはいかない。あの小さな体は事件の証拠なのだ。

吉岡の目がはじめて烏丸を捉《とら》えた。だがそこに宿る感情を読み取る前に、またすぐに伏せられてしまった。

「もっかい訊くよ。あなたの名前は？」

吉岡みずきは偽名だと、烏丸は確信している。

名なしの女は沈黙を続けた。


逮捕から五日が経過しても、彼女は吉岡みずきのままだった。その名で送致もされたが、本名なのかどうかもまだ判明していない。

事情聴取を連日やっているにもかかわらず名前ひとつ聞き出せない烏丸に対して、風当たりがきつくなってきた。とりわけ取調官の座を奪われた神倉署の捜査員たちは、非難がましい態度を隠さない。やり方がぬるいんじゃないのか、代わってやろうか、などと面と向かって言われることもある。うっせえと怒鳴ってやりたいが、不甲斐《ふがい》なさは自分が誰より感じている。

一方、多くの捜査員を投じた聞き込みの成果も芳しくない。意図的にそうしていたのか、吉岡には親しい人間がいなかった。個人的な付き合いがあったのは交際相手の杉浦だけで、その杉浦にしてもデリヘルの客として出会って親密になったというだけで、彼女のことをよく知っているとは言いがたい。近隣住民とのつながりも皆無と言ってよく、スーパーやドラッグストアの店員が顔は見知っていたものの、それだけだった。小児科を含む病院にもかかった形跡がない。また、スマートフォンを解析しても発見はなかった。今の若い女性には珍しくＳＮＳを利用しておらず、インターネット上の友人も見つかっていない。

検察からは早く身元をはっきりさせろと矢の催促だ。上層部も焦っている。この事件は大々的に報道されており、一刻も早く解決しなければ警察の面子《メンツ》に関わる。マスコミによって「自称・吉岡みずき容疑者」としてデリヘルのホームページの写真が公開され、各社は独自に情報を得ようと動いているはずで、先を越されるようなことになれば目も当てられない。

そんななか、烏丸に新たな任務が課せられた。

「入院中の被害者のところへ行ってくれ。管理官のご指名だ」

係長の葉桜《はざくら》が、いつもの生真面目な調子で告げた。県警に採用された時期は同じだが、年齢は烏丸のほうがひとつ上になる。葉桜は大卒、烏丸は高校卒業後に一般企業に勤めていたのを辞めて警察官になった。

「ゆうやくん、面接の許可出たの？」

そこまで回復したなら喜ばしいことだ。声を弾ませる烏丸に対し、葉桜は冷静に答える。

「児童福祉司も同席の上で、本格的な事情聴取でなく顔合わせ程度なら、という条件付きだ。口数は少ないものの会話に応じるようになって、いくつかの簡単な質問には答えてるらしい。ゆうやの漢字は、夕方の夕と夜。妹は真っ昼間の真昼《まひる》。苗字《みょうじ》は答えないが、年齢は夕夜《ゆうや》が七歳で、真昼は五歳。喉《のど》が渇いたとか寒いとか、自発的な言葉もぽつぽつ口にしてるそうだ」

「すげえじゃん！　いいニュースならいいニュースらしく言えよ」

若いころから愛嬌《あいきょう》とは無縁の男だった。葉桜が口を開けて笑っているところを見たことがない。そんなだからよく不機嫌だと誤解されるのだ。

「夕夜の聴取は数回に分け、間隔を空けて行うことになる。スケジュールは回復具合を見てだが」

被虐待児童からの聴取は、基本的に女性警察官が担当する。また、烏丸はかつて生活安全部に長くいたことがあり、その種の経験も少なくはなかった。なるべく精神的な負担をかけずに子どもから正確な証言を引き出すため、司法面接法の研修も受けている。

烏丸は気を引き締め直した。相手は傷ついた子どもだ。その傷は目に見えないだけに、深さは計り知れない。

神倉市立病院は市の中心地にあり、敷地内にある駐車場はおおかた埋まっていた。どうやって嗅《か》ぎつけるものか、被害者の入院先は公表されていないにもかかわらず、ここにもマスコミ関係者らしき姿がある。彼らの目につかないよう、烏丸は通常の入り口ではなく救急搬送口から中へ入った。

そのとき、廊下の先に警察官の制服が見えた。こちらに背を向けて、ぶらりぶらりと歩いていく。そのだらしない歩き方で、ぴんと来た。

狩野雷太だ。

後ろから見てひと目でそうとわかった自分に驚きながら、なぜ狩野がここにいるのかといぶかしむ。狩野は現在、神倉署の地域課に所属し、神倉駅前交番に勤務している。通報を受けて被害者の二児を発見したのは彼だった。だからこの事件に無関係とは言わないが、捜査をする立場にはない。

別件で来たのだろうか、などと考えているうちに、エレベーターホールで一緒になった。

「やっちゃん？」

狩野のほうも気づいて声をかけてきた。狩野もまた採用時期が同じで、たしか葉桜とは年齢も同じだ。顔を合わせるのは、かれこれ六年ぶりになるか。記憶にある姿よりいくらか老けたが、昔と変わらず瘦《や》せ型で、警察官にしてはやや髪が長い。歩き方に限らず顔つきもしゃべり方もだらしなく、警察官の制服を着てこれほどうさんくさく見える人間も珍しい。

「久しぶり。今、捜一なんだっけ」

過去の出来事など忘れたかのような屈託のない態度に、いらだちが募った。もしかしたら怒りはもう薄れているかと思ったが、まったくそんなことはなかった。

「なんでいんの？」

とげを隠さずに尋ねると、狩野はおっかないとばかりに首をすくめた。本気で怖がっているわけではないのは、しまりのない顔を見れば明らかだ。

「あの子の様子を見に来たんだよ。面接の許可が出たって葉桜から聞いたからさ」

烏丸は舌打ちを抑えなかった。葉桜が知らせたのは、親切心からばかりではないだろう。狩野を刑事に戻らせたいと、いつだったか口にしたことがある。捜査情報は狩野をその気にさせるための餌だ。

狩野はかつて、神奈川県警捜査一課に籍を置いていた。取り調べを得意とし、「落としの狩野」という異名まで取っていた。

しかし六年前、烏丸や葉桜も捜査に参加していたある殺人事件で、許されないミスを犯した。過酷な取り調べを苦にして、被疑者が自殺してしまったのだ。

物的証拠こそなかったものの、事件の犯人はその男以外にありえなかった。大勢の捜査員がこつこつと足で状況証拠を集め、本当にあとひと息というところだった。被疑者死亡というむなしい結末。あげくに、捜査に問題があったのではないかとメディアから吊し上げられ、誤認逮捕の可能性さえ疑われた。狩野は捜査員全員の努力を台無しにしただけでなく、無念と屈辱を与えたのだ。

狩野が捜査一課を去った年、寺尾《てらお》というひとりの老刑事が四十年の警察官人生をひっそりと終えた。烏丸の警察学校時代の恩師で、警察官としての基礎を作ってくれた人だった。一時はペアを組んだ相棒でもある。惨憺《さんたん》たる結末を迎えたこの事件が、寺尾にとって最後の事件になった。彼はそれを嘆くことも狩野を責めることもなく、これからはバードウォッチングと蕎麦《そば》打ちに勤《いそ》しむんだと明るく去っていったが、退官後に赤提灯《あかちょうちん》で肩を落としている姿を、烏丸は目撃したことがある。

「だからってあんたが会う理由も必要もないだろ」

「だって、やっぱ気になるじゃん」

「あんたはもう刑事じゃない。捜査に関わる資格はない」

被疑者が自死したのは留置場でのことだ。その責任は、厳密には看守や留置担当者にある。それでも、狩野の取り調べがきっかけになったのは事実だ。葉桜は許しても、自分は許さない。

にらみつけるまなざしを、狩野はへらへらと受け流す。こういうところも昔から変わらない。

「そんなことしないよ。最初に保護したおまわりさんとしては、元気になった姿をひと目見たいだけ。相棒もずっと気にしてるし、俺が代表で来たってわけよ」

エレベーターが到着し、狩野が先に乗り込んだ。

「帰れって言ってんだよ」

「乗んないの？」

閉ボタンを押される前に、烏丸もしかたなく乗り込む。

「いやあ、暑いねえ。こう暑いと立番もパトロールも億劫《おっくう》でさ。でもそうやって愚痴ると、代わりますって相棒が言ってくれちゃうんだよ、ちっとも嫌な顔せずに。じゃあお願いって言えない俺って、実はけっこう真面目なんじゃないかって最近思い始めたよ」

あれほどの目に遭った子どもに会いに行くというのに、狩野の態度にはまるで緊張感がない。

「ふざけたまねしたら、今度はあんなもんじゃすまさないから」

六年前、烏丸は狩野の胸ぐらをつかんだ。どういうことだ、持ち上げられて調子に乗った結果がこれかと。あのときばかりは狩野も笑っていなかった。

「顔見たらすぐ帰るって。俺はあくまでおまわりさんだ」

夕夜の個室がある病棟は、奥まった位置にあってとても静かだった。リノリウムの廊下に自分と狩野の靴音だけが響く。

病室の前で待っていた児童福祉司が、こちらの姿を認めて会釈をよこした。山内《やまうち》と名乗った彼女はベテランらしく、夕夜から見たらおばあちゃんだろう。

「捜査一課の烏丸です」

「神倉駅前交番の狩野です」

まるでコンビのように自己紹介した狩野を、山内はあらというふうに見た。

「神倉駅前交番というと、あなたが夕夜くんを保護した方ですか」

「そうです」

ベテラン児童福祉司は厳しい顔でうなずいた。

「そのときに比べたら、もうすっかり大丈夫に見えるかもしれません。ですが多くの場合、心は体よりも回復に時間がかかります。本人も傷に気づかず、何年もたってから痛み出すことも珍しくありません。申し上げたとおり、今日のところは事情聴取はご遠慮ください。そして、くれぐれも言動には気をつけてください」

夕夜の状態と具体的な注意点を聞いてから、烏丸たちは三人で病室に入った。

夕夜はベッドに座っていた。もう点滴も取れ、かなり痩せてはいるものの、たしかに発見時の写真と比べれば見違えるような回復ぶりだ。大柄ではないが特別に小さくもないので、慢性的に栄養不足の状態にあったわけではないのかもしれない。入室前に山内の言ったことがよくわかった。夕夜はわずかに首を傾け、冷たい無表情でじっとこちらを見ている。凍りついた凝視——被虐待児によく見られる特徴的な態度だ。

ベッドサイドのテーブルには、病院で貸し出しているらしい児童書が置いてあった。心理検査によれば、夕夜の知能は高く供述能力も充分にあるという。

烏丸は腰を屈《かが》めて夕夜と目の高さを合わせた。色白で目鼻立ちが整っているのは母親ゆずりか。妹の真昼もそうだった。わざとらしくならない程度に柔和な声で語りかける。

「こんにちは、夕夜くん。私は烏丸靖子といいます。警察官です」

「おじさんは狩野雷太」

狩野さんは夕夜くんを助けてくれたおまわりさんよ、と山内が言い添えた。ぼんやりと見覚えがあるのか、夕夜の凍ったまなざしは狩野に注がれている。

「夕夜くんは何歳?」

烏丸が尋ねると、夕夜は烏丸を見て、それから山内を見て、再び烏丸に目を向けた。怯《おび》えているというよりは、警戒しているようだ。

「……七歳」

抑揚のない硬い声だった。子どもがこんなふうにしゃべるのは、何度聞いても嫌なものだ。

「そう、七歳なんだ。お誕生日はいつ?」

「六月三日」

「夕夜くんってかっこいい名前だね。漢字で書ける?」

「うん」

「すごいね。苗字《みようじ》はなんていうの？」

葉桜も言っていたとおり、これには答えがなかった。教わっていないのかもしれないし、教えてはいけないと言われているのかもしれない。

緊張は見られるものの、夕夜は予想以上に落ち着いている。烏丸はちらりと山内に目をやってから、もう一歩、踏み込んだ。

「夕夜くんはお兄ちゃんだよね。妹は……」

「真昼は死んだ」

こちらが何か尋ねる前に、夕夜はいきなり言った。唐突で一本調子な言い方に、烏丸は内心ぎくりとした。

「……そうだね。どうしてそうなってしまったのか、私たちは調べてるの。夕夜くんだけじゃなくてみんなからお話を聞いて、裁判をして、明らかにするんだよ。夕夜くんもおうちの様子や知ってることを正直に教えて。ゆっくりでいいから」

こういう説明にはいつも神経を遣う。内緒にするから教えてほしいと嘘をつくわけにはいかないし、できない約束をしてはいけない。加害者である母親を悪く言うのもいけない。大切なのは信頼関係を築くこと。子どもが安心して証言できる状況を作ること。

しかし被虐待児の場合、それは非常に難しい。

「今日はひとまず夕夜くんに挨拶《あいさつ》に来ました。どうぞよろしくね。夕夜くんも私たちに言いたいことや訊《き》きたいことがあったら、何でも言って」

すぐに何かを聞き出せるとは期待していない。夕夜は狩野を見て山内を見たが、口を開こうとはしなかった。

また会いに来ると告げて、烏丸は狩野とともに短時間で病室を出た。廊下まで見送りに出てきた山内に、今後の大まかな予定を確認する。夕夜の体調しだいだが、八月二十日ごろには退院できそうだということだった。その後は神倉児童相談所の一時保護所で生活することになる。

山内に礼を言って辞去し、乗り込んだエレベーターのドアが閉まるなり、烏丸は天井を仰いで勢いよく息を吐いた。狩野が一緒でなかったら叫びたかった。あの夕夜の目。しゃべり方。やりきれない。

約束どおり病室ではほとんど黙っていた狩野は、来たときと同じ緊張感のない表情で階数表示を見上げている。何か考えているようにも、何も考えていないようにも見える。読めないのは昔からだ。

落としの狩野。過去の異名が頭に浮かんで、烏丸は顔をしかめた。この男なら吉岡みずきを落とせるのだろうかと考えてしまった自分に気づき、いっそう腹が立った。

「昨日、夕夜くんに会ってきたよ」

そう告げても、吉岡みずきは何も言わなかった。いずれ警察が夕夜に接触することは予想していたのだろう。それでも完全に無反応ではいられなかったようで、瞳《ひとみ》が揺らいだのを烏丸は見逃さなかった。

「だいぶ元気になってたよ。話しかけたら返事もしてくれた。夕夜くんって、夕と夜って書くんだね。名前の由来は？」

相変わらず答えはないが、かまわずに続ける。

「夕夜くん、最初はまったく口を利かなかったんだって。病院で知らない大人たちと対面して、しばらくは真っ青になって硬直してたらしいよ。人と話しちゃいけない、人に見られちゃいけないって、母親から言い聞かされてたんじゃないかって児童福祉司は言ってたけど、そう？　あなたは子どもの存在を隠してたんだよね」

吉岡は下を向き、また爪をいじり始めた。ネイルを無理に剝《は》がそうと、むきになっているように見える。もともと細かった体がさらに瘦《や》せた。顔色は悪く、額に吹出物ができている。

「夕夜くん、ごはんも残さず食べられるようになったって。だけど眠ると怖い夢を見るみたいで、うなされるし、ときどきおねしょもするんだって。それに、真昼ちゃんのことですごく心を痛めてるように見えた。あなたのスマホに入ってた写真や動画を見たけど、もともとあんなしゃべり方をする子じゃないよね。真昼ちゃんとは仲がよかったんでしょ」

烏丸は机に両肘《りょうひじ》をついて身を乗り出した。

「話して。夕夜くんと真昼ちゃんの身に何が起きたのか。あなたはどうしてあの子たちを置き去りにしたのか。あなたはいったい誰なのか」

また沈黙の時間が流れる。手ごたえがないわけではない。しかし成果はない。子を虐待した親ならこれまでにも見てきた。泣いて悔やむ者もいれば、しつけだと開き直る者もいた。だが、吉岡はどれとも違う。

「なんで黙ってるの？　何のために？　あなたは何を隠してるの？」

やはり返事はなく、烏丸はがしがしと頭をかいた。髪切りてえ、とまた思う。数日前に美容室を予約してあったのだが、この事件のためにキャンセルしなければならなかった。予約を取り直す目処《めど》が立たないまま、いたずらに日々が過ぎていく。

そんな状況に風穴を開けたのは、市民からの情報提供だった。電話をかけてきたのは県内在住の女性で、報道された吉岡みずきの写真が高校の同級生に似ているという。名前も印象も違うので自信がないが、年ごろも合うし、やはり気になるので思い切って連絡したとのことだった。

これまでにも情報提供はいくつかあったが、明らかないたずらや著しく信憑性《しんぴょうせい》に欠けるものがほとんどで、当たりには出会えていない。捜査員があまり期待もせずに話を聞きに行ったところ、高校の入学式の写真を見せられた。平成《へいせい》二十三年度のもので、当時高校一年生なら現在は二十三、四歳だ。その少女はもともと病弱だということで学校を休みがちだったが、一年生の途中で退学してしまい、あとの消息はわからないという。

捜査員が少女の生家を訪ねてみると、驚くべき事実が判明した。少女は病気などの理由で退学したのではなく、失踪《しっそう》したというのだ。高校一年生だった平成二十三年、すなわち二〇一一年に姿を消し、それきりどこでどうしているのか誰も知らない。慌てて確認すると、行方不明者届も出されていた。家出だと家族は考えているそうだ。

「名前は、松葉美織。コメンテーターの松葉修の娘です」

捜査会議の場がどよめいた。エンタメはもっぱら演劇か動画配信サービスで、地上波の番組はめったに見ない烏丸でも、松葉修は知っている。六年前の殺人事件で被疑者が自殺した際、人権尊重の立場から警察批判の急先鋒《きゅうせんぽう》に立ったひとりだった。

烏丸は新たに配布された資料の写真を見つめた。制服に身を包んだ松葉美織は、言われてみればたしかに吉岡みずきに似ている。だが美織はもっとふっくらとして、純真なお嬢さんという雰囲気だった。真珠のような、いや、もっとやわらかい、綿毛のような女の子。

翌朝いちばんに、父親の松葉修が面通しにやって来た。烏丸もその場に立ち会ったが、女性に人気があるというのもうなずける話で、品のいいスーツの上に端整な顔が載っている。母親のほうは体調が優《すぐ》れず来られないとのことだった。

修はマジックミラー越しに長いこと被疑者を注視したあと、目を閉じて絞り出すように「娘だと思います」と言った。それを聞いた瞬間、胸にどっと空気が流れ込んできた。吉岡の取り調べに着手して以来、はじめて息を吸ったような気がする。いや、もう吉岡みずきではない。松葉美織。ついに突きとめた。

松葉修はそのまま任意の事情聴取に応じるという。捜査一課の古株である原田《はらだ》が担当を買って出た。昇任試験の勉強をしてる暇があったらひとつでもヤマを解決したほうがいい、が口癖だが、そのぶん目先の手柄にはこだわる。烏丸も口出しはしないという条件で同席させてもらうことにした。

修は現在、六十四歳。地方の農家の三男として生まれ、奨学金を得て東大に進学。卒業後は総合商社勤務を経て、県議会議員の秘書になった。そのひとり娘である松葉塔子と結婚して婿養子に入り、長男の由孝と長女の美織を儲《もう》ける。のちに義父の地盤を引き継ぐ形で県議会議員に当選。三期目の途中で退任し、横浜市長選に出馬するも落選している。以後はコメンテーターに転身した。

「ちゃんと人権は尊重しますから安心してくださいよ、先生」

まず六年前の警察批判の意趣返しをしてから、原田は吉岡みずきとして報道された写真を机に置いた。

「この写真をご覧になったことは当然ありますよね。先生がレギュラー出演されてる番組でも何度も使われてましたから。いろいろ意見をおっしゃってたようですが、娘さんだとはお気づきになりませんでしたか」

「似ているような気はしました。しかし、ずいぶん痩せて顔も雰囲気も変わっていたし、名前も違っていたものですから。それに子どものことは家内に任せきりだったので、記憶に自信がありませんでした」

「わかりますよ。私も娘の顔なんぞ目鼻口の数しかわかりません。これが被疑者の顔となると、鼻毛の数まで覚えてるんですがね」

修はいやみにも冗談にも取り合わない。原田は蔑《さげす》むようにあぐら鼻をうごめかせた。

「娘さんが失踪したときのことを話してください」

仕立てのよさそうなスーツの胸が、かすかに膨らんでしぼんだ。修は上着の内ポケットから一通の茶封筒を取り出し、先ほど原田が置いた写真の横に並べた。サイズは長3で、横浜の住所と「松葉修様」という宛名が印字されている。

「これは？」

「娘が失踪する二日前に送られてきたものです。中をご覧ください」

手袋をはめた原田が封筒から取り出したのは、三つ折りにされた白い紙だった。開いたとたん、原田の眉間《みけん》に深いしわが刻まれた。

「……松葉美織を誘拐した。二十三日の朝までに一千万円を用意しろ。警察には知らせるな」

烏丸は思わず口を開きかけ、原田にじろりとにらまれた。そのままの目つきで原田は修へと視線を戻す。

「娘さんは家出したのではなく誘拐されたんですか？」

「順を追ってお話しします」

修の説明はよく整理されていた。脅迫状を持参したことからしても、面通しの要請を受けたときから覚悟はできていて、もとよりこの話をするつもりで来たのだろう。

「つまり、美織さんは保護されたあとで自分から姿を消したんですね？　誘拐されて戻らなかったわけじゃなく」

「ええ。病院の防犯カメラにもみずから抜け出す姿が映っていました。その後の足どりはわかりませんでしたが」

「あなたは行方不明者届を出した際にも、誘拐事件のことは伏せたわけだ」

原田の鼻息で松葉美織の写真が飛んだ。修は警察に通報しなかった理由を、美織の安全を優先したのと、選挙運動中だったので素行に問題のある娘に世間の注目が集まるのを避けたかったからだと語った。

「ご立派な方は大変ですな。すると、ご家族と秘書以外で誘拐事件のことを知っているのは、息子さんに代わって身代金の運搬役を務めた、えー……」

「小塚旭」

「その小塚だけですか」

「はい。彼にも口止めをしました」

修は痛みをこらえるように目を細めた。

「実は私は、あの誘拐は狂言だったんじゃないかと思っているんです」

「狂言？　美織さんの自作自演だったと？」

「状況からして共犯者はいたんでしょうが」

「心当たりが？」

「いいえ。私ども家族は皆、美織の交友関係はさっぱりで。退学手続きをする際に、学校で親しくしていた友達がいないかとさりげなく担任に訊《き》いてみたんですが、あの子はいつもひとりだったようです」

「じゃあ、子どもの父親についてもやっぱり心当たりはありませんかね。お気づきだと思いますが、美織さんが失踪したのが二〇一一年十一月二十三日ということは、その時点で長男を妊娠していたわけだ。今回の事件で保護された男の子です」

「……わかりません」

修の喉仏《のどぼとけ》が大きく上下した。存在さえ知らなかったとはいえ、彼にとっては孫だ。

「今にして思えば、あのときの選択が大きな分かれ道だったのかもしれません。最初から警察に通報していれば、美織はおそらく逮捕されていたでしょう。金を手に入れることも、失踪することもできなかった。ひそかに子どもを産んで、虐待の末に命を奪うことも。私の間違った選択が娘に人生を誤らせたのかもしれないと思うと、悔やんでも悔やみきれません」

その言葉に嘘はないように見えた。だが、もしその時点で美織を止められていたら、修は娘に子どもを産むことを許しただろうか。

「ちょっと休憩してから、今度は美織さんの成育歴について聞かせてもらえませんかね。

あと、この脅迫状、お預かりしてかまいませんか」

修に向ける原田のまなざしに同情はない。

どちらも了承してから、修は伏せていた目を上げた。

「刑事さん、ひとつ教えてください。保護された男の子の名前は何というんですか。亡くなった女の子のほうは報道されていたが、そちらは伏せられていたから」

「夕夜です。夕方に夜と書いて。と言っても、子ども自身がそう言ってるだけで確認は取れてませんがね」

「夕夜」

かみしめるように名前を口にする彼は、急に歳を取ったように見える。

「……亡くなった女の子の写真を見ました。小さいころの美織にそっくりでした」


「松葉美織さん」

烏丸の呼びかけに、昨日まで吉岡みずきだった女の顔がこわばった。

「一九九六年三月十八日生まれ。父・松葉修、母・塔子、兄・由孝との四人家族。生家は横浜で、神倉の私立麗鳴館学園に通うも、高校一年のとき十五歳で退学。二〇一一年十一月二十三日に失踪。戸籍を見せてもらったけど、結婚歴はなしで、子どももいない。これってどういうこと?」

身を硬くした美織の襟ぐりから、つかんで取り外せそうな鎖骨がのぞいている。警戒しながら威嚇する野良猫のような両目が、こちらがどこまで知っているのか探ろうとしている。顔そのものは同じであるにもかかわらず、やはり高校時代とは別人だ。

ただし、松葉夫妻が我が子だとわからなかったという話には、捜査員の多くが呆《あき》れるか腹を立てるかだった。本当はわかっていたのに知らんぷりをしていたんじゃないかと疑う者もいた。実際はどうであれ、松葉家が極端に体面を重視してきたのは事実のようだ。娘が娘なら親も親――そんな言葉をあちこちで聞いた。

「あなたのお父さんから話を聞いたよ。あなたが家出したのは、家族とうまくいってなかったせい？」

美織は探る目つきのまま答えない。吹出物がくっついた額に、うっすらと汗がにじんでいる。

「失踪《しっそう》してから神倉に移り住むまでの八年間、どこでどうしてたの？　夕夜くんも真昼ちゃんもその間に生まれたわけだけど、ふたりの父親は？　どんな暮らしをしてた？　収入は？　育児は？」

その期間の足どりについて、さっそく捜査が始まっている。松葉美織という人間を知るために身上と生活史の調査は欠かせないし、育児放棄が今回だけのことなのか、他の虐待も含めて恒常的に行われていたことなのかも把握する必要がある。

「失踪する前に、あなたは誘拐事件に巻き込まれたよね」

そのときの美織の反応は、今までになく顕著だった。まぶたのくぼんだ目がぎょろりと動き、低い声が閉じっぱなしだった唇を割って出てきた。

「……何それ」

心臓の拍動を感じ、烏丸は逸《はや》るなと自分を戒める。

「その件も併せて捜査することになったよ」

たとえ狂言誘拐だったとしても、外形的事実としては身代金目的の誘拐事件だ。別件に手を広げることで本来の捜査に支障が出るという懸念もあったが、検察との協議の結果、誘拐事件についても捜査を行うという方針に決まった。担当検事は虐待を厳罰化すべしという意見の持ち主で、松葉美織を丸裸にし、できるだけ量刑を重くする心づもりらしい。

美織が動揺しているのは明らかだ。はじめてこちらが優位に立った瞬間だった。

「最初の質問に戻るよ。夕夜くんと真昼ちゃんの戸籍はどうなってるの？」

「……ないよ」

しばしの沈黙のあと、烏丸をにらみながら美織は答えた。烏丸は内心の昂揚《こうよう》を押し隠し、瞳《ひとみ》の奥にあるものを見つけ出そうと目を凝らす。

「ない？」

「あの子たちは、いない子だから。生まれてない子だから」

思わず眉間に力が入った。その可能性も考えてはいたけれど。

「出生届、出してないの？」

出生届を出していないのなら、戸籍はない。行政上、子どもたちは生まれておらず、存在していない。しかも美織は子どもがいることを誰にも知られないようにしていた。

いない子。

それきり美織はまた口を閉ざした。

3

百日紅《さるすべり》の枝が重たそうに垂れているのを見ると、夏が終わるんだなと思う。

児童養護施設〈ホルン〉の運動場には、濃いピンク色の花を咲かせる大きな百日紅の木があって、千夏《ちなつ》がはじめてここへ来たときもこんなふうだった。

十月ごろまで咲く花だと、小学校の図書館で見た図鑑には書いてあったけど、去年は九月の初めには散ってしまっていたし、今年ももう元気がない。一部の子が噴水みたいな枝を叩《たた》いたり、落葉してつるつるの幹に登ったりするのがいけないのかもしれない。それとも百日紅自体が、いつまで咲いている予定だったのか忘れてしまったのかも。

お父さんみたいに。

お父さんは忘れん坊だ。千夏とお姉ちゃんの授業参観を忘れたり、工場へ仕事に行くのに荷物一式を丸ごと忘れたり、いま話していることや見たばかりのテレビの内容を忘れたりする。料理をしている途中で忘れて寝てしまい、ぼやを出したこともあった。

ついには去年の夏、職場の人たちとお酒を飲んでいて、千夏とお姉ちゃんのことを忘れた。千夏たちはふたりでカップラーメンを食べ、ふたりでお風呂《ふろ》に入り、ふたりで布団を敷いて寝た。翌朝はやっぱりふたりでトーストを食べ、ふたりでアパートを出て学校へ行った。

お父さんの忘れん坊は病気みたいなものらしい。児童相談所の人が来て、お父さんがひとりで子どもを育てるのは難しいと判断した。小学校四年生だったお姉ちゃんはおじいちゃんとおばあちゃんの家に引き取られ、二年生だった千夏はホルンにやって来た。どうして千夏も引き取ってくれなかったのかはわからない。

あれから一年。

お姉ちゃんはときどき手紙をくれる。髪が伸びてポニーテールにできるようになったことや、新しい学校ではバドミントンクラブに入ったことを、かわいいイラスト付きの便箋《びんせん》にいろんな色のペンで書いてくれる。千夏もせっせと返事を書く。千夏のほうは美術クラブに入ろうと思っていることや、ホルンで出るカレーがお父さんのカレーに似ていることや、指導員の先生が連れてきてくれた文鳥のことや、毎週みんなで見ているドラマのことを。

でも、一度も会えてはいない。お父さんはたまに会いに来るけど、しょっちゅうじゃない。病気は治っていないみたいで、来ると約束した日を忘れてしまう場合もある。

急に運動場が騒がしくなって、遊んでいた子たちが門のほうへ駆けていった。リビングの窓からぼんやり外を眺めていた千夏は、少しだけ気持ちが重くなるのを感じた。

制服のおまわりさんがふたり、門から入ってくる。

ひとりはおじさんの狩野さん。もうひとりは若い月岡さん。

ときどきパトロールに来るこのコンビは、みんなの人気者だ。狩野さんは「カノー」、月岡さんは「みっちゃん」と呼ばれているけど、千夏は呼んだことがない。そもそもあんまり話したこともない。ふたりの周りがにぎやかすぎるせいか、なんとなく怖気《おじけ》づいてしまう。

そういうのは「引っ込み思案」というのだと、いつだったかお姉ちゃんが教えてくれた。でもそれだけじゃなくて、お父さんがおまわりさんに叱られているところを何度か見たせいもあるんじゃないかと、自分では思っている。

「千夏ちゃん、ちょっといい？」

先生に呼ばれて振り返った。すると先生のそばに見たことのない男の子がいたので、千夏はとたんに緊張して肩をすぼめた。

人と話すのは苦手だ。だから学校ではいつも決まった友達といるし、ホルンではこうしてひとりでいることも多い。ここでのいちばんの仲良しはティエンちゃんだけど、ティエンちゃんのいちばんの仲良しは千夏じゃない。ティエンちゃんは今、他の女子たちと一緒に狩野さんの制服の袖《そで》を引っ張っている。

「この子は松葉夕夜くん。今日から一緒に暮らすんだよ。夕夜くんは七歳だから、千夏ちゃんのほうが二歳お姉ちゃんだね。学校も一緒になると思うから、いろいろ教えてあげてね」

千夏はどうしていいかわからず、おどおどしていた。人に何かを教えるなんてできない。それに、夕夜くんは千夏を避けるみたいに目を合わせようとしない。雨の夜みたいに暗い瞳だ。伏せた睫毛《まつげ》が長くて、白いほっぺたに影ができている。

「こ、こんにちは」

勇気を出して声をかけてみたけど、返事はなかった。千夏の声が聞こえていないみたいに、目を逸《そ》らしたままじっと立っている。

千夏はうろたえ、窓辺にふたつ並べて置かれた文鳥のケージを指さした。それぞれに一羽ずつ飼われている。

「あれ、文鳥だよ。先生が自分の家で飼ってたのを連れてきてくれたんだ。きょうだいで、お兄ちゃんがギル、妹がアンっていうの」

夕夜くんは文鳥を見た。だけどすぐに顔を背け、ひとこともなしに、ふいとリビングから出ていってしまった。千夏はそれですっかり気持ちがくじけてしまい、引き止めることも追いかけることもできなかった。

でもずっと気にはなっていて、だから晩ごはんのとき、みんなが夕夜くんを囲んで質問攻めにするのを、ちらちらと横目で見続けていた。夕夜くんは返事をしない。自分だけが無視されたんじゃないとわかってほっとしたけど、今に誰かが怒り出すんじゃないかとはらはらする。

「あの置き去り事件の生き残りってマジ？」

中学生の昴《すばる》くんが軽い調子で訊《き》いた。千夏はすぐには意味がわからなくて、わかったとたんに心臓が跳び上がった。

その事件なら知っている。テレビで何度も見たし、インターネットにもたくさん出ていると年上の子たちが言っていた。お母さんがふたりの子どもを何日もマンションに置き去りにして、五歳の女の子が飢え死にしてしまったという事件だ。男の子のほうは助かったということだったけど、その子が？

「先生たちがこっそり話してんの聞いたんだ。死んだ妹と何日も一緒にいたんだろ？」

たちまち食堂は大騒ぎになった。静かにしなさい、座りなさい、と先生たちが声を張り上げる。

たぶん昴くんは好奇心から尋ねただけで、悪気はなかったんだと思う。乱暴なところはあるけど根は優しくて、小さい子にサッカーや鉄棒を教えてあげたり、ときどき先生の肩を叩いてあげたりしている。文鳥の世話だって誰よりも熱心にやっている。千夏はほとんど接したことがないけど、男子にとっては頼れるリーダーという感じだ。

そこで突然、夕夜くんが食器を手でなぎ払った。昴くんをはじめ何人かが熱いお味噌《みそ》汁《しる》を浴びて悲鳴をあげ、小さい子たちがびっくりしていっせいに泣き出し、一気に大混乱になる。

先生が昴くんたちの服を脱がせようとしている脇を、夕夜くんはタッとすり抜けて飛び出していった。対応に手いっぱいの先生たちには追いかける余裕がない。

千夏はおろおろしながら食堂を出た。なんだか自分のせいのような気がした。跳び上がった心臓が着地できずにどきどきしている。

わずかに見えた後ろ姿を追って捜しながら歩いていくと、夕夜くんは真っ暗な洗濯室にいた。奥の隅っこで膝《ひざ》を抱えてうずくまっている。千夏は入り口で立ちすくんだ。とっさに追いかけてきてしまったけど、どうすればいいんだろう。今日一日、何も話せなかったのに。

夕夜くんが顔を上げてこっちをにらんだ。闇のなかで両目が光る。どきっとした瞬間、用意していたわけでもない言葉が勝手に転げ出た。

「わ、わたしもあるよ。置き去りにされたこと」

言ってから、自分の体が硬く縮こまっているのに気づいた。夕夜くんの事件の話題が出ると、いつもこうなる。千夏はズボンの腿《もも》の部分を両手でぎゅっとつかんだ。

「そのとき、お父さん、わたしとお姉ちゃんのこと忘れてたの。そういう病気なんだって。だから一緒に暮らせないんだ」

夕夜くんは雨の夜のような目でじっと千夏を見つめている。

「……お姉ちゃんがいんの？」

はじめて声を聞いたことにびっくりして、返事が遅れた。

「あ、うん」

「ここにいる？」

「ううん、お姉ちゃんはおじいちゃんの家にいるんだ」

「お姉ちゃんだけ？　なんで？」

「わかんない。夕夜くんはおじいちゃんとかおばあちゃんいる？」

「いない」

夕夜くんの話す言葉は短い。それに、上がり下がりや強弱があんまりない。なんとなく人と話すことに慣れてないみたいな感じがする。表情もほとんど変わらないけど、もう千夏をにらんではいなかった。

千夏は洗濯室におずおずと足を踏み入れた。跳び上がったまま宙ぶらりんだった心臓は、いつの間にか正しい位置に戻って、もう音を感じることもなかった。

4

車内アナウンスが次の到着駅を告げ、旭ははたと伏せていた目を上げた。眠っていたわけではないのだが、知らないうちにいくつかの駅を通りすぎていた。週刊誌の記者になって四年目、仕事にはすっかり慣れたものだが、やはり疲れたのかもしれない。

上司のパワハラが原因で自殺した銀行員の遺族に会うため、隣県にある自宅を訪れた帰りだった。事件の直後から接触を試み、半年たった今日、ようやく玄関先に入れてもらえた。話ができたのは五分程度だ。事件の話ではなく、地域猫の話をされた。半年の成果が雑談。悪くない。スクープを取るにはセンスはもちろん、粘り強さも必要だ。

もう三時近くになっていたが、朝食以降なにも食べていない。乗り換えのために電車を降りるついでに、駅を出て腹を満たすことにする。

この地を訪れるのは久しぶりだった。大学の最寄り駅だったが、社会人になってからは来る用事がなかった。駅前の様子はあまり変わっていない。ロータリー。広場。横断歩道。歩行者用の信号が赤から青へと変わる。

金髪の青年が記憶の向こうから横断歩道を渡って歩いてくる。

こちらも横断歩道に足を踏み出しかけたところで、スマホに登録されていない番号から着信があった。神奈川の市外局番だ。

足を止めて電話に出ると、相手は神奈川県警の警察官だと名乗った。松葉美織の事件の捜査をしているという。八年前に美織が誘拐された件について、簡単な事実確認をしたいと捜査員は言った。身代金の受け渡し役を務めた旭のことは松葉修から聞いたとも。旭の連絡先は当時とは変わっていたが、選挙事務所に提出した履歴書から実家を経由して知ったとのことだった。

ついに来たかという気持ちと、思ったより遅かったなという気持ちが半々だった。再び信号が青に変わるのを待って歩き出しながら、旭は問題のない範囲で事件のあらましを語った。同じ内容を捜査員はすでに松葉修から聞いているはずだ。

　話しながら、何を食べようかと思案する。懐かしい看板や新しい看板が次々に目に入る。久しぶりに学生向けの安い定食屋にでも行ってみようか。その店のがつんと濃いチャーハンの味がよみがえり、八年前に食べられなかったチャーハンのことを思った。結局、一度も食べられないままだった。

　最後に、捜査員は思い出したように旭の職業を尋ねた。正直に答えていいものかどうか少し迷ったが、下手に嘘をつくのもよくないだろう。

「〈週刊ヨノナカ〉で記者をしています」

　捜査員の動揺する気配が電話越しに伝わってきた。

「細かい部分とか、直接会ってお話ししたほうがいいですか？」

　それには及ばないと言われ、相手側から通話を切られた。

　なるほど、警察は旭について松葉修から得た情報しか持っていないようだ。小塚の家族も連絡先以外はなにも伝えなかったらしい。

　だが、次に電話がかかってくるときはそうではないはずだ。警察という組織は、腰は重いが、一度立ちあがればある程度の成果はあげてくる。美織と雄飛、雄飛と旭の繋《つな》がりにもいずれ気づくだろう。

　まあ、心配するほどのことじゃないが。

　あの狂言誘拐計画は今思い返すとぞっとするほど稚拙だったが、結果として、再捜査したところで状況証拠しかあがらないだろうところに収まったのは評価できる。特に旭が果たした役割は雄飛の証言によってしか証明できないし、正近雄飛という人間はとっくの昔にこの世から消えてしまった。

スマホをポケットにしまい、周囲の店舗を見回す。結局、旭の足が選んだのは、どこにでもあるファストフード店だった。

5

ホルンは神倉市で唯一の児童養護施設だ。その塀に描かれたファンシーな空を、烏丸は車の助手席から眺めた。虹《にじ》も飛行機も、みんなペンキが剝《は》げてしまっている。開設されたのは数年前で比較的新しい施設だと聞いていたが、建物はだいぶ古いようだ。閉鎖された幼稚園を改築して使用しているそうで、鉄棒やジャングルジムなどのちょっとした遊具もそのまま譲り受けたのだろう。ここには現在、四歳から十七歳まで計三十四人の子どもがいるという。

その三十四人目に夕夜がなったのは、つい二日前のことだ。神倉市立病院を退院してすぐに入所した。

夕夜の父親がどこの誰なのかはわかっていない。祖父である松葉修は、自宅が取材攻勢と嫌がらせにさらされていること、それに妻の体調不良を理由に、夕夜の引き取りを拒否した。伯父《おじ》に当たる由孝は、海外に留学中で引き取りは不可能だという。他の親類も同様だった。そういう場合、通常なら行き先が決まるまで二か月ほど児童相談所で待機することになり、その期間は学校に通うことも含めて外出はできない。しかし夕夜の場合は、無戸籍であることに加え、妹の遺体と三日間すごしたという特殊な状況を踏まえ、一日でも早く落ち着いた環境に身を置けるよう、異例の対応が取られたのだった。

駐車場に車を停めて正面玄関のほうへ回ると、この暑いなか運動場で遊んでいた数人の子どもたちが、目ざとく気づいて集まってきた。そのなかに夕夜の姿はない。烏丸と西がホルンを訪れるのははじめてだが、子どもたちは物怖《ものお》じせずにまとわりついて話しかけてくる。

「おばさんたち、誰？」

「誰かのお父さんとお母さん？」

「夏休みだから連れて帰るの？」

児童養護施設を訪問すること自体がはじめての西は、目を白黒させている。べたべたと服や体に触られて戸惑っている。西は三児の父だが、やはり勝手が違うらしい。甥《おい》たちが小さかったころのことを思い出す。たまに顔を合わせても、母親の膝《ひざ》の後ろに隠れるばかりでなかなか挨拶《あいさつ》もできなかった。そういえば何日か前に弟の妻から、またた遊びにきてくださいとメッセージが届いていたのを忘れていた。いつも少し散らかっている、カラフルでにぎやかな家。二時間も滞在すると決まって静寂と自由が恋しくなるのだが、やはり甥はかわいくて、あの子たちが虐待されることなど想像しただけで胸がつぶれる。ましてや死んでしまうなんて。

「私たちは警察の人だよ」

烏丸が言うと、いっせいに反応が押し寄せる。

「パトロール？」

「なんで制服じゃないの？」

「カノーとみっちゃんは？」

重なり合う声のなかに狩野の名前を聞き取り、反射的に敵意と警戒のアンテナが立った。ここは神倉駅前交番の管轄なのか。

「カノーはよく来るの？」

「うん」

「いつごろから？」

「えー、わかんない。ずっと前だよ」

捜査員でもないくせに勝手なまねをしているんじゃないかと勘繰ってしまうが、夕夜目当てに通っているわけではないようだ。

職員が出てきて子どもたちを運動場に戻らせ、烏丸たちは面会室に案内された。本来は親子の面会に使われるその部屋は、優しい色調でまとめられていて、黒のパンツスーツに身を包んだ自分が場違いに思える。

そこにはひとりの青年がいて、ドアが開くと同時に立ち上がって頭を下げた。

「児童福祉司の立川真司《たちかわしんじ》です。松葉夕夜くんを担当しています」

連絡は取っていたが、対面するのははじめてだ。まだ三十にはなっていないだろう。あっさりした顔立ちで、すっと刃物を当てたような切れ長の目をしている。

もともとの夕夜の担当はベテランの山内だったが、この件に関しては異例のスピード対応に加え、捜査機関との調整などの業務も多く、ただでさえ多くの案件を抱えている老齢の彼女に負担がかかりすぎているということで、担当者が変更になった。

ちょうど松葉美織の身元が判明した直後だったので、夕夜の引き取りに関して親類に打診したのは立川だ。彼自身も手いっぱいのなか、担当したいとみずから申し出たという。どうにか時間を作っては夕夜のもとを訪れ、また看護師や指導員から小まめに様子を聞いてもいるらしい。淡泊な見た目と落ち着いた話しぶりに反して、強い熱意を持った人物だ。

「捜査一課の烏丸です」

「同じく西です」

名刺を交換し、聴取の内容や進め方について最終確認をしながら待っていると、夕夜が指導員に連れられてやって来た。

その姿にまず驚いた。食事は基本的に残さず食べていると聞いていたが、病院で会ったときよりもずっと健康的に肉がついている。ためらいがちな歩みだが足どりには危なげがなく、立川の隣の椅子にすんなりと腰かけた。けっして明るい表情ではない。こわばった顔で、上目遣いにこちらの様子をうかがっている。それでも、前に会ったときには凍りついていたその瞳《ひとみ》から、何がしかの感情――緊張や不安や警戒が読み取れるようになっただけ、一歩前進だ。

「こんにちは。昨夜はよく寝た？」

立川の朗らかな問いかけに、夕夜はいっそう身を硬くした。烏丸たちから目を離さず、手なずけようとしてもその手には乗らないとばかりに。

「……一回、起きた」

「なんで起きたの？」

「忘れた」

昨夜、夕夜が悲鳴をあげて飛び起きたことは聞いている。寝ぼけて真昼を捜し回ったそうだ。

「こんにちは、夕夜くん。前に病院で会ったの、覚えてるかな」

烏丸も話しかけると、夕夜はうかがうように立川を見た。信頼とまではいかないが、それに似たもの、いずれそれになるかもしれないものが、つぶらな瞳に表れている。

「覚えてる？」と立川が返事を促す。

「……警察の人」

「そうだよ、覚えててくれてうれしいな。烏丸靖子です。こっちのおじさんは、私の仲間の西くんです」

　温かみのある木製のテーブルにノートを広げた西が「こんにちは」と笑いかける。烏丸は夕夜を安心させようと笑みを深くした。私たちはあなたの味方なのだと伝えたかった。

「前に言ったとおり、私たちは真昼ちゃんがどうして死んでしまったのかを調べてるの。今日は、夕夜くんと真昼ちゃんとママが普段どんなふうに暮らしてたのか聞かせて」

　夕夜はまた立川を見てから、用心深い顔つきでうなずいた。

「じゃあ、ママってどんな人？」

　子どもが自由に語れるようオープン・クエスチョンを用いる。

　夕夜は少し間を置いて「優しい」と答えた。単にいちばんしっくりくる表現を探していたのか、どう答えるのが正解かを考えていたのか、どちらとも取れる間だった。

「どんなところが優しいの？」

「いつもおれたちの世話をしてくれるところと、いろんなお話をしてくれるところ」

「お話？　それってどんなの？」

「騎士が巨人と戦ったり、魔法の馬に乗って宇宙に行ったり」

「へえ、おもしろそうだね」

　母子三人の部屋に貼られていた絵を思い浮かべる。騎士の絵があった。お姫さまの絵もあった。騎士の冒険譚《たん》のようだが、烏丸にはぴんと来る物語がなく、子持ちの西も同様らしい。美織のオリジナルだろうか。

「ママは夕夜くんたちのごはんを作ってくれる?」

「うん」

「ママが作ってくれるごはんで何が好き?」

「ハンバーグ」

「私もハンバーグ大好き。ママのハンバーグ、おいしいんだ?」

「うん」

「ごはんは一日に何回食べる?」

「三回。朝と昼と夜」

「いつも三人で一緒に食べるの?」

「朝はママは食べない。お仕事から帰ってきて、おれたちの分だけ作ってくれて寝る」

「夜は一緒に食べてからお仕事に行くの?」

「うん」

「じゃあ、ママがお仕事に出かけてから帰ってくるまでは、夕夜くんと真昼ちゃんはふたりだけでお留守番してるのかな?」

雲行きが怪しいと感じ取ったのか、夕夜は口を閉ざした。瞳に宿る警戒の色が濃くなる。被虐待児の多くは大人の顔色を読むことに慣れているものだが、なかでも夕夜は敏《さと》いほうだと思う。

烏丸は固執せずにすばやく質問を変える。

「三人でお買い物に行ったり、外に遊びに出かけたりすることはある？」

夕夜は答えないが、その沈黙が答えだ。美織は子どもたちの存在を隠していた。児童福祉司の推測どおりなら、人に姿を見られたり声を聞かれたりしてはいけないと言い聞かせていた。外出どころか、家のなかでも息を潜めて生活していたはずだ。それは幼い子どもにとって簡単なことではない。

「ママに叱られることはある？」

「……うん」

「どんなときに叱られるの？」

「おれが悪いことをしたとき」

「悪いことってどんなこと？」

沈黙。

「そのとき、叩《たた》かれたり、何か痛いことされる？」

やはり沈黙。夕夜はうつむいてしまう。顔が似ているせいもあって、母親である美織と対面している気分になる。夕夜と真昼が無戸籍児童であることを告白して以降、美織はだんまりに戻ってしまった。

「夕夜くんのおうちには本やおもちゃがあったね。いつもどんなことして遊んでたの？」

さらに質問を切り替えたときだった。いきなり夕夜が金切り声を上げた。動物じみた奇声は長く尾を引き、鼓膜を突き破ろうとする。

「夕夜」

背中に触れかけた立川の手を、夕夜は力任せに払いのけた。

「うるさい、うるさい！　帰れ、出てけよ！　ぶっ殺すぞ！　二度と来んな、ブス！」

立川が慌てることなく夕夜をなだめながら、そっと目配せを寄こす。烏丸が奥歯をかみしめて立ちあがると、西もがたがたと椅子を鳴らして尻《しり》を浮かせた。

罵声《ばせい》を浴びながら廊下に出て、黙って十分ほど立っていただろうか。静かになった面会室のドアが開いた。姿を見せた立川は、冷静な、しかし浮かない顔をしている。

「もう落ち着きましたから、どうぞ」

夕夜は身を硬くしてうつむいていて、落ち着いているというより落ち込んでいるようだった。唇からぽとりと落とすようにつぶやく。

「……ごめんなさい」

その小さな声を両手ですくい取りたいと思った。胸が痛み、ひとりでに首が横に振れた。

「ううん、夕夜くんは悪くないよ。急にあれこれ訊《き》かれたら、頭がごちゃごちゃになっちゃうよね。こちらこそごめんなさい」

思いが伝わったのかどうか、夕夜は顔を上げない。

立川が目顔で退室を促した。烏丸は後ろ髪を引かれつつも従うしかなかった。

「謝りたいと、夕夜が自分から言ったんです」

後ろ手にドアを閉めて、立川が言う。

「夕夜があんなふうになるのははじめてではありません。被虐待児は総じて情緒が不安定です。甘えるかと思えば癇癪《かんしゃく》を起こしたり、わざと悪いことをして相手の反応を試したり。自分の周囲にいた大人をまねて粗暴な振る舞いをする子は少なくないですし、何かのきっかけでフラッシュバックを起こすこともあります。あ、フラッシュバックというのは……」

「過去のつらい記憶が、突然、鮮明によみがえる現象ですよね。いま現在それを体験しているかのような感覚に陥り、パニックを引き起こすこともある」

肝に銘じていたつもりだった。なのに、失敗した。夕夜を傷つけてしまった。

烏丸は頭を下げた。

「申し訳ありませんでした。以後、気をつけます」

「やはり聴取はまだ早かったんじゃないでしょうか」

「そうおっしゃりたいお気持ちはわかります。ですが、松葉美織をきちんと法廷で裁くためには、夕夜くんの証言が不可欠なんです」

「それはあなた方の都合でしょう」

言葉づかいこそ丁寧だが、有無を言わさぬ迫力があった。切れ長の目がはっきりと烏丸たちを拒絶している。

「われわれ児童福祉に携わる人間は、子どもの安全と幸福を最優先に考えます。家族が再統合され、子どもが家庭に帰れることを理想としています。虐待された子どもがそれでも親を慕うのはご存じでしょう」

「承知しています、でも」

「今日のところはお引き取りください」

夕夜に接するときの立川とはまるで別人だ。傷ついた子どもを守る番人。何事も子どもファーストで考える児童福祉司と、事件の解決を目的とする警察とは、しばしば意見が対立する。

すごすごと退散し、蒸し風呂《ぶろ》になった車に乗り込むと、西がずっと息を止めていたみたいに大きなため息をついた。

「ああ、びっくりした。夕夜くんっておとなしそうな子だったのに、あんなキレ方するんですね。虐待されたかわいそうな子っていうんで、勝手なイメージ作っちゃってたんだなあ。周囲の大人のまねをするって立川さんが言ってたけど、やっぱ今回のネグレクトだけじゃなくて、日常的な虐待もあったんでしょうね。あとは母親の男の影響とか」

「かもね」

「俺、泣きそうになりましたよ。子どもの世話するのなんて当たり前なのに、ママは優しいなんて。あんな目に遭わされたってのに。烏丸さん、松葉の取り調べ、頼みますよ。ガンガン締め上げてしゃべらせて、できるだけ重い刑をくらわせてやりましょう」

烏丸はサングラスをかけてフロントガラスのずっと先を見た。入道雲がはち切れそうに膨らんでいるから、雷雨になるかもしれない。

受け答えをする夕夜の姿が目に焼きついている。母親の不利にならないよう、小さな頭で一生懸命に考え、言葉を選んでいるのがわかった。

「それでも子どもは親を慕う、か……」

夕夜の幸せを願うのは烏丸も同じだ。

「はい?」

烏丸は助手席のシートを大きく倒した。

「着いたら起こして」

夕夜に対する次回の聴取は未定ということになった。

一方、松葉美織の空白の八年間は着々と埋まりつつある。二〇一一年十一月二十三日に横浜から失踪《しっそう》して以降、美織は日本全国を転々としていた。

本名と高校時代の写真、そして失踪以降の足取りが不明であること、複数の偽名を使用していた可能性が公表されると、各地から彼女の情報が寄せられた。うちで働いていた子に似ている、同じアパートに住んでいた人だと思う、付き合っていた子かもしれない。松葉修の娘だというので注目が集まったことも大きいに違いない。さっさと身上調書を取れなかった責任は重いと、周りから言われるまでもなく烏丸自身が痛感している。

　捜査員たちは情報の真偽を確認する作業に追われた。その結果、美織は名古屋《なごや》、大阪、福岡、神戸《こうべ》、仙台《せんだい》と、大都市を渡り歩いていたことがわかった。そのつど別の偽名を使い、水商売をしたり男のもとへ転がり込んだりしながら、どの土地にも三年以上は留《とど》まっていない。

　失踪後、最初に流れ着いた名古屋で夕夜を出産している。当時、美織を自分のアパートに住まわせていたという男によれば、二〇一一年十二月に出会った時点ですでに妊娠しており、二〇一二年六月にアパートの風呂場《ふろば》で出産したとのことだった。夕夜の誕生日は六月だと本人から聞いているし、美織のスマートフォンにも夕夜の誕生日を祝う写真があったから、まず間違いない。美織はそのことを他言しないよう男に求め、口止め料として現金百万円を渡した。そして二、三か月後に黙って子どもとともに姿を消した。そのあと二〇一二年九月から二〇一三年八月までは大阪に滞在していた。真昼の年齢と誕生日から考えて、妊娠したのはこの期間のことだ。

　まるで何かから逃げているかのようなその道程で、子どもたちの存在はほとんど知られていなかった。しかし神倉のマンションの隣人のように薄々気づいていたり、美織の住まいに無理に押しかけた際に目撃したという者もいた。子どもたちは幽霊のように現れたり消えたりしながら、母親にくっついて歩いていた。

　父親はわからない。夕夜の父親と真昼の父親は別人だと思われるが、候補者が多すぎて、あるいは少なすぎて、特定することができない。多いのは美織が不特定多数の男と関係を持っていたからで、少ないのはそのうちの誰とも深い絆《きずな》を結ぶことがなかったからだ。付き合い方は端的に言えば寝るだけで、別れ方を見ても、恋愛というよりは生活のための手段という印象を受ける。美織自身はわからないの一点張りだ。

夕夜の父親は当時、神倉近辺にいた男ではないかというのが、捜査員たちのおおかたの意見だった。美織が渡り歩いてきたのは、繁華街の発展した大都市ばかりだ。就職口の多さからしても、身元を隠したいという事情を考えても、それは自然な選択だろう。ところが半年前、美織はこの神倉へやって来た。神倉はちょっとした観光地ではあるが、寺社と坂と緑の多い古い町で、けっして都会ではない。

「やはり松葉美織は男を頼って神倉へ来たようです」

その報告をもたらしたのは原田だった。捜査が長引くにつれ彼の煙草の量は増え、もはや体ににおいが染みついてしまっている。肺がんになったらおまえのせいだからなと言われたが、興奮した面持ちで捜査会議に臨む姿はどう見ても健康そのものだ。

「美織の交際相手の杉浦から、思い出したことがあると連絡を受けて話を聞きました。いつだったか時期は覚えていないが、酔った美織が寝言で『ユウヒくん』と言ったことがあるそうです。くん、というからには男の名前でしょう。杉浦が問いつめると、しぶしぶながら恩人だと答え、正確な言い回しはやはり覚えていないものの、そいつに会いに来たようなことを言ったと。フルネームは、マサチカユウヒ。俳優にそんな名前のがいるでしょう、それで記憶に残ってたんだとか。音で聞いただけなので漢字はわからないとのことです」

「その男は今も神倉にいるのか」と神倉署の署長が問う。

「わかりません。というより、名前の他には何もわからないと言ったほうがいいですね。杉浦はそれ以上は訊《き》かなかったし、美織から話すこともなかったそうです。ただ、美織はマサチカユウヒに会えなかったんじゃないかと杉浦は言っていました。なんとなくそう感じただけで根拠はないそうですが」

「そいつに前科がないか調べろ」

はいと答えて着席した原田は、髪の薄い頭から牛のような首筋までをぐるりとタオルで拭《ぬぐ》った。前科があってくれとこの場の全員が願っているに違いない。

「マサチカ、ユウヒ……」

烏丸は小さく声に出した。

ユウヒとユウヤ。名前が似ていると考えるのは、こじつけだろうか。

次の取り調べで、烏丸はさっそく美織に尋ねた。

「マサチカユウヒって人、知ってるよね」

その瞬間、根本が黒くなりパーマが取れてきた髪に、さざなみが立ったように見えた。思いがけず大きな反応だ。

目の前の被疑者をまじまじと観察する。今日も黙秘を通すつもりだったのだろう、最初から下を向いて、目を合わせようとしなかった。体勢はそのままだが、全身が緊張しているのが見て取れる。

「その人に会いに神倉へ来たらしいじゃない。どういう関係？」

美織は動かない。長い睫毛《まつげ》だけがちりちりと震えている。

「もしかして夕夜くんの父親？」

ようやく美織が目を上げた。にらみつけることで動揺を悟られまいとしているようだが、逆効果だ。父親かどうかはともかく、美織にとって重要な人物であることは間違いない。

「……誰それ」

「あなたが杉浦さんに話したんだよ」

杉浦がそんなことを覚えていて、しかもわざわざ警察に言うとは思わなかったのか。

「忘れた」

「恩人なんでしょ」

「きっと適当に言ったんだよ」

「マサチカユウヒのことは訊かれたくない？」

押し黙った美織のこめかみが波打つ。

前にもこんなやりとりがあった。あれは美織の身元が判明し、八年前の誘拐事件について尋ねたときだ。

じわり、体温が上昇する。この考えはきっと当たっている。

「あなたは何を隠してるの？」

美織がなぜ黙秘するのか、ずっと不思議だった。答えを導く鍵《かぎ》は、どうやら過去にありそうだ。そして、そこにはマサチカユウヒなる人物が深く関わっている。

6

「なに描いてんの？」

画板に広げた画用紙に影が落ち、声が頭の上から降ってきた。玄関ポーチに腰かけていた千夏がびっくりして顔を上げると、夕夜くんがひとりで立っていた。

「夏休みの宿題だよ。これだけ残ってて」

「花の絵？」

夕夜くんは運動場の隅にある百日紅《さるすべり》に目をやった。

「夏休みの思い出っていうテーマなんだ。悩んだけど、夏休みの間ずっとあれを見てたから」

今年は家には帰れなかった。お父さんは一回会いに来てくれたけど、一緒に出かけたりはしなかったし、おじいちゃんとおばあちゃんの家にも行かなかった。お姉ちゃんとも遊べなかった。ホルンのみんなで花火をしたことや海に行ったことを描けばよかったのかもしれないけど、なんとなくそんな気にならなかったのだ。

「うまいね」

「えっ、そんなことないよ」

「絵って学校で教えてくれるの？」

宿題のことを口にしたのは自分のほうだけど、夕夜くんから学校の話を持ち出されると、どきっとした。夕夜くんは今まで一度も学校に通ったことがないらしい。ホルンでの学習の時間に見ていると、漢字や文章を読むのは得意だけど、計算は苦手みたいだ。苦手というか、やり方を知らない。こんなのもできないのかよとからかわれて、けんかになったこともあった。

ここに来て一週間になるけど、夕夜くんはまだなじめていない。サッカーに誘われてもゲームに誘われても仲間に加わらないで、話をするのも千夏とだけだ。それだって仲良しというほどじゃなく、たいていはひとりで本を読んでいたりぼんやりしていたりで、たまにこうやってふらっと近寄ってきて何か言う。

「図工の時間っていうのがあるけど、ちょっとだけだよ。夕夜くんも描いてみる？」

「道具がない」

「わたしの絵の具、貸してあげる」

「絵の具は使ったことない」

「にじまないように気をつけたらいいだけだよ」

千夏が予備の画用紙を渡すと、夕夜くんはそれをコンクリートの地面に置いた。まずは下描きからだよと鉛筆を持たせたものの、そのまま止まってしまう。

「なに描いたらいいの」

「何でもいいんだよ。そうだ、夕夜くんの好きな動物は？」

「馬とロバ」

「なんで？　見たことあるの？」

「ないけど、ママがしてくれるお話にいっぱい出てくるから。馬とロバはすごく仲良しなんだ」

千夏は急におもしろくない気分になった。自分のためのプレゼントだと思っていたものが、実はそうじゃなかったとわかったような気分。

千夏にお母さんはいない。お姉ちゃんも知らないという。夕夜くんにはお母さんがいるけど、あんなひどいことをしたんだから怖い人だと思っていた。お話をしてくれるお母さんってどんなだろう。

「じゃあそれ描いたら」

自分でも、あっと思ったくらい素っ気ない口調になった。なのに言葉は勝手に出てくる。

「わたしは馬もロバも見たことあるよ。前にお父さんが牧場に連れてってくれたの。お姉ちゃんも一緒で、すごく楽しかった。でも馬とロバは別々の柵《さく》のなかにいて、べつに仲良しじゃなさそうだったけど」

楽しかった思い出。それは本当の本当だ。でもあのときは、千夏とお姉ちゃんがアルパカを見ている間に、お父さんがふたりを忘れてどこかへ行ってしまったのだった。振り向いたらお父さんがいなくて、千夏はパニックになってべそをかいた。幸いまだ遠くには行っていなくて、お姉ちゃんが大声で呼んだらすぐに戻ってきてくれたけど。

それを思い出したとたん、罪悪感がこみ上げた。夕夜くんはきっとあの何倍も、何十倍も怖かったはずだ。

ごめん、意地悪だった。そう言おうとしたとき、玄関にティエンちゃんたち女子のグループがやって来た。

「いたいた、千夏ちゃん。今からDVD見るから一緒に見よ」

「あ、でも、宿題が……」

「明日《あした》でいいじゃん」

腕をからめられ、それ以上、言葉が出てこなくなる。人と話すだけでも苦手なのに、主張したり拒否したりするのはもっと苦手だ。

「あの、夕夜くんも一緒に見ない？」

この場にいるのに誘わないのは悪い気がした。それに、ひとりで外にいさせるのはちょっと心配でもある。数日前に警察の人と会ったあと、夕夜くんは廊下で吐いてしまった。それからおなかと頭が痛くなり、熱も出て、夜はごはんを食べることもできずに寝込んでいた。次の朝にはもうけろりとしていたけど、その後もときどき具合が悪くなることがある。

夕夜くんの返事はただひとこと、「見ない」だった。

早く、とティエンちゃんが腕を引っ張る。

「あとで絵の具の片付けにくるから」

夕夜くんはこっちを見ずにうんと答え、画用紙に何か描き始めた。

7

ずっと黙秘してきた松葉美織が、突如として罪を認めた。

「私は子どもたちを自宅に放置して、娘を死なせました」

すさんだ目が開き直ったようにこちらを見据える。額の吹出物はまだ治っておらず、むしろ大きくなっている。赤く膨れて痛そうだ。

烏丸は取調室の机に頬杖《ほおづえ》をつき、たっぷり五秒、美織を見つめた。

「どうしたの、急に」

「毎日ここに座らされて同じような質問ばっかり、もううんざり」

「あなたは夕夜くんに対する保護責任者遺棄罪で逮捕されてここにいるわけだけど、近日中に、今度は真昼ちゃんに対する保護責任者遺棄致死罪で再逮捕される。もしくは、殺人罪で。まだここにいてもらうよ」

「だから真昼のことも認めるって言ってるじゃん」

「保護責任者遺棄致死のほう？　それとも殺人？」

「知らないよ。私が真昼を死なせたことに変わりないでしょ」

「それじゃだめなんだよ。そのひどい結末に至るまでの道筋を明らかにしないと。あなたの心のなかも含めてね」

「私は父親のわからないあの子たちを産んで、出生届は出さずに隠して育ててた。でもずっと邪魔で、こいつらがいなければいいのにって思ってた。何日か放置してたことは今までにもあったけど、今回は長かったから死んじゃったんでしょ」

文句ある？とでも言わんばかりだ。また痩《や》せた体の前に、見えないナイフを構えている。

「杉浦さんによると、あなたは彼との交際中は一度も外泊しなかったそうだけど」

「ひと晩じゅう一緒にいたい男じゃないよ」

「でも七月二十五日から十日以上、彼の家にいたんだよね」

「お金ないし、他に行くとこなかったから」

「家に帰りたくなかった？」

「そう」

「『帰れない』って杉浦さんに言ったよね。どういう意味？」

「そんなこと言ったっけ。覚えてない」

嘘だと烏丸は直感した。美織は視線を落とし、ネイルがほとんど剝《は》げてしまった爪をいじり始める。

「七月二十五日の朝、あなたは『死ね』と叫んで自宅を出た。それは覚えてる？」

「たぶんそうなんだろうね。いつものことだから、いちいち覚えてないけど。叩《たた》いたりも普通にしてたし」

「日ごろから子どもたちに暴言を浴びせたり暴力をふるったりしてたってこと？」

「虐待だって言うんでしょ。そのとおりだよ」

ふてぶてしい態度の美織を観察しながら、ママは優しいという夕夜の言葉を、烏丸は思い出していた。美織は子どもたちのために食事を作り、お話を聞かせていたという。ホルンの職員によると、夕夜は箸《はし》も使えるし入浴すれば体も頭もきちんと洗えるというから、生活の基本的なことは教えていたようだ。

だが一方で、美織が子どもたちを置き去りにしたという事実があり、日常的な虐待もあったと本人が言う。メディアは彼女に「鬼母」の名を与えた。独創性のない雑な表現だが、まさにそのとおりだ。このひとつの痩せた体に、母親と鬼が同居している。

「あなたは八年前、自分の意思で失踪《しっそう》した。それはなんで？」

「関係なくない？」

美織がじろりと目だけを上げた。

「なくない」

うんざりしたようにまた目を伏せてため息をつく。

「家を出たいとはずっと思ってたよ。小さいころから両親は、何のとりえもない私に関心がなかった。成長して問題を起こすようになったら、無関心が厄介に変わった。いなくてもいい子から、いないほうがいい子になったってわけ」

「家出するにしても、またずいぶんなタイミングだったね。誘拐されて解放されたその晩に病院から逃げ出すなんて」

「私の勝手でしょ」

「そのまま新幹線で名古屋へ行ったんだよね。お金はどうしたの。知らない土地でひとりで生きていこうと思えば、ある程度は持ってないと不安だったんじゃない？　その時点でおなかには夕夜くんがいたんだし」

「べつに」

「べつに？」

「何も考えてなかった」

「誘拐犯は身代金の一千万を手に入れたんだよね」

「それが何？」

あれは狂言誘拐だったんじゃないかと松葉修は言った。捜査陣も同じ見解だが、今のところ証拠はないし、美織も認める気はなさそうだ。脅迫状からは犯人のものと思《おぼ》しき指紋などの手がかりは出なかった。松葉家では警察に届けるつもりがなかったため、電話も録音しなかったという。

「誘拐犯に心当たりはない？」

「これって虐待についての取り調べじゃないの？」

「覚えてることとか」

「目隠しされてたから何もわかんないよ」

「あとになって思い出すこともあるでしょ」

「けっこうトシの男女のグループだと思ったけど」

とってつけたような話を、烏丸は「そう」と受け流した。いま追及しても収獲はない。見えないナイフを構えた美織に向かって、こちらも見えない銃を構える。

「それから八年、あなたは日本全国を転々として暮らしてきた。そして半年前、神倉へやって来た。マサチカユウヒという男を頼って」

「またその話？　忘れたって言ったじゃん」

「これを聞いたら思い出すかもよ」

烏丸は効果的な間を取って、美織を見つめながらゆっくりと弾を装塡《そうてん》した。

「正しい、近い、雄々しい、飛ぶ、で正近雄飛」

美織の片方の目の下がぴくりと動き、目頭から頰骨のほうへと刻まれた一本のしわが一瞬、濃くなった。弾は命中したようだ。

「彼、中学高校時代に補導歴があって、警察に記録が残ってたよ。それに、とある事件の参考人にもなってた。当時の住所は神倉市で、現在の年齢は二十七歳。よくある名前じゃないし、あなたが言った人だと思うんだけど」

この正近雄飛が狂言誘拐の共犯者ではないかと考えるのは、無理な想像ではないだろう。現在の所在は不明で、経歴とともに捜査中だ。

「正近雄飛は神倉にいるの？」

「だから知らないって」

「じゃあ、あなたはなんで神倉に来たの？」

「なんとなくだよ、理由なんかない」

「あなたは神倉にある私立麗鳴館学園に通ってた。当時の知り合いに会う可能性があるにもかかわらず？　偽名を使ってまで身元を隠したがってたのに？」

「八年もたってるし。そんなことより、私は罪を認めたんだから、さっさと刑務所でもどこでも送りなよ」

うつむきかげんの顔をしばらく黙って見つめた。その視線を美織は感じているはずだが、こちらを見ようとはしない。烏丸はいったん銃を下ろすことにした。

「ならお望みどおり、置き去りについて訊《き》くね」

美織のほうもまるでナイフを下ろすように、爪をいじっていた手を下ろした。面倒くさそうではあるものの、烏丸の質問に素直に答えていく。烏丸は事件の真相を解明したい。美織は取り調べを終わらせたい。同じゴールを目指す者どうし、協力し合っているという気すらしてくる。

「それじゃ、いよいよあなたが子どもたちを置いて家を出た日のことだけど。七月二十五日の行動を話して」

「あの日は嫌な客が続いたあとで、いらいらしてたの。それで、今じゃ思い出せないささいなことでキレて、子どもたちに向かって死ねって叫んだ。たぶんおもちゃを散らかしてたとかそんなこと。よくあるんだよね、そういうので手が出ちゃったりとか。部屋を飛び出して、夜までぶらぶらしてから杉浦さんの家に行った」

「帰ろうとは思わなかった？」

「……思わなかったからここにいるんでしょ。楽しかったよ、あの日。杉浦さんちでワイン片手にどうでもいいバラエティ番組を見てたら、私はまだ二十三歳なんだってことを思い出したの。それで、うっかり選んじゃった人生に嫌気が差した」

美織はまるでひとごとのように淡々と語る。

「あなたは人生を後悔してるの？」

「後悔っていうか、ああ失敗したなって」

「それは子どもを産んだこと？　それとも家出したこと？」

「家出はしてよかったと思ってる。でも、そう、子どもは産むべきじゃなかったね」

「望まない妊娠だった？」

「これっぽっちも」

「堕《お》ろそうとは思わなかったの？」

「お金なかったし」

「名古屋で同棲《どうせい》してた男に百万円渡したって聞いたけど」

「借金だよ。もうこりごり」

「どこから借りたの？」

「なんか闇金。名前は忘れた」

「出生届を出さなかったのはなんで？」

「親に居場所がばれるかと思って。厄介者が消えてせいせいしたはずだけど、体面のために捜してるポーズくらいはするだろうから」

たしかに行方不明者届は出されていたから、警察が本気で捜索すれば発見されていたかもしれない。一般家出人でなく、たとえば狂言誘拐の被疑者として捜索していれば。

「七月二十五日に話を戻すね。杉浦さんの家で人生に嫌気が差したところから続けて」

「続きはないよ。ひと晩だけの逃避のつもりがずるずる延びてって、そのうちに最初は感じてた後ろめたさも薄れていった。それだけの話」

「子どもたちの顔が浮かんだりしなかった？」

「考えないようにしてた」

「あんな状態で置き去りにしたら死んでしまうってわからなかった？」

「わかってたけど、帰ったらまたあの生活が始まると思ったら、帰る気になれなくて。

ああ、私が杉浦さんに『帰れない』って言ったっていうの、そういう意味だったのかも」

「待って」

烏丸はいったん会話の流れを止め、美織の目をのぞき込んだ。

「あなたは今、とても重要な発言をしたんだよ。いい、もう一回訊くから、よく考えて答えて。あなたは子どもたちが死んでしまうとわかってたの？」

「わかってたよ」

「本当に？」

「わからないわけないじゃん。死んでもかまわない、むしろ死んでくれたら身軽になれると思ってた」

烏丸はちょっと息を呑《の》んだ。

「それじゃ殺意があったってことになるよ。殺人を認めることになるんだよ」

美織は不思議そうに烏丸を見た。

「変なこと言うんだね。そういう派手な事件のほうが、刑事にとってはおいしいんじゃないの」

「おいしい事件なんてないよ」

自分たちが動くのは、いつも事件が起きたあとだ。すでに不幸があって、被害者がいる。犯人を捕まえようと真相を解明しようと、めでたしめでたしとは言えない。

「ふうん」

どうでもよさそうに、美織はまた視線を落とした。
「答えは変わらないよ。私はあの子たちが死ぬとわかってたし、死んでほしいと思ってた」

8

二学期が始まっても、夕夜くんは夏休みのままだった。でも学校に行かない子は夕夜くんだけじゃない。ティエンちゃんも昴くんもそうだ。ティエンちゃんは音楽クラブに入りたかったけど、入る子はみんな楽器を持っていたり習っていたりしたからやめて、それからなんだか調子が狂ったんだという。だから千夏が宿題をしていたりすると、ちょっと機嫌が悪くなる気がする。昴くんの事情は知らない。

九月一日は日曜日だったので、二日が始業式だった。午前中で終わって、痛いほどの日差しのなかを正門へ歩いていくと、何人かのお母さんたちがお迎えに来ていた。このあとランチにでも行くのか、ちょっとおしゃれしている。

日傘の花が咲くそばを、なんとなくうつむいて通り抜けようとしたとき、虐待、という言葉が耳に飛び込んできた。どきっとして、体が硬く縮こまった。

「ああ、松葉修の娘のあれね」

夕夜くんの事件のことだ。おじいさんが有名人らしく、テレビでそのことをやっているときも、お母さん以上によく名前が出る。

「あの被害者の子が、うちの学校に通うかもしれないんだって。うわさだけど」

「え、子どもって死んじゃったんじゃなかった？」

「ひとりはね。もうひとりは助かって、今は施設にいるらしいよ。ほら、ここ、施設の子たちが通ってきてるでしょ」

「じゃあ、松葉修は引き取らなかったんだ。まだ若いしお金もあるだろうに」

「孫ったって愛情なんかないんじゃない？　娘はずっと家出してて、孫がいたことも知らなかったっていうし」

「ほんとにかわいそうだよね、子どもたち。母親以前に人間のやることじゃないよ」

「そんな人が親になっちゃいけないよね。だいたい二十三歳で七歳の子って、よっぽど遊んでたんでしょ。虐待するくらいなら産まなきゃよかったのに。亡くなった子、今度はうちの子に生まれておいでって思うよ」

ひくっと喉《のど》が痙攣《けいれん》して、千夏はおなかに力を入れた。できるかぎり早足で遠ざかろうとするけど、おしゃべりの声はどこまでも追ってくる。一、二、三、四、五、六――自分の歩数を数えながら足を動かした。頭のなかが数字だけでいっぱいになるように。

ほとんど走ってホルンの門に飛び込むと、運動場に背の高い制服姿があった。月岡さんが小さい子を肩車して、鉄棒に腰かけたティエンちゃんと話している。

ティエンちゃんがこっちを見て何か言ったけど、気づかなかったふりでまっすぐに玄関を目指した。今は一秒でも早く自分の部屋に帰りたい。四人部屋だけど、同室の子がまだ帰っていなければ少しくらいはひとりになれる。ベッドに潜り込んで、頭のてっぺんまでタオルケットをかぶりたい。

「おっと」

玄関に飛び込もうとしたところで、ちょうど出てきた人とぶつかりそうになった。立ち止まり、それから笑顔になって千夏を見下ろしたのは、月岡さんと同じ制服を着た狩野さんだった。

「おかえり、千夏ちゃん」

名前を覚えられていたことに驚いた。千夏はランドセルの肩紐《かたひも》を両手でつかみ、下を向いて答える。「こんにちは」

「今日から学校か。お疲れさん。宿題は全部終わった？」

「はい」

「偉いなあ。おじさんなんて最後の一日でやろうとして、結局できないやつだったよ」

こっちの気も知らないで、狩野さんは陽気に話しかけてくる。どうしてこの人が苦手なのかわかった。親しくもないのに部屋のドアを勝手に開けて入ってくるような、この感じ。

「千夏ちゃんは絵が上手なんだって？」

「そんなことないです」

「こないだ夕夜と一緒に描いたんだろ。夕夜の絵、見せてもらったよ。大きい馬と小さい馬」

「あれはロバです。馬とロバ」

なんだかむっとして思わず言った。千夏もあとで見せてもらったら、絵の具はにじんでいたけど、描き慣れているみたいで上手だった。

「へえ、ロバ。珍しいね。なんで馬とロバなんだろう」

「お母さんが聞かせてくれるお話に出てくるって。……あの」

「ああ、暑いのに外でごめんね。じゃあ、また」

狩野さんがやっと道を空けてくれたので、千夏はほっとして足を踏み出した。下を向いたままさようならと挨拶《あいさつ》して、急ぎ足で自分の部屋へ向かう。

二段ベッドに潜り込んで、蚕みたいにタオルケットにくるまったら、耳に残っていた声が大きくなった。学校の前で話していたお母さんたちの声。

「お父さん、お姉ちゃん……」

つぶやいて、千夏はぎゅっと目をつぶった。

9

正近雄飛は特殊な経歴の持ち主だった。現在、警察が把握している限りにおいて、その人生は彼が九歳の時点から始まる。そして、十九歳の時点で途絶える。

姿を消す二か月ほど前、正近は腹部に刺創を負い、自宅アパートから病院へ救急搬送された。料理中に転んで包丁が腹に刺さったと本人は説明したそうだが、それを聞いて通報しなかった医師は怠慢をなじられてもしかたない。注目すべきは、その日付だ。二〇一一年十一月二十四日。午前一時ごろだというから、前日の夜と考えても差し支えないだろう。つまり、二〇一一年十一月二十三日。これは誘拐事件で身代金の受け渡しが行われた日であり、松葉美織が失踪《しっそう》した日でもある。

美織と正近は共謀して狂言誘拐をやった。ところが仲間割れして、美織が正近を刺し、身代金を持って逃げた――そんな推測が容易に成り立つ。

だとすれば、正近はけがの原因を正直に言うわけにはいかなかったはずだ。また、美織が名古屋で男に渡した口止め料にも説明がつく。失踪した彼女があれほど居場所を突きとめられることを恐れたのは、単に親に知られたくなかっただけではなく、罪を犯して逃げていたから。

二か月後に退院した正近は、それからまもなく東京都足立《あだち》区で起きた現金強奪未遂事件に襲撃する側の一員として関わったことがわかっている。詐欺グループの売り上げを横からかすめ取る計画だったが、この詐欺グループは警視庁にマークされており、襲撃の現場に警察が緊急介入することによって双方のグループから多数の逮捕者が出た。正近は実行直前に内輪揉《も》めで襲撃グループを離れていたため、運よく逮捕を逃れている。

彼の存在が判明したのは逮捕者の供述によるものであり、それ以降の消息は知れない。なお、彼の失踪後ほどなくして、里親が病で急死していたことが判明した。

正近のけがの一件が報告されたとき、傷害罪でも美織を立件できるんじゃないかと捜査員たちは盛りあがった。しかし肝心の正近雄飛がいまだ消息不明であるうえ、美織との接点もわかっていない。八年も前のことだけに情報が思うように集まらないのだ。

「美織のほうはどうだ」

刑事課長の問いかけで、捜査員たちの視線が烏丸に集まった。無数の小さな針で肌を刺されているようだ。

「正近雄飛については相変わらず、忘れた、知らないの一点張りです。誘拐についても、あくまでも自分はただの被害者であるという立場を取ってます」

そこかしこでため息や舌打ちが聞こえた。美織が置き去りに関する供述を始めたときには、待ちわびた雨がようやく降ったかのような雰囲気になったものだが、通り雨にすぎなかった。

「知らないわけあるか。美織は正近に会いに神倉へ来たんだぞ」

捜査会議のあと、原田が近づいてきて皆の不満を代弁した。

「それなんですけど、美織が正近を刺して金を持ち逃げしたなら、そんな相手を頼ってくるってのは妙じゃないですか。むしろ正近からの報復を恐れるんじゃ」

「正近はおそらく息子の父親だ。ひそかに連絡を取り合ってたっておかしくない。あるいは、八年前の誘拐なり何なりをネタにゆする気だったとかな」

「でも、会えなかったんじゃないかって話でしたよね。実際、こんだけ捜してるのに正近は見つからないし」

「なんだ、美織は本当に正近の行方を知らないってのか？」

「かもしれません。美織と話してないんで、身代金受け渡し以降の正近の動静、つまり入院と現金強奪未遂については、はっきりとは言えないですけど。会いに来たっていうのは、思い出に会いに来たみたいな感傷的な意味ってことも考えられますし。ひょっとしたら正近はもう死んでて、墓参りのことをそう表現した可能性もありますよね」

「おまえ、自分が聞き出せないからそんなこと言ってんじゃねえのか。まさかあの女にほだされてんじゃねえだろうな」

「は？　んなわけないでしょうが」

このクソオヤジ、という悪態はかろうじて呑《の》み込んだ。

「ただ美織と話してると、なんか違和感があるんですよ」

「違和感？」と葉桜が口を挟む。

「うまく言えないんですけど、美織が語る自分像は、実際の彼女とは違うような感じがして」

失踪してからの八年間、美織は子どもたちに対して日常的に虐待を行っていたという。家に閉じ込め、声や物音を立てることを禁止し、外部とのいっさいの接触を遮断した。

ばか、産むんじゃなかった、などの暴言。暴力。ふたりを何日か置き去りにしたのもはじめてではない。美織の交際相手のなかには、子どもたちに暴力をふるった男もいた。

「夕夜くんが語る母親像と合わないんですよね。どっちも彼女の一面だと言えばそれまでなんですけど」

子どもを愛していながら虐げる親は少なくない。彼らは叩《たた》きたくないのに叩いてしまい、そんな自分を責めて苦しむ。

おいおい、と原田が露骨に呆《あき》れた声を出した。空になった煙草の箱を握りつぶし、足元のごみ箱に放り込む。

「やっぱりほだされてんじゃねえか。しっかりしろよ、新人じゃあるまいし。どんなクズみてえな親のことも子どもは庇《かば》うもんだって、おまえのほうがよく知ってるだろ」

「そりゃそうなんですけど」

「子どもを飢えさせといて、男といちゃついてた女だぞ。娘が死んだって聞いて、そっかあ、死んじゃったかあ、だぞ。もういっぺん被害者の写真や解剖所見でも見直して目え覚ませ」

「だから、そんなんじゃないですって」

そんなものは見直すまでもなく目に焼きついている。夕夜とはじかに接してもいるのだ。だがそれでも、美織の供述を鵜呑《うの》みにするには抵抗がある。ただただ残酷な犯罪者という型にはめてしまったら、はみ出す部分があって、そこにこそ重要な何かが秘められている気がする。

「美織が急に罪を認めて供述を始めたのは、それ以外のことを追及されたくないからだと思います。つまり誘拐事件や正近雄飛に関わる何かに触れられたくないから、置き去りの件だけでけりをつけてしまいたいんでしょう」

「そうは問屋が卸さねえよ」と原田が鼻で笑う。

「彼女は何かを隠してるんです。それはたぶん誘拐とか傷害とか、単純に過去の犯罪じゃない」

「じゃあ何だってんだ」

「わっかんね」

烏丸は伸びすぎた髪をくしゃくしゃとかき回した。

「あ？」

「わかんないけど、これだけは隠したいってことが何かあるんです」

勘にすぎないが、確信だった。

原田よりも先に、葉桜がぴしりと声を発する。

「結局のところ、鍵《かぎ》は正近雄飛だ。引き続き足どりを追ってくれ」

烏丸は机に置いた正近雄飛の写真を見つめた。かつての友人から入手した、高校を卒業してすぐのころのものだ。髪を金に近い色に染め、いくつものピアスをつけている。二重まぶたの瞳《ひとみ》は明るく、人好きのする顔だと思う。夕夜とはあまり似ていない。

年月がたてば顔立ちは変わる。ましてや彼は当時まだ十代だ。それに顔は整形することだってできる。

やっぱもう死んでんじゃねえの、と誰かが言った。

10

千夏。ちなつ。千の夏。学校からホルンまで歩いて帰る間ずっと、千夏は自分の名前を頭のなかでこねくりまわしていた。

学校で、名前の由来が話題になったからだ。驚いたことに、たくさんの子がそれを知っていた。みんなの心を明るく照らす人になるように、あかりちゃん。お父さんもお母さんも登山が好きだから、岳《がく》くん。岳くんのいとこの学校では、家族に由来を聞いてくるという宿題が出たらしい。

そんな宿題がなくてよかった。お父さんはお母さんの名前さえ忘れてしまったというくらいだから、きっと覚えていない。お父さんやお姉ちゃんと似た名前というわけでもない。おじいちゃんやおばあちゃんなら知っているんだろうか。訊《き》いてみたい気はするけど、誰も答えをくれなかったら、がっかりしてしまいそうだ。

千夏。ちなつ。千の夏。あれこれ想像しているうちに、気がつけばホルンの前に着いていた。ちょうど門から一台の車が出てくるところで、乗っている人を見てはっとする。

スーツを着た男の人と女の人。前に夕夜くんに話を聞きに来た刑事さんだ。難しい顔で何かを話し合っていて、千夏を見てちょっとほほえんでくれたけど、眉間《みけん》のあたりに難しい感じが残っていた。

千夏は思わず駆け出した。前に刑事さんたちが来たあと、夕夜くんは体調を崩して大変だったのだ。

思ったとおり、夕夜くんは洗濯室にいた。薄暗くてしんとした部屋の隅でひとり、膝《ひざ》を抱えて本を読んでいる。千夏に気づいて顔を上げたのを見て、あれ、と力が抜けた。なんともなさそうだ。いつもと同じ、気持ちがよくわからない顔。雨の夜みたいな目。

「これ」夕夜くんは本の表紙をこっちへ向けた。

汗まみれでまだ息を弾ませたまま、千夏は洗濯室に入っていった。

「『ドン・キホーテ』？」

小学生向けの本みたいだけど、千夏は知らない。馬に乗った騎士の絵がついている。

「カノーとみっちゃんがくれた。ママが大事にしてた本の子ども向けバージョン。ママの本も一緒にくれたけど、まだ読めないだろうからこっちを買ってきたって。ママがよくしてくれるお話はこれだったみたい」

カノー、みっちゃん、という呼び方に、なぜか心がざわっとした。いつの間に仲良くなったんだろう。千夏が学校へ行っている間に？

「狩野さんたちが来たの？」

「うん。女の刑事たちが来る前に。立川さんと四人で会った」

「それって前に言ってた、馬とロバが出てくるお話？」

「そう。ドン・キホーテが冒険の旅をするんだ」

ドン・キホーテというのは、どうやら主人公の名前らしい。表紙の騎士がそうなんだろう。

「旅かあ。いいなあ」

夕夜くんの目がちょっと丸くなった。

「……いいの？」

「わたしはあんまり遠くへ出かけたことがないから、うらやましい。神奈川県から一度も出たことないんだ。ホルンに入ってからは、なおさら行けなくなっちゃった」

だから学校で夏休みの旅行のお土産をもらうと、うれしいけど困る。こっちからはあげられるものがないから。

「……その冬、はじめての雪が降った日、ドン・キホーテはまた旅に出ようと決めました」

夕夜くんがぼそぼそと語り始めた。いきなりで戸惑ったけど、『ドン・キホーテ』のお話を聞かせてくれるみたいだ。暗記しているのか、本は閉じたままだ。

――お供のサンチョは、こんな寒いときに旅なんかしたくないと慌ててベッドに潜り込みましたが、ドン・キホーテはその足を両手でつかんで引っ張り出しました。サンチョは太っちょなのでとても重く、ふたりで床に尻餅《しりもち》をつきました。

「サンチョよ、今すぐに出発するのだ。ぐずぐずしていたら雪が積もって足跡が残ってしまう」

「残ったらどうだっていうんです」

「愚か者め、追っ手に見つかってしまうではないか」

「せめて明日《あした》の朝にしましょうよ。おいら、眠くってたまらねえ」

「だめだ、すぐに行くのだ。そうすれば逆に、雪が足跡を覆い隠してくれよう。さあ、馬の用意をいたせ。くれぐれも敵に気づかれぬよう、ひそかにやるのだぞ」

　サンチョはしぶしぶ従いました。ドン・キホーテは愛馬ロシナンテにまたがり、サンチョは荷物を背負ったロバを引いて、真夜中にこっそりと家を抜け出しました。真っ暗だったけれど、地面がうっすらと白くなっていたので道は見えました。ドン・キホーテは後ろをついてくるサンチョが転びやしないかと、数歩ごとに振り返りました。またサンチョは、大事なロバがはぐれないようにしっかり手綱を握り、声をかけて励ましました。息が凍るんじゃないかと思うほど寒い夜でしたが、新たな冒険への旅立ちはいつでも胸をわくわくさせるのでした。

　ドン・キホーテとサンチョは新幹線に乗りました。新幹線は馬よりもずっと速く移動することができますが、その正体は悪い龍でした。魔法で姿を変え、旅人をまとめて呑《の》みこんでやろうとしていたのです。しかしドン・キホーテにはお見通しでした。一号車と二号車のつなぎ目が急所であることを見抜き、床に槍《やり》を突き立てました。すると龍はたちまち降参し、二度と悪さはしないと誓いました。

途中、関ヶ原《せきがはら》という土地を通りかかったときのことです。そこは四百年も昔に大きな戦があった場所で、武将たちは今も幽霊になって戦い続けているといううわさでした。関ヶ原は一面の雪で真っ白でした。

赤い鎧《よろい》を雪まみれにした武将がいつの間にやら乗り込んできて、ドン・キホーテに礼儀正しく頭を下げました。

「名高い騎士ドン・キホーテ殿とお見受けいたす。どうか我が軍にお味方いただけぬか」

「あいや、待たれよ。ぜひとも我が軍に」

青い鎧の武将も駆けつけてきて言いました。その場で一騎討ちを始めそうなふたりをドン・キホーテはなだめ、両方の言い分をよく聞きました。しかしどちらにも正しいところと間違っているところがあったため、どちらの味方にもならないと答えました。すると、なんということか、ふたりともが怒って、ドン・キホーテを敵と見なしたのです。

両方の軍勢によって新幹線は停められ、ドン・キホーテの一行は引きずり下ろされてしまいました。右も左も前も後ろも敵ばかりです。

「サンチョ、ロバを連れて隠れていなさい！」

ドン・キホーテが馬上で槍を構えながら叫びました。

「おいらも戦います！」

サンチョも叫び返しました。ふたりはお互いをとても大切に思っていて、守りたかったのです。たとえ一緒に死ぬことになったとしても、離ればなれになるなんてまっぴらでした。ロシナンテもロバも同じ気持ちでした。

二人と二頭は力を合わせて戦いました。何時間もたってようやく、雲のように湧いてくる軍勢の一部が崩れ、新幹線に向かって通り抜けられる道が見えました。

「今だ！」

ドン・キホーテの合図で一行はいっせいに走り出しました。なんとか新幹線に飛び乗ると、心を入れ替えた龍は長い体を鞭《むち》のように振って追いすがる敵を払いのけ、あっという間に関ヶ原をあとにしました。二人と二頭は傷だらけの体を寄せ合って、全員の無事と、離ればなれにならずにすんだことを神様に感謝しました。

一行が次にたどり着いたのは、奇妙な城でした。白い壁と思ったものは餅で、壁に生えた苔《こけ》と思ったものはずんだだったのです。盗賊や怪物が潜んでいるかもしれないので、辺りに誰もいないのを確認して、こっそり中へ入りました。ひどい吹雪で、ロバが凍えてつらそうに鳴き、サンチョは一生懸命に体をさすって温めてやりました。

「みんな、今日もよくやってくれた。おまえたちはわしの自慢じゃ」

ドン・キホーテは上機嫌で、サンチョにはラグビーボールのように大きなハンバーグを、ロシナンテとロバにはおなかが床につくほど大量のえさを、ごちそうしました。しかも、ずんだ餅の城はかじってみると甘くて、おまけにかじった場所はすぐに元どおりになって、どれだけ食べてもなくならないのです。
二人と二頭は――。

夕夜くんの言葉が急に止まった。千夏が「あ」と声を出したせいだ。夕夜くんの前歯が一本、抜けているのを発見して、無意識に声が出たのだった。夕夜くんはいつもはうつむきがちで口をほとんど開けずに話すから、今まで気がつかなかった。千夏も一本、もっと奥の歯が抜けている。

「あ、ごめん、なんでもないよ」

千夏は慌てて告げたけど、夕夜くんは話を再開しようとはしなかった。突然どうしていいかわからなくなったみたいに下を向いて、膝《ひざ》に載せた本を強くつかんでいる。どうしよう、千夏が邪魔をしたせいだ。せっかく楽しそうに話していたのに。こんな夕夜くんははじめてだったのに。おろおろして「続きは？」と促してみるけど、夕夜くんの反応はない。

「これから読むの？」

「……今の話はこの本には書いてない」

うつむいたままでもやっと返事があったことに、少しほっとする。

「ママから聞いたお話？」

「おれがいま作った」

「え、作ったって」

「ママにもお話聞かせてあげたくて、よく作ってた。真昼にも……」

夕夜くんの声はいつもよりももっと小さくなって、ついには消えてしまう。

その口から真昼という名前が出たとき、みぞおちのあたりがひやっとした。たぶん妹だ。置き去り事件で死んでしまったという、あの。真昼ちゃんっていうのか。夜と昼だ。

「すごいね！」

できるだけ明るく言うと、夕夜くんは様子をうかがうみたいに少しだけ顔を上げた。歯を見せたときと顔色がぜんぜん違って、迷子みたいな目をしている。

「夕夜くんの作ったお話、とってもおもしろいよ。でも、ズンダって何？」

「……緑色のあんこみたいなやつ。仙台で食べたんだ」

「ふうん。新幹線に乗ったことあるの？」

「うん」

「そんなに速い？」

「乗ってたらあんまりわかんない」

「関ヶ原って、関ヶ原の戦いのところ？」

「そう。新幹線で通ったとき、古戦場って看板が立ってるのが見えた」

夕夜くんの顎《あご》がもう少し上がって、千夏はひそかにほっと息をついた。ほっぺたを流れ落ちてきた汗を拭《ぬぐ》う。

　コセンジョウというのが何なのかわからなかったけど、訊《き》くのは恥ずかしいような気がした。そもそも、関ヶ原の戦いの場所が今もあるなんて思っていなかった。夕夜くんは年下なのに、千夏の知らないことをたくさん知っている。いいなあ、とまた思う。事件のことはかわいそうだけど、でも、いいなあ。

　千夏の質問が途切れたところで、今度は夕夜くんのほうが尋ねた。

「……マサチカユウヒって知ってる？」

　マサチカユウヒ。知ってると言いたくて頭のなかを探したけど、見つからない。

「何それ」

「なんだ、やっぱ嘘か」

　やっぱ、と言いながら、夕夜くんはどこか残念そうに見えた。千夏の答えは夕夜くんの望むものではなかったのだと思った。そういえば、尋ねたときの夕夜くんは、なんとなく緊張していたような気がする。きっと大事な質問だったのだ。

　申し訳ない気持ちになって、千夏はもういちど記憶の引き出しをひっくり返した。でも、やっぱりどこにもない。

「ヒーロー」

「え？」

「マサチカユウヒはヒーローなんだ。苦しんでる人を守って助けてくれる。おれのパパ」

「パパ？」

目の前でぱんっと手を打ち鳴らされたみたいだった。千夏にお母さんがいないように、夕夜くんにパパはいないものだと思い込んでいた。

マサチカユウヒ。ユウヒ——ユウヤと名前が似ている。千夏。ちなつ。千の夏。帰り道に考えていたことが、急に頭のなかにあふれかえった。胸がもやもやして、夕夜くんのママがよくお話をしてくれたと聞いたときの、あの意地悪な気持ちが湧いてくる。

「昔、パパがこの町に住んでたんだって。だからおれたちはここに引っ越してきたんだ」

「パパに会いにきたの？」

「でも会えなかった。今はどこにいるのかわかんない。生きてるのかどうかも」

「……そうなんだ」

「神倉に来る前、ママは嫌なやつと付き合ってて、しょっちゅう殴られてた。おれと真昼は押し入れに隠れてそれを見てた。おれはただ隠れてるなんて嫌だったけど、真昼を守ってやってって言われてたから。逃げようって何回も言ったけど、そいつは金をくれるからってママは我慢してて、だからおれ、だったらあんなやつ殺してやるって言ったんだ」

殺してやる。怖い言葉に千夏は息を呑《の》んだ。

「ママとけんかになって、どうせおれのパパだって同じようなクズだったんだろって言った。ずっとおれたちにパパはいないって聞かされてたんだ。そしたらママが、おれのパパはマサチカユウヒっていう名前で、苦しんでる人を守って助けてくれるヒーローだって教えてくれた。それでパパが住んでた町に行こうって」

夕夜くんは子ども向けの『ドン・キホーテ』をぎゅっと胸に抱いた。

「ママの『ドン・キホーテ』は、昔パパに貸したことがあるんだって。パパは読まなかったって言ってたけど。だからママはあんなに大事にしてたのかも。おれと真昼は本に落書きしたゼンカがあるから、触っちゃだめって言われてた」

さっきのお話を除いて、夕夜くんがこんなにたくさんしゃべるのははじめてだ。でもお話のときと違って、少しも楽しそうじゃない。千夏に聞かせているというより、ひとりごとを言っているみたいだ。

「パパに会いたい？」

「どっちでもいい。ただママの言うとおりのヒーローなら、牢屋《ろうや》に入れられてるママを助けてくれるかもしれないって思ったんだ」

でもその人は、夕夜くんと真昼ちゃんを助けてくれなかったよ。出かかった言葉を喉《のど》の奥へ押し戻した。それはたぶん言っちゃいけないことだ。

「だけど、やっぱ嘘だったんだな。だってそんなすごい人なら有名になってるはずだし」

「大人なら知ってるかも。先生に訊いてみたらどうかな」

「本当はパパのことは誰にも言っちゃいけないんだ。ママにそう言われてたのに、さっき刑事にも話しちゃった。でも、やっぱりいけなかったかも」

夕夜くんは迷子の目で千夏を見た。

「誰にも言わないで」

千夏は夕夜くんを傷つけてしまったような気分になって、誰にも言わないと約束した。

11

最初から記者を目指していたわけではなかった。きっかけは、小塚家にいる時間を短くするために始めたアルバイトだ。大手出版社の週刊誌の編集部でコピー取りや資料整理といった雑用をするうちに、そこで扱われているものに興味が湧いた。政治スキャンダル、アイドルの醜聞、企業の裏の顔、社会の犠牲者たちの悲鳴。それらを追及することは、小塚家のダイニングで過ごす時間よりも旭の心を安らがせた。

「今日、乗せた客がね……」

正面のソファに腰かけた小金井《こがねい》がぼそぼそと語る。かねて取材を試みているパワハラ自殺の遺族だ。両親のうち父親のほう。ひとり息子の死に対する向き合い方をめぐって両親は対立し、先日ついに母親は家を出ていった。旭がはじめて玄関に入ることを許された数日前のことだった。そして今夜はこうしてリビングに招かれている。深夜一時を回ったころ、別件の取材を終えたばかりの旭に小金井のほうから連絡があったのだ。話をしてもいいと。寝不足による頭痛や、明日の正午までに仕上げなければならない原稿を理由に断るようでは、記者失格だった。

タクシー運転手である小金井は、前置きもなしに客の話を始めた。「ふたり連れの会社員で、上司が部下をずーっと罵倒《ばとう》してるんだ。ミラー越しにその部下の顔が見えて、うちの息子もきっとこういう顔を誰かに見られてたんだなあと思ったよ。でも父親である俺はぜんぜん気づかなかったんだなあ……」

旭は余計な口を挟まずに聞く。聞きながら、うなだれているせいで顔が見えない小金井の白髪の多い頭や、室内に充満する埃《ほこり》っぽくてこもった空気や、部屋の隅でしおれている観葉植物を記憶に刻み込む。

深夜の突然の呼び出しと打ちひしがれた男の組み合わせは、旭に八年前のできごとを思い出させた。

美織の狂言誘拐が悲惨な結末に終わり、腹を刺されてどうにか一命をとりとめた雄飛が、退院して間もなくのことだ。雄飛からの深夜の電話に呼び出されて駆けつけると、彼が中途半端に関わった現金強奪未遂事件の顛末《てんまつ》を打ち明けられた。

――俺がサツに売ったってうわさが立ってる。あいつら、裏切りは許さないみたいなんだよなあ。

泣き笑いのような表情を浮かべた雄飛は、見ているほうがぞっとするほど憔悴《しょうすい》していた。話している間も絶えず周囲を警戒し、視線が一か所に定まるときがなかった。襲撃グループがどういう連中なのか旭にはうまく想像がつかなかったが、雄飛が本気で怯《おび》えているのがわかった。そして、逃げ回りながらも半分あきらめているのが。ポイントオブノーリターン。雄飛は別れの挨拶《あいさつ》をしに来たのだと気づいて、旭はほとんど悲鳴じみた声で叫んだ。

――俺を頼れって言ったろ！

狂言誘拐で身代金を手に入れ損ねて、追いつめられているのは知っていた。なんとかしてやれないかと考えていた。だが雄飛は待ちきれず、狂言誘拐などよりずっとリスクの高い犯罪に飛びついた。そんなことになるくらいなら、自分が小塚家の通帳に手をつけたほうがはるかにましだったのに。腹をくってそうすべきだったのだ。いまからでもできることはないか、雄飛を助ける方法はないかと必死で知恵を絞った。何か、何か、何か……。

あの夜を最後に雄飛はいなくなった。

そして旭は小塚家に対するお仕着せの愛情を手放した。家を出てひとり暮らしを始めることに家族は反対しなかった。ほっとしたのはお互い様だったのだろう。いくつかの編集部でバイトの経験を積み、大学卒業後にいまの会社に就職した。そうやってなりゆきで始めた記者の仕事が、いまでは旭の生活の大部分を占めている。記事のためならたいていのものを犠牲にできるよう、居場所に合わせて価値観も変容した。

小金井は二時間以上も語りつづけたが、息子の死に関する話が出たのは最初だけで、あとは仕事の愚痴や政治への不信など事件とは無関係なことばかりだった。旭の仕事や家族や学生時代について、さして知りたいとも思えない質問をしたりもした。それから、かわいがっている地域猫の話。彼はただ人と話をしたがっていた。

　この仕事は農業にも似ていると最近の旭は思う。種をまき、根気強く収穫できる時期を待つ。

　旭が帰るころになって、小金井は思い出したように松葉美織の事件に触れた。話題の事件だから自然の流れだ。旭はみじんも動揺しない。

「まったく、いろんな地獄があるもんだねえ」

　彼ははじめて正面から旭を見た。地獄に群がる一匹の餓鬼を。

12

「真昼ちゃんのご遺体なんだけど」

　そう切り出したとき、続く言葉を美織は予測しているように見えた。無分別で軽薄そうに振る舞っているが、ばかではないという認識を、烏丸は強めた。

「松葉修さんが引き取りたいって……」

「だめ」

　皆まで聞くのも我慢ならないとばかりに、美織は嫌悪をむき出しにして遮った。

「そんなの体面のために言ってるだけ。あの子をあんな家には絶対やらない」

その言い方に、胸の奥がざわめく。美織が供述を始めて以来ずっと心にくすぶっている違和感が、頭をもたげる。

「松葉さんは責任を感じてるみたいだったよ」

「責任でしょ。愛情じゃない」

「なら、あなたは真昼ちゃんを愛してた？」

死んでほしいと思ってた――美織自身が口にした言葉だ。

「あなたの家にあったものを見直してみたの。乳歯ケースがあったね、歯の形をしたかわいいやつ。蓋《ふた》にＭＡＨＩＲＵって書いてあった。前に見たときはスルーしちゃってたんだけど、五歳の真昼ちゃんの歯が生え替わるのはこれからだったよね」

「……私の気持ちとか関係ない。とにかく松葉家は絶対だめ」

「じゃあ真昼ちゃんの父親は？」

「わかんないって何度も言ってるでしょ。真昼の家族は私と夕夜だけ」

美織は声を荒らげ、傷跡だらけの手首をつかんで爪を立てた。かなりいらだっているようだ。

「でも夕夜くんの父親はわかってるよね。正近雄飛」

「だから違うって……」

「夕夜くんにそう教えたでしょ。パパはマサチカユウヒ、ヒーローだって。正直に話すことがあなたと真昼ちゃんのためになるって言ったら、夕夜くんは話してくれたよ。あ目を逸《そ》らし、それ以上、否定しようとはしなかった。

美織は絶句し、絶句したことで言い逃れは難しくなったと悟ったようだ。

「正近雄飛はどこにいるの？」

「知らない。たしかに彼は夕夜の父親だけど、付き合ってたわけじゃないし、妊娠したことも言ってない。もともと生理不順で、妊娠に気づいたのは家出したあとだったし」

「どういう知り合いだったの？」

「学校サボって神倉でぶらぶらしてたときに会って、それからたまに遊んでただけ」

「なのに今になって会いに来たの？」

「会いに来たわけじゃないよ。私はただ、前に住んでた町を離れたかったの。いい仕事が見つからなくて生活は限界で、おまけにつかまえた男はとんでもないはずれで。行き先はどこでもよかったけど、ちょうど夕夜が父親のことを訊《き》いてきたから、じゃあ神倉にでも行くかって。雄飛くんはいい人だったから、もし会えたら助けてもらえるかもって少しは期待したけど、本気であてになんかしない」

「神倉へ来てから、会いに行こうとは考えなかった？」

「わざわざ行かないよ」

吐息混じりの答え方は、ばかばかしいとでも言いたげだ。

「八年前、家出することを彼に話した？」

なたと真昼ちゃんのために」

「話してない」

「あなたが誘拐されたことを彼は知ってる？」

「知るわけないよ」

「じゃあ逆にあなたはどう？　あなたが失踪《しっそう》した夜、つまり身代金の受け渡しが行われた日の夜、正近雄飛が刺し傷を負って病院に運ばれたのを知ってる？」

美織は驚いた様子で眉《まゆ》をひそめて烏丸を見た。

「今から半年くらい前にその病院を訪れて彼のことを尋ねた若い女性がいたんだけど、それはあなたじゃないの？」

正近雄飛の負傷について聞き込みを続けるなかで、病院の職員が思い出してくれたのだった。さすがに人相までは覚えていなかったものの、半年前、若い女性、という情報だけでも収獲だ。美織が神倉に来たのは半年前であり、重傷の急患が運び込まれる病院は限られている。病院側は個人情報の保護を理由に回答を拒否したとのことだった。

「違うよ。それで雄飛くんは？」

「助かって、二か月後に退院したよ」

「よかった」

美織はほっとしたようだったが、一連の反応が演技でないとは言い切れない。

「なんで刺し傷なんか負ったのか、気にならない？」

「どうせけんかでしょ」

「そう、誰かが刺した。そして逃げた」

烏丸はあからさまな意図を込めて美織を見つめた。

「私は関係ない」

「正近雄飛のアパートに行ったことは？」

「あったかもしれないけど、その日じゃない」

「戸籍のない子をひとりで育てながら、父親である彼に一度も連絡しなかったの？」

「ああ、そうすればよかったね。雄飛くんにも責任あるんだし、引き取ってもらえばよかったんだ。そしたら私も夕夜も、もしかしたら真昼だって、もうちょっとましな人生になってたかもしれないのに。あ、でも雄飛くんは強盗事件を起こしたあげくに行方不明なんだっけ？　それじゃどっちにしろ不幸だね」

まるでひとごとだ。

「強盗事件じゃなくて現金強奪未遂事件ね。それに彼は実行してない」

ちょうど昼時になったので、休憩を入れることにした。ぶつくさ言う西とともに、凝った肩を叩《たた》きながら会議室に戻ると、葉桜が待ち構えていた。彼はあいかわらずうれしそうな顔もせず、新たな事実がわかったと告げた。

「二〇〇一年に正近雄飛とともに保護された少年だが、名前は小塚旭だった」

「アサヒ……？」

どこかで聞いた名前だ。

「正近雄飛を連れ回していた正近卓爾の実子で、雄飛とともに神倉の児童相談所にいったん保護されたあと、卓爾の元妻であり旭にとっては母親である人物に引き取られた。母親は再婚して小塚という姓になっていたため、正近旭も小塚旭になった」

「小塚旭！」

思い出した。八年前の誘拐事件で、身代金の運搬役を務めた青年だ。捜査員が当時の話を電話で聞いたが、松葉修の証言が補強されただけで、これといった情報は得られなかったとのことだった。

だが、彼と正近雄飛に接点があったとしたらどうだろう。にわかにアドレナリンがみなぎる。

「まさか同姓同名の別人なんてオチはないだろうね」

「間違いなく同一人物だ」

「小塚も共犯ですよ！」と西が色めき立つ。

「もうひとつ。正近が刺創を負った際、搬送した救急隊員から話を聞くことができた」

待望の報告だった。当時の記録がすでに失われており、隊員たちの異動や退職もあったため特定に時間がかかっていたのだ。

「それによると、アパートに到着したとき正近の意識は朦朧《もうろう》としていた。通報したのは正近と同じくらいの年齢の男で、救急車に同乗したが、病院に着いて正近が手術室に運ばれていくと、いつの間にか姿を消してしまったそうだ。正近はその男を『兄ちゃん』

と呼んでいた」

兄ちゃん——正近雄飛に兄はいないが、そう呼べそうな相手ならいる。正近は自分を連れ回していた男のことを、お父さんと呼んでいたという。

「救急隊員に小塚の写真を見せたところ、顔までは覚えていないとのことだったが」

烏丸はぐるりと首を回した。

「小塚旭にもっかい話を聞かなきゃいけないね」

13

夕夜くんは一日で子ども向けの『ドン・キホーテ』を読み終えてしまった。でも千夏が「おもしろかった?」と尋ねると、怒ったように「全然」と答えた。

あれからここ二、三日、夕夜くんは調子が悪い。体調よりも、たぶん心の調子が。千夏ともほとんど話そうとしないし、はじめてここへ来たときみたいに冷たい無表情でいることが多い。そうでなければ、不安そうに目をきょろきょろさせている。今日は夕食後から姿が見えないけど、自分の部屋にいるんだろうか。それとも、あの洗濯室の隅っこに。

パパの話をしたときからだ。あのときから、ずっと迷子のままみたいだ。約束どおり、千夏は誰にも言っていない。でも、どうして言っちゃいけないんだろう。

リビングでティエンちゃんたちとドラマを見ながら、夕夜くんを捜しにいこうか、でもみんな見てるのに、なんてぐずぐず迷っていたら、突然、窓辺でわっと声が上がった。

「こいつら、子ども作ろうとしてるぞ！」

文鳥のケージを囲んでいた男子たちだ。うるさいとティエンちゃんが文句を言ったけど、誰も聞いていない。笑い騒ぎながら、ふたつ並んだケージの入り口を開け、ギルをアンのほうへ移し入れようとしているようだ。鳴き声が普段と違う。その声をかき消すくらい、男子たちはすごく興奮している。なんだか怖いような、嫌な感じ。

「何やってんだ、別々のケージで飼う規則だっつってんだろ！」

昴くんが怒鳴りながら飛び込んできた。男子たちはたちまちしゅんとなって、すごすごとケージから離れた。昴くんは「ぶっ殺すぞ」とすごんで、ほとんど突進するみたいに文鳥のもとへ直行する。

びっくりしたのか、ギルとアンは甲高い声をあげて暴れた。女子が男子を責め、男子が言い返し、昴くんがまた怒鳴る。ドラマの台詞《せりふ》なんてもうまったく聞こえず、千夏はおろおろするばかりだ。

そんな状態だったから、リビングに夕夜くんが入ってきたことに、すぐには気づかなかった。まっすぐ文鳥のケージに向かって歩いていき、あっと思ったときにはもうすぐそばにいた。なぜかぞわっと鳥肌が立った。

昴くんが振り向く。夕夜くんは突然ギルのケージをつかむと、頭の上まで振り上げて、力いっぱい床に叩きつけた。金属のケージが壊れる音と、けたたましい悲鳴が耳に突き刺さる。ギルの悲鳴。アンの悲鳴。それからみんなの悲鳴。

先生が飛んできて、夕夜くんの足元で壊れているケージと、膝《ひざ》をついて両手でギルをすくい上げる昴くんを見つけた。ギルは鳴かないでぐったりしている。もうひとつのケージのなかで、アンは鳴き暴れている。ティエンちゃんたちが口々に事情を説明するけど、声が混ざり合って聞き取れない。

千夏は頭が真っ白になって、声も出せずに夕夜くんを見ていた。夕夜くんは両手をだらりと下ろして立ったまま、自分がやったことを見下ろしている。波にもまれているみたいに肩や胸が動いている。引きつった白い顔。目がぎらぎら光って、まばたきを全然しない。

ギル、ギル、と昴くんが大声で呼びかける。男子も女子も一緒になって呼びかける。見せて、と先生が鋭く言う。夕夜くんを責める声があがる。

千夏ははっとして下を向いた。ギルがどうなってしまうのか怖かったけど、それ以上に夕夜くんと目が合うことが怖かった。もしも今ふいに夕夜くんがこっちを見たら、どうしたらいいのかわからない。夕夜くんが、怖い。

ギルは動物病院に入院することになった。命が助かってよかったけど、元気になってももうホルンには戻らずに、飼い主の先生が家に連れて帰るんだそうだ。アンは一足先に帰っている。

　みんな寂しがったし、千夏も寂しかった。夕夜くんのせいだと怒っている子も多くて、なかでもいちばん怒ったのは昴くんだ。

「なんであんなことしたんだよ」

　怖い顔で詰め寄った昴くんを、夕夜くんは無表情で見つめ返した。

「うるさくてむかついたから」

「ギルは死ぬとこだったんだぞ」

「死ななかった」

「すげえ痛くて怖い思いしたんだ」

「だから何？」

「ギルに謝れよ！」

　昴くんに胸ぐらをつかまれて、白くて細い首がぐらんと揺れた。唾《つば》が顔にかかって、夕夜くんの目元がぴくっと震えた。

「うるさいな」

「あ？」

「いっそ踏んづけてやればよかった。そしたら苦しまずに死ねたのに」

　夕夜くんの細い体が宙を飛んだ。千夏はそこで目をつぶってしまったので、壁に叩きつけられるところは見ていない。先生たちが駆けつけてきて、ふたりがかりで昴くんを夕夜くんから引き離し、別のひとりが夕夜くんをどこかへ連れていった。みんなが大騒ぎするなかで、千夏はただ震えていた。

それ以降、夕夜くんはみんなとは別行動になった。ごはんもお風呂《ふろ》も部屋もひとりだけ別。またけんかになったらいけないから落ち着くまでしばらくそうするんだと先生は言ったけど、しばらくっていつまでだろう。まだみんな怒っていて、昴くんをリーダーとする男子たちは「次に会ったらシメる」と言っている。

千夏はだんだん自分のせいなんじゃないかという気になってきた。夕夜くんの様子がおかしくなったのは、千夏にパパの話をしたときからだ。あのとき、やっぱり傷つけてしまったのかもしれない。千夏のなかに意地悪な気持ちがあったから。

お父さんが千夏のことを忘れるのも、自分に何か悪いところがあるからじゃないか。おじいちゃんたちが千夏だけ引き取ってくれないのも、自分が悪い子だからじゃないか。ずっとうっすら思っていて、でも考えるとおなかが痛くなるから考えないようにしていたことが、頭のなかで膨らんでいく。

勇気を出して夕夜くんに謝りたいけど、あれから一度も会えていない。先生に打ち明けるべきだろうか。でも、千夏は夕夜くんのことを頼まれていたのに、きっとがっかりされてしまう。それに、夕夜くんのパパのことは誰にも言わない約束だ。それを抜きにしてどう説明すればいいだろう。

考えて考えて、立川さんにならと思いついた。夕夜くんを担当している児童福祉司さんは、千夏の担当でもある。引っ込み思案な千夏でも、立川さんなら話しやすい。保護されてすぐのころ、お父さんのいいところをたくさんたくさん聞いてくれた。あの人なら、秘密を秘密のままにして話しても受け入れてくれる気がする。

夕夜くんがホルンに来てから立川さんは頻繁に訪ねてくるから、そのときがチャンスだった。みんなには見られたくないので、立川さんがなかにいる間に千夏はこっそり門の外に出て、帰るところを待ち伏せすることにした。大人にまとわりつく子たちも門の外まではついてこない。

運動場で遊ぶ声やボールの音を聞きながら、汗を拭《ふ》き拭き待つ。立川さんは忙しそうで、いつも長い時間はいないから、そんなに待たなくてもいいはずだ。今にも誰かが「千夏ちゃん、何してるの」と顔を出しそうで、早く早くと気持ちが焦る。

どきどきして待っていると、ふいに声をかけられた。

「君、ホルンの子？」

千夏は跳び上がりそうになった。門の内側ばかり気にしていて、すぐそばに立った男の人の存在にまったく気づいていなかった。

知らない人だ。すごく太っていて、髪が背中に届くほど長く、ひげぼうぼう。おじいさんではないけど、何歳くらいなのかわからない。

立ちすくんでしまった千夏に、男の人はほほえんで話しかけてくる。

「ここに松葉夕夜くんって子がいるよね。会いたいんだけど、呼んできてくれないかな」

夕夜くん？　千夏はとっさに門の中へ逃げ込んだ。きっとマスコミの人だ。最近は減ったけど、夕夜くんがホルンに来たころはこういう人たちがたくさん押しかけてきていた。何も答えてはいけないと先生たちからきつく言われているし、そうでなくても知らない人と話をしてはいけないことになっている。

「待って。夕夜くんのことを教えてくれるだけでもいいよ。お礼はするから」

声が追いかけてくる。妙に優しくてきれいな声だ。

そこへティエンちゃんが駆けつけてきた。

「千夏ちゃん、どうしたの！　何こいつ」

「わ、わかんない」

「変質者？　どっか行け、ヘンタイ！」

他の子たちも次々に集まってくる。

「何かご用でしょうか」

立川さんがみんなをかき分けて前に出た。聞いたことのない厳しい声に、千夏は自分が叱られているような気分になった。声をかけられたりしちゃいけなかったんだ。

一方、太った男の人は落ち着いている。

「置き去り事件の被害者の子がここにいると知って来たんです。松葉夕夜くんというらしいですね。その子に会わせてもらえませんか」

「報道関係の方ですか？　お引き取りください」

「松葉夕夜くんがいることを否定はしないんですね」

「児童の個人情報に関してはいっさいお答えできません」

「ただ話をしたいだけですよ」

「帰っていただけないなら警察を呼びます」

子どもたちは静まり返って、ふたりの大人の対決を見守っている。男の人はまだ何か言おうとしたけど、立川さんの切れ長の目にじっと見据えられると、「まいったな」とつぶやいて立ち去った。わあっと歓声が上がる。

「二度と来んな、マスゴミ！」

乱暴な言葉を投げつける子に、そんなこと言っちゃだめだと注意してから、立川さんは千夏のほうへ顔を向けた。

「大丈夫？」

輪の外で立ちすくんでいた千夏は、黙ってうなずいた。

「何を言われたの？」

「……夕夜くんに会わせてって。様子を教えるだけでもいいって」

「そうか。答えないで逃げたんだな。偉かった」

そう言ってくれた声が普段どおりだったから、ほっとした。

立川さんは先生と話してくると言って玄関のほうへ引き返し、千夏はそのままティエンちゃんたちと遊んだ。鉄棒の得意なティエンちゃんが空中逆上がりを教えてくれて、できるようにはならなかったけど楽しかった。そのことをお姉ちゃんへの手紙に書こうと思った。文鳥のことやマスコミの人のことは書かないで。

夕夜くんの件を伝えそびれたことに気づいたのは、鉄棒の影がうんと長くなってからだった。立川さんはとっくにいなかった。

14

小塚旭は都内でひとり暮らしをしている。週刊ヨノナカという小さな出版社で、社名と同じ名の大衆向け週刊誌に記事を書いている。

烏丸はこれまで読んだことがなく、電車に乗る前に購入してみたが、表紙には「我が子を餓死させセックスに耽《ふけ》った美人シングルマザー」の文字が躍っていた。開いてみると、「娘を鬼畜にした名家の末路」という見出しで、松葉家の現状もつづられている。

いわく、松葉修はコメンテーターの仕事を休んで自宅謹慎しており、レギュラー番組はこのまま降板する見込み。妻の塔子は体調を崩して寝込んでいる。嫌がらせの電話が鳴り止まないので線を抜いてしまった。庭に生ごみや鳥の死骸《しがい》、火をつけた爆竹までもが投げ込まれた。勝手口の防犯カメラも破壊された。写真もたくさん載っている。落書きや張り紙だらけの塀。そこに書かれた罵詈《ばり》雑言《ぞうごん》。ガムテープでふさいだ郵便受け。割れたところを段ボールで補修した窓。松葉家を象徴するかのようなみごとな門かぶりの松にも、どぎつい赤の塗料が吹きつけられている。

「いくらパトロールを強化しても切りがないんでしょうね。個人情報もネットにさらされまくってるし。松葉美織の母校も誹謗《ひぼう》中傷の電話やビラがすごいらしいっすよ。その教育方針や管理体制にも問題があったって、教育評論家か何かがテレビで言ったらしくて」

横からのぞいていた西が、やるせないようなため息をついた。

「こういうのはもちろんよくないけど……昨日、久しぶりに家に帰って、子どもらの寝顔を見たんすよ。そしたらなんか泣けてきちゃって。子どもを虐待するって、やっぱりまったく理解できませんよ」

烏丸は雑誌を閉じ、車窓に視線を転じた。高い空に刷毛《はけ》で薄く伸ばしたような雲が広がっていて、その白さが細かい字に慣れた目に染みる。

痛みが呼び水となって夕夜のことを思い出した。一度、聴取で失敗したから、次こそはと細心の注意を払い、今度はうまくやれたと思った。しかし夕夜はそのあとから調子を崩しているという。父親について聞き出せたのは収獲だったが、これでは喜べない。

母親の美織も昨日から発熱しており、今日の取り調べは取りやめになった。連日の疲れが出たのだろう。そのせいで思いがけず烏丸の体が空いたため、小塚の聴取が回ってきたのだ。正直、体力的には限界だったが、他の捜査員たちもそれぞれの仕事に奔走している状況で、わがままは言えない。

「子どもを虐待する気持ちなんて、理解できないのが当然だよ。わかるー、ってやつがいたらやばいだろ」

「そりゃそうっすね」

「理解しようとしないで、自然に理解できるわきゃないんだよ。そんで私ら刑事は、理解できない、で終わらせるわけにはいかない。やっちまったやつの話を聞いて、知って、勉強だってしないといけない」

「どうしたんすか、急に。まさか原田さんが言ってたみたいに、美織にほだされ……」

「そんなんじゃねえっつの。あの女にはめちゃくちゃ怒ってるよ。ただ、鬼母がなんで鬼母になったのか、何を思って何をしたのか、真実を明らかにしたいだけ」

「はあ。誘拐と傷害はともかく置き去りに関しては、正直に話してると思いますけど。状況証拠や他の証言とも矛盾してないし」

捜査員の大半は西と同じ意見だ。全員かもしれない。烏丸ひとりだけが、自分自身にすら説明できない違和感を抱き続けている。

「いや、柄にもないこと言ったよ。寝不足のせいで頭おかしくなってんだね、きっと」

「思う存分、寝たいっすねえ」

「解決したら何する？　寝る以外」

「この話、何回目でしたっけ」

むなしい笑い声とともに、スーツに包まれた体は東京へと運ばれていった。電話でアポイントメントを取った際、会社に来てもらったほうがいいと言われたので、向かうのは神保町《じんぼうちょう》だ。

「烏丸さんは詳しいんですよね、東京」

「会社員時代に通ってただけだよ。うんと昔の話。今でもちょくちょく遊びには来るけどね。あー、どうせ東京に来るなら劇場行きたいわ。キラッキラのきれいなもん見て、心を洗いたい」

「俺は地理がさっぱりなんでよろしくっす」

頼りにされてしまったものの、小塚の勤める出版社はとてもわかりにくい場所にあった。ごみごみした路地に建つ雑居ビルの七階で、ビルの前を二度通り過ぎたあと、会社名を記したプレートがエレベーターのそばに出ているのをやっと見つけた。一階の不動産会社の横を通って、煙草のにおいが染みついたエレベーターに乗り込む。足を止めたとたんに噴き出してきた汗を、ふたりしてハンカチでせっせと拭《ぬぐ》った。

七階で降り、すぐ左手にあったドアの脇の呼鈴を鳴らす。ややあって「はい」と男性の声が応じた。

「神奈川県警捜査一課の烏丸と西です。小塚旭さんをお願いします」

ドアが開き、カジュアルな服装の青年が顔を出した。

「どうも、小塚です」

儀礼的な笑みを浮かべて軽く一礼する。この手の雑誌の記者にしては、と言っては失礼かもしれないが、こざっぱりしている。清潔そうだし無精ひげも生えていない。

「喫茶店にでも行きましょう」

小塚は財布とスマートフォンだけ持って出てきて、烏丸たちが上がってきたときのまま止まっていたエレベーターのボタンを押した。

雑居ビルの数軒隣に学生らしき男女でにぎわうチェーンのカフェがあったが、小塚はそこを素通りし、そのほとんど真裏にある古い喫茶店に入った。店の前に素朴なプランターが並べてあって、ドアを開閉するたびにベルが鳴る店だ。

奥まった四人がけの席に座ると、小塚は「昼食を取りながらでもかまいませんか？」と尋ねた。「実は朝も食べそびれてて」

規則正しい生活をしているとは言えないようだ。こちらも人のことは言えないが。烏丸がどうぞと答えると、彼は老齢のウェイトレスを呼んでコーヒーとピザトーストを注文した。烏丸と西はアイスコーヒーを頼んだ。

「この店はいつも空《す》いてるし、マスター夫妻は耳が遠いしで、何かと重宝してるんです。あまり時間がないのでさっそく本題に入りたいんですが、八年前の誘拐事件について改めて話を聞きたいということでしたよね。電話でも言ったとおり、前に別の刑事さんにお話しした以上のことは特にないですよ」

「そのときは簡単な事実確認だけでしたが、今度は詳しくお願いします」

小塚は腕時計に目をやってから、素直に要求に応じた。あらかじめ準備してきたのか、あるいは職業柄なのか、彼の話はよく整理されていて聞きやすかった。内容は松葉修が語ったのと同じだが、それとは逆に、脅迫状が届いたところから運搬役を変更しろと指示があったところまでは伝聞で、身代金を持ってあちこち移動したところは実体験だ。途中で烏丸たちのアイスコーヒーが運ばれてきたとき以外、言葉が途切れることはなかった。

「あなたが松葉修氏の選挙事務所でボランティアスタッフをしたのはなぜですか？」

「政経学部だったんで選挙に少し興味があったんです。横浜市長選があると知って、それなら通えなくないと思って。ホームページでスタッフを募集してた候補者のなかから、公約等をざっと読んで、深く考えずに決めました」

「それ以前、あるいは以後に、松葉美織とは面識がありました？」

「どちらもいいえです。彼女は事務所には顔を出しませんでしたし」

美織のほうにも小塚旭を知っているかと尋ねたが、名前も聞いたことがないという答えで、写真を見せてもまるでぴんと来ない様子だった。あれはおそらく演技ではない。

「身代金の受け渡しの際、あなたは犯人とじかに接触したんですよね。その人物について何か気づいたことはありませんでしたか？」

「当時、松葉さんにも訊《き》かれましたけど、トイレのドア越しだったし、疲労と緊張で相手を観察する余裕はありませんでした」

「知り合いだった可能性は？」

よどみなく答えていた小塚の声が止まり、目つきがちょっと変わった。

「どういう意味ですか？」

「正近雄飛さん、ご存じですよね。二〇〇一年まであなたと一緒に車上生活をしていた雄飛さんです」

「……なんでそんな名前が出てくるんです」

「二〇一一年十一月二十四日の午前一時ごろ、正近さんは腹部に刺し傷を負って救急搬送されてます。彼のアパートから通報したのは、小塚旭さん、あなたですよね。救急車にも同乗してる」

動画を一時停止したみたいな一拍があって、小塚はふうと息をついた。

「……さすが警察ですね。あのときは名乗らなかったのに。ええ、そのとおりです」

「あなたには言うまでもないことですが、これは身代金の受け渡しが行われた直後の深夜です。そのときの状況を話してください」

もう一度ため息をついて、彼は目線を下に向けた。

「あの日は身代金の受け渡しなんていう大仕事をこなして疲れ切ってたもので、東京まで帰るのが億劫《おっくう》でした。時間も遅かったし、泊めてもらおうと思って雄飛のアパートを訪ねたんです。それで一緒に飲んでたんですけど、俺のほうがちょっと飲みすぎて、夜風に当たろうとひとりでアパートを出ました。しばらく深夜の町をぶらぶらして帰ってみると、あいつが腹から包丁を生やして血まみれで倒れてたんです」

「あなたが帰ったときには、すでにけがをしていたと」

「そうです。転んだ拍子に包丁が刺さったと本人は言ってました」

「それを信じたんですか？」

「信じられなくても、本人がそう言い張るんだからしょうがない」

「同じ夜に松葉美織が失踪《しっそう》したことは知っていましたか？」

「翌日、選挙事務所で由孝さんから聞きました。病院から抜け出して、その足で家出したようだと。家族が行方不明になったっていうのに、何食わぬ顔で選挙戦を続けてると知って、政治をやる家っていうのは怖いなと思いました」

「そのふたつの出来事に関係があるとは考えませんでした？」

　小塚がけげんそうに目を上げる。

「それはつまり、松葉美織が雄飛を刺して行方をくらましたということですか？　なんで美織と雄飛？　けがと家出がたまたま同じ日だったからって、そこまでは……」

「ふたりが知り合いだったら？　それもとても親密な」

「は？」

「当時、美織のおなかには正近さんの子どもがいたそうです」

　小塚の両目がみるみる大きくなった。

「知らなかったんですか？」

「知らなかったも何も……それは本当なんですか？　美織がそう供述を？」

「置き去り事件で保護された美織の息子が、父親はマサチカユウヒだと言ったんです。

美織も認めました」

「そんな……」

「美織はかつて正近さんに貸したという本も大切にしていたようです。マンションに保管されていたのを、先日、息子に届けました」

「……本？」

「何か」

「いや、雄飛が本を借りて読むなんて意外で……」

小塚はテーブルに両肘《りょうひじ》をついて組んだ両手に口元を埋《うず》めた。再び視線を落としたその顔を観察しながら、烏丸はなおも質問を重ねる。

「小塚さんと正近さんは、二〇〇一年にそれぞれ母親の家と児童養護施設に引き取られてますよね。その後も付き合いは続けてたんですか？」

「……いえ、互いにどこでどうしているのかも知りませんでした。それが二〇一一年の秋に東京でばったり再会したんです。十年ぶりだったけど、ふたりともすぐにわかって、そこからまた交流が始まりました」

「当時、正近さんが金を必要としてたことは知ってましたか？」

小塚がまた目だけを上げた。

「ハレの件なら聞いてました」

烏丸は西とちらりと視線をかわした。

「正近さんから松葉家について訊かれたことは？　逆にあなたのほうから話したとか」

「これは雄飛を誘拐犯だと疑っているという話なんですね？」

「そう決めつけてるわけじゃないですけどね。ただ、松葉修さんはあの誘拐は狂言だったんじゃないかと言ってるんです。正近さんと松葉美織は親しい間柄で、正近さんは金を必要としていた。そんなときに兄弟同然に育った小塚さんと正近さんが再会し、小塚さんは松葉さんの選挙事務所で働き始めた。そして誘拐事件が発生した……」

「俺と雄飛と美織が共謀して狂言誘拐をやったと？　そのあと仲間割れして、美織が雄飛を刺して金を持ち逃げした？　まあそれだけ状況がそろってたら、週刊誌だったら決めつけで記事にしますね」

「じゃあ……」

「でもあなたがた警察にはそれでは足りないでしょう。何か証拠が出たのかと思ったら、違うんですね」

　小塚はつまらなそうに言った。

「俺が松葉の選挙事務所で働いてたことと雄飛に再会したこととは、まったく無関係です。俺は経済的に恵まれてたし、そんなリスクを冒す理由がない。だいたい俺が共犯者なら、最初から俺が身代金の運搬役に指名されてたはずでしょう」

　痛いところを突かれた。最初に指名されていたのは松葉由孝であり、由孝は自由意志で小塚を代理に選んだ。犯人が変更を命じた理由はわかっていない。

「俺の口座を調べてくれてもいいですよ、八年前に大金を手に入れてるかどうか。口座だけで足りなければ、金の使い方も」

裁判所はおそらく令状を出さないだろう。アイスコーヒーをひとくちすすり、烏丸は質問を変える。

「刺された正近さんに付き添って病院まで行ったにもかかわらず、手術が終わるのを待たずに姿を消したのはなぜですか？　しかも名乗りもせずに」

「……怖かったんです。どう考えても普通じゃないし、巻きこまれたくなかった」

なるほど、気持ちが理由だと言われれば否定する方法はない。まして当時の小塚はまだ大学生の子どもだから説得力がある。

そこへようやくホットコーヒーとピザトーストが運ばれてきた。小塚はコーヒーにミルクだけを入れ、小声で「いただきます」と言ってからカップを口に運んだ。トーストには手を付けようとしない。

「あなたが最後に正近さんと会ったのはいつですか？」

「二〇一二年の二月の中ごろです」

「よく覚えてますね」

「状況が状況でしたから」

「というと？」

「深夜に電話で呼び出されたんです。あいつはとある事件に関わったことが原因で、凶悪な連中に追われてると言ってました。殺されるかもしれないと」

「とある事件？」

「どうせ調べはついてるんでしょう？　足立区で起きた現金強奪未遂事件です。あいつはひどく追いつめられていて、最後かもしれないから別れを告げに来たと言ったんです。あんなに怯《おび》えてる雄飛をはじめて見た。俺は逃げろと言って、手持ちの三万円を渡しました。それくらいしかしてやれることがなかった」

　小塚の頰が動き、歯を食いしばったのがわかった。その目に宿るのは後悔、だろうか。

「あとで襲撃グループについて調べたけど、本当にめちゃくちゃな連中でした。やつらは集団になると何をするかわからない、興奮によってたやすく限度を見失って暴走する。同じような集団による悲惨な犯罪を記者になってからいくつも目にしてきましたよ」

　正近が警察に密告したという誤解はほどなく解けたはずだが、あの襲撃グループがかなり危険な連中だったのは事実だ。

「その後、正近さんから連絡は？」

「ありません。雄飛が姿を消してすぐにあいつの里親が急病で亡くなったんですが、葬儀にも出なかったみたいです。まあ、出られませんよね。たとえ雄飛が生きていたとしても、事件のことで父親に与えた心労を考えたら、どの面下げてって話です」

　そのことは確認済みだ。そして葬儀のあと間もなくハレは閉鎖された。

「いまでも考えるんです。あのとき、もっとしてやれることはなかったのかって。血のつながりはなく長らく疎遠だったとはいえ、あいつは俺にとって弟同然だったのに。あいつにとっては俺だけが頼りだったかもしれないのに。実を言うと、小塚の家の通帳を持ち出して渡すことも考えたんです。でもできなかった。自分がどういう人間なのか思い知った気がしました」

小塚は再びコーヒーを口に運んだ。沈黙が落ちたテーブルの上で、トーストは手つかずのまま冷めていく。これは本物だろうか、と烏丸は考えた。彼が示す後悔や自己嫌悪や弟分への情は。

西が指示を仰ぐような目を向けてくる。会話を切り上げて席を立つ前に、烏丸にはもうひとつだけ訊《き》いておきたいことがあった。

「あなたが美織の事件の記事を書かないのはなぜですか?」

『週刊ヨノナカ』に置き去り事件の記事は載っていたが、記者が小塚ではなかったことがずっと引っかかっていたのだ。松葉家と関わりがあったうえに過去の誘拐事件で重要な役割を果たした彼なら、いくらでも書くネタがあるだろうに。

「さっきあなた自身が言ったように、証拠がないと動けない我々とは違って、状況からの憶測でも自称関係者の証言でもよしとするのがあなたがたでしょう。なのに正真正銘の関係者であるあなたが自分の立場を仕事に利用しないのは奇妙です」

静かにカップを置いた小塚は、少し首を傾げて斜めに烏丸を見つめた。自分が対峙《たいじ》している相手は記者なのだということが急に強く意識された。

「刑事さん。銀行員がパワハラが原因で自殺した事件を覚えてますか？」

　唐突な質問に烏丸は当惑した。

「裁判もしたけど民事だったから、刑事さんたちの印象には残ってないのかもしれない。世間的にももう過去になってるけど、とてもひどい事件でしたよ。殺人と言っていいレベルの。俺はこの半年くらい、その件を追及する記事を準備してるんです」

「別件で忙しいってこと？」

「違いますよ。俺が言いたいのは、俺はこの事件の加害者たちに強い怒りを感じてはいるけど、憎んではいないってことです。でも、美織の場合は違う。告白すると、雄飛と美織が狂言誘拐をやったんだろう、美織が雄飛を刺して金を持ち逃げしたんだろうってことは、警察と同様に俺も想像してたんです。俺は共犯者じゃないけれど、気づかないうちにスパイとして利用されてたんだろうって。美織が雄飛の子どもを身ごもっているとは知りませんでしたけどね。そして思った、雄飛は美織に裏切られたんだと」

「さっきは正近雄飛犯人説なんて思いもよらないって態度だったけど」

「弟を簡単に売る人のほうが多いんですか？　すみません、嫌な言い方をして。警察の見解を刑事さんのほうから自発的に話してもらいたかったんです。もし証拠があるなら知りたかったし」

　小塚はそこでいったん口を閉じた。奥歯をかむ音が聞こえた気がした。

「美織に金を奪われてなければ、雄飛は現金強奪事件に関わらなかった。行方不明になることもなかったし、俺は雄飛を見殺しにせずにすんだ。だから俺は松葉美織を憎んでいます。美織が大衆に袋叩《ふくろだた》きにされるのはいい気味だと思う」

「それは記事を書かない理由じゃなくて、書くべき理由じゃないの？」

「記者の私怨《しえん》は記事の質を下げるんですよ。読み手に気持ちよく正義感を燃やして悪人を叩いてもらうためには、記事はニュートラルなほうがいい。私怨が混ざるとよくないのは、警察の捜査も同じでは？」

烏丸の脳裏に、狩野と寺尾の顔が浮かんだ。

「証拠がないのは残念です」と言って、小塚は放置していたピザトーストを口に運んだ。きれいな歯形が残ったそれを皿に戻し、コーヒーを飲む。

「……ありがとうございました。何か思い出したことがあれば連絡してください」

立ちあがった烏丸を、小塚はカップを持ったまま見上げた。

「協力の見返りに教えてもらえませんか。記事にはしませんから。松葉美織はなぜ虐待をしたんですか。雄飛の子どもを殺そうとした理由はなんですか？」

「失礼します」

喫茶店を出るなり、西がため息をついた。

「めんどくせえっすね、記者。素直さも謙虚さもない。どうせクロなのにふてぶてしい」

「警察相手に望むようにしゃべらせようなんて、相手が記者じゃなくても無理だよ。まあたしかに、めんどくさい部類に入るのは認める」

「正近雄飛、どっかの土の下か水のなかですかねえ。それもめんどくせえ」

烏丸は喫茶店を振り返った。小塚の座っている席は外からは見えない。

照りつける太陽の熱で景色のすべてが揺らいでいた。

15

その日、千夏は朝から緊張していた。違う、前の晩からだ。

来年から小学生になる芽論《めろん》くんが新しい家族のところへ行くので、お別れ会をすることになっていた。みんなでゲームをしたりケーキを食べたりするのは楽しみだけど、よかったねと言っていいのかどうか、よくわからない。よその家に行けと言われたら、千夏はうれしくない。

今日は夕夜くんも参加するそうで、緊張の原因はそれだ。夕夜くんがみんなの前に出てくるのは一週間ぶりになる。千夏もずっと話せていない。

みんなで飾り付けをした食堂は、夜のうちに降り出した雨のせいで薄暗い。それもあってか、先生に連れられてやって来た夕夜くんは、元気になっているようには見えなかった。さりげなく様子をうかがっていると、言われるまま端っこの席についたものの、無表情でじっと座っているだけで拍手もしないしジュースも飲んでいない。

夕夜くん、久しぶり。これ、おいしいよ。あのときはごめんね。またお話、聞かせて。

たくさんの言葉を用意していたのに、いざとなるとなかなか口に出せない。そもそも席を立って近づいていく勇気もない。周りの女子たちは夕夜くんのことなんか全然気にしていないし、逆に昴くんたちは怖い目つきでちらちら見ている。

この前、立川さんに相談するのを忘れてしまったのは、やっぱり大失敗だった。あれから何度か相談しようとしたけど、うまくチャンスが見つけられずにいる。

門の外で待ち伏せする作戦はもう使えない。あのとき夕夜くんのことを訊いてきた太った男の人が、あれからときどき現れるようになったからだ。狩野さんたちに頼んでパトロールを増やしてもらったみたいだけど、男の人はあきらめずに訪ねてくる。お菓子やおもちゃやお金をくれるからと、先生たちの目を盗んで話をしている子もいる。

夕夜くんの姿が見えないことに気づいたのは、食堂からリビングに移動して、ビンゴゲームのカードが配られているときだった。食堂を出るまではたしかにいたのだ。話しかけるチャンスだと思って見ていたのだけど、結局できなくて目を離してしまったのだ。先生たちはみんなリビングにいるから、先生が連れ出したんじゃないと思う。

「ねえ、夕夜くんがいない」

言ってみたけど、周りの反応は薄かった。妙な胸騒ぎを感じているのは千夏だけらしい。ふと気づけば、昴くんたちも見当たらない。

ビンゴの最初の数字が発表されて、あった、ない、と声があがる。どうにも気になって、千夏は「ちょっとトイレ」と言い残してリビングを出た。まず洗濯室に行ってみたけど、いつもの場所に夕夜くんの姿はない。千夏はしだいに小走りになって、施設じゅうを捜し回った。部屋にも行ってみたし、学習室や面会室ものぞいてみたし、男子トイレの前でしばらく待ってみたりもした。だけど夕夜くんはどこにもいない。

　中にいないなら外だろうか。お父さんが買ってきてくれた水色のスニーカーをはいて、玄関の軒下まで出てみた。降り続く雨で運動場は水浸しだ。見渡す限り人影はないけど、雨音に混じって言い争うような声がかすかに聞こえた。駐輪場のほうだ。あそこなら屋根がある。

　心臓がどきどきして、体が勝手に動いた。先生に知らせることを思いついたのは、駐輪場に駆けつけてからだった。

「放せよ！　おまえらなんかぶっ殺してやる！」

　声が鼓膜に突き刺さり、足が止まる。そこには昴くんをリーダーとする五、六人の男子がいて、夕夜くんを取り囲んで押さえつけていた。コンクリートの地面に膝《ひざ》をつかされた夕夜くんは、体を揺すって暴れているけど、相手はみんな夕夜くんより体格がよくて活発な子ばかりだ。

　ひとりが千夏に気づいて、なんだよとすごんだ。他の子たちもいっせいに振り向く。何してるの、と言えなかった。声が喉《のど》の奥で固まって出てこない。あっち行けよ。チクったら、ただじゃおかねえからな。耳のなかに心臓があるみたいで、男子たちの声がよく聞こえない。

彼らの関心はすぐに夕夜くんに戻った。昴くんが夕夜くんの正面に立って見下ろす。

「おまえが悪いんだからな。ギルと同じくらい苦しめ」

これは文鳥の敵討ちなのだ。

仲間に持たせたビニール袋から、昴くんが何かを取り出した。それを目にした瞬間、千夏の全身に鳥肌が立った。黒く光る大きなゴキブリ。昴くんはその触角をつまんで、夕夜くんの頭の上に持ち上げた。他の子たちが夕夜くんの頭と顎《あご》をつかんで顔を上げさせ、力ずくで口をこじ開ける。白いほっぺたに指が食い込んでいる。

嘘。膝ががくがくして、千夏はその場にへたり込んだ。必死に抵抗する夕夜くんの口の上で、ゴキブリがぶらぶら揺れる。

やめて！　心のなかで叫んだとき、昴くんの親指と人差し指がぱっと離れた。千夏は思わず目をつぶり、次の瞬間、夕夜くんのくぐもった悲鳴が耳に飛び込んできた。目を開ける。夕夜くんの姿は他の男子に覆い隠されて見えない。ほら、呑《の》み込めよ。しっかり押さえとけ。上向かせろ、上。乱暴な声に、夕夜くんのうめき声はかき消される。助けなくちゃと思うのに、立ち上がることも、叫ぶことさえできない。

「呑み込んだぞ！」

はじけるような歓声が、屋根を叩く雨音を吹き飛ばした。ハイタッチが交わされ、興奮に上ずった笑い声が響く。

「思い知ったかよ」

昴くんに突き倒された夕夜くんは、両手を地面に突っ張って起き上がろうとしている。でも起き上がる前に、またぺしゃんこに潰《つぶ》されてしまう。

そんなことを何度か繰り返しているうち、夕夜くんの様子がおかしくなってきた。背中を大きく波打たせてぜえぜえ息をして、顔や首筋をかきむしったかと思うと、急に力を失って倒れてしまった。それきり起き上がろうとせず、ぴくりともしない。

おい、と昴くんが足でつついた。反応しない夕夜くんの顔をのぞき込み、とたんにうろたえ始めた。仲間たちもおろおろして、屈《かが》み込んで体を揺すったりしている。何人かは今にも逃げ出しそうだ。

千夏は夕夜くんに駆け寄ろうとした。実際には、男子たちの濡《ぬ》れた靴跡の上をよたよたと這《は》っていった。夕夜くんを取り囲んでいた足が、一歩、二歩とよろめくように離れる。

夕夜くんは目を閉じていた。涙と汗と土埃《つちぼこり》にまみれた顔が紙みたいに白くなって、赤いぽつぽつがいっぱい出ている。首にも手にも足にも。

「夕夜くん……」

ようやく声が出た。

「夕夜くん。夕夜くん！」

呼びかけても揺すっても反応はない。

どうしたのっ、と鋭く叫びながら先生たちが駆けつけてきた。

「ゆ、夕夜くんが……」

どっと涙があふれてしゃべれない。夕夜くんが死んじゃう。

夕夜くんは救急車で運ばれていった。赤い光とサイレンの音が無性に恐ろしくて、千夏は両手で耳をふさいでいた。

神さま、夕夜くんを助けてください。夕夜くんのパパ、本当にヒーローなら今度こそ夕夜くんを助けて。

16

夕夜が病院へ救急搬送されたという知らせは、その日のうちに立川から烏丸へともたらされた。ゴキブリを食べさせられたことにより、アナフィラキシーショックを起こしたのだという。

アナフィラキシーとは、複数の臓器や全身にアレルギー症状が現れ、生命に危険が及びうる過敏反応を指す。特に血圧低下や意識障害を伴う場合はアナフィラキシーショックと呼ばれ、日本ではほぼ毎年、五十人以上が命を落としているのだそうだ。

病院で検査をしたところ、夕夜は甲殻類アレルギーと診断された。甲殻類とゴキブリは似た構造の物質を持っており、それに反応したとのことだった。交叉《こうさ》反応といって、ラテックスアレルギーの患者がバナナでも発症するなど、さまざまなケースがあるらしい。

正直、説明はあまり頭に入ってこなかった。ゴキブリを口に押し込まれた夕夜、全身発疹《はっしん》だらけで顔面をぱんぱんに腫《は》らし、今は呼吸器を付けているという夕夜の、痛ましさばかりが胸を締めつける。

この件を伝えたとたん、いいかげんにしてよという態度だった美織の顔色が変わった。

「……それで夕夜は？」

ささやくような声だ。隠しきれない動揺が息づかいに表れている。

「なんだ、死んでほしいと思ってたくせに今さら心配か」

辛辣《しんらつ》に言い放つ西を、烏丸は目で制した。

「念のためひと晩は入院して様子を見るけど、もう大丈夫だろうって。しばらくは発疹なんかの症状が残るらしいけど」

「あの子にアレルギーなんて」

「それまでなんともなくても、生活の変化や疲労やストレスが原因で急に発症することもあるんだって。もともと精神的に不安定だったところへ今回の件で、夕夜くんはかなりダメージを受けてるみたい。母親に、あなたに会いたがってる」

こけた頬がゆがみ、美織は荒れた唇をかんだ。顎が小刻みに震えている。

美織が置き去りに関する罪を認めたことにより、禁止されていた弁護士以外との面会が許可された。しかし夕夜は虐待の被害者だ。加害者である母親に会うことで、悪い影響を受けたり、都合のいいように言いくるめられたりする可能性を考慮して、面会の可否は慎重に判断しなければならない。それを承知の上で、どうにか会わせてやれないかと立川は言ってきている。

「あなたはどう？　夕夜くんに会いたい？」

美織がどう答えるのか、予測がつかなかった。真昼に対する殺人罪での再逮捕を挟んで、もう一か月以上も毎日のように顔を突き合わせ、自分の半分程度しかない人生の大部分を把握したにもかかわらず、彼女について何も知らないと感じることがある。

美織はうつむいて黙っている。呼吸に合わせた胸の動きがしだいに小さくなり、完全に静止する。そのまま長い時間がたち、業を煮やした西が何か言いかけたとき、美織の唇が再び開いた。

「夕夜に会わせて」

声は震えてもいなければ、とがってもいない。

顔を上げてと烏丸は言った。美織は言うとおりにした。目が合った。

それは、何がしかの覚悟を決めた人間の顔だった。


少なくとも置き去り事件について、彼女は自分の罪と向き合おうとしている。烏丸はそう言って、美織と夕夜の面会を許可するよう進言した。反対意見もあったが、面会させることで誘拐や傷害に関しても態度が軟化するのではという期待もあり、その場に烏丸が立ち会うことを条件に許可が下りた。

面会当日、立川に連れられて夕夜がやって来た。アナフィラキシーショックを起こしてから一週間、顔の腫れはわずかに残っているものの発疹は消えている。

「おはよう、夕夜くん」

腰を落として挨拶《あいさつ》したが、返事はない。こわばった顔と落ち着きのない瞳《ひとみ》を見ただけで、夕夜の精神状態が非常に悪いという立川の報告に誇張はなかったのだとわかる。

おはようございます、よろしくお願いします、と頭を下げた立川が、心配そうなまなざしを夕夜に向けた。

「かなり緊張してます。昨日はよく眠れなかったみたいで」

そう言う立川も緊張しているようだ。

「無理ないですよ。母親のほうも緊張してます」

夕夜に会わせてと言ったきり、美織は沈黙を続けている。手首に爪で引っかいたような傷が増えていくことに、烏丸は気づいていた。

「夕夜は面会室で取り乱すかもしれません」

「頭に入れておきます。ところで、なんであの男がここにいるんですか」

烏丸はさっきから気になってたまらなかったことを尋ねた。夕夜と立川の後ろから制服警察官がひとりついてくる。わざわざ視界に入れたくもないが、振り返らなくても場違いにのんきな靴音が耳に届く。

「ホルンの門前にマスコミがいたもので、狩野さんに連絡して来てもらったんです。なかにはやり方が巧妙なのもいて、防犯カメラを設置したほうがいいと前々から施設側には伝えてるんですが、資金の問題でなかなか」

「警察官は何やってんですか」

「狩野さんたちはよくしてくれてますよ。パトロールも増やしてくれて。でも児童相談所のように警察官が常駐というわけにはいきませんから。夕夜によかれと思って施設への入所を急ぎましたが、誤りだったかもしれません」

　ゴキブリの一件も含めての発言だろう。

「それで、マスコミはどうなったんですか？」

「狩野さんが到着する前に立ち去りました」

「だったら通常の仕事に戻るのが筋なんじゃないの？」

　烏丸はとうとう後ろを振り向いた。狩野は悪びれるふうもなく、へらっと笑顔を見せた。

「聞けばこれから面会に行くっていうんで、またさっきのマスコミが現れないとも限らないし、ここまで送ってきたんだよ」

「ならもう仕事はすんだだろ。帰れよ」

「まあそう固いこと言うなよ。面会は三人までＯＫだろ。やっちゃんはノーカウントとして、夕夜、立川さん、俺で三人」

「は？　まさか面会室までついてくる気？」

「立川さん、いいですよね」

はあ、と立川は困惑顔だ。

「俺のことはタヌキの置物とでも思ってよ」

楯突《たて》くつもりはないというふうに、狩野は両手を軽く上げてみせる。

狩野の意図を烏丸は測りかねた。いいかげんな男だが、意味なく強引な行動はしない。職分を越えてまで面会に立ち会おうとする理由は何だ。

「……置物らしくしとけよ」

大人たちの会話が聞こえていないかのように、夕夜は前だけを見て歩いている。立川が代理で申込用紙に記入している間も、待合所の椅子で石のようになって、烏丸や狩野が話しかけても白い顔で口を結んでいた。

面会室に入り、アクリル板の前の椅子に夕夜と立川が並んで座る。狩野も隣に腰かけようとするのを、烏丸はにらみつけて後ろの壁際に下がらせた。自分も同じく壁際に立って、離れたところから面会を見守ることにする。

美織はほどなく現れた。その姿を目にしたとき、夕夜が強いショックを受けたことが、背中からでも見て取れた。野暮ったいスウェットの上下を身につけ、すっかり艶《つや》がなくなった髪をひとつに結んだ美織は、夕夜の知っている母親とはずいぶん違っているはずだ。やつれているせいもあって、スマートフォンに保存されていた写真などと比べると、十も老け込んだようだ。

美織は入り口でちょっと立ち止まり、看守に促されて静かに着席した。うつむいてしまった夕夜をアクリル板越しにじっと見る。

「……まだ顔が腫れてる。大丈夫？」

夕夜はうつむいたまま、わかるかわからないかという程度にうなずいた。それからやっと、おずおずと顔を上げる。

「ママは？」

「ママ？」

「大丈夫？」

美織の白い顔に血の色が差し、歯を食いしばったのがわかった。

「ママは元気だよ」

美織がほほえむところを烏丸ははじめて見た。

夕夜の肩がぎゅっとすぼまる。

「ごめんなさい」

「え？」

「おれのせいで、真昼が死んじゃった。ママも牢屋《ろうや》に入れられちゃった。パパのことも、しゃべっちゃいけないって言われてたのにしゃべっちゃったんだ」

言うなり、堤防が決壊したように泣き出してしまう。胸を衝《つ》かれた。夕夜はこれほどに自分を責めていたのか。

美織も言葉が出ないのか、口を半開きにして首を振る。息子のほうへ手を伸ばすが、アクリル板に阻まれる。

夕夜、と立川が声をかけて背中をさすった。美織の戸惑ったような視線を受けて「児童福祉司の立川です」と名乗り、彼女に向かって深々と頭を下げる。

「夕夜くんを命の危険にさらしてしまい、たいへん申し訳ありませんでした」

なるほど、警察にとって美織は被疑者だが、児童福祉司である立川にとっては児童の保護者なのだ。

「アナフィラキシーの件は絶対に起きてはいけないことでした。謝ってすむことではありませんが、本当に本当に申し訳ありません」

美織の形相が急速に変わっていくのを烏丸は見た。

「夕夜が死にかけたのはあんたのせいなの!?　申し訳ありませんじゃないよ、ふざけんな！」

目を剝《む》いて嚙《か》みつくように怒鳴りながらアクリル板を殴りつける。一回、二回、三回。夕夜の喉《のど》がひゅっと鳴り、立川がその小さな体をかばうように抱く。看守が美織をなだめようとするが、立川を罵《ののし》る言葉は止まらない。

「落ち着いて！　面会がだめになる。夕夜くんのためにこらえて」

呼びかける烏丸に対しても美織は敵意をあらわにした。憎しみのこもった目とむき出しの歯茎。取り調べの場では現れなかった攻撃性と我が子への執着心に烏丸はうろたえ、無意識のうちに狩野へと視線を向けた。狩野は目を細め、興味深そうに美織を見つめていた。

さらにふたりの看守が駆けつけ、美織を後ろ手にして取り押さえようとする。夕夜は立川の腕のなかで硬直し、ママごめんなさいと繰り返すばかりだ。

「埋め合わせができるとは思っていません！」

立川が叫んだ。夕夜を抱いたまま、懇願するような口調で言う。

「取り返しがつかないくらい、悪いことをしました。私は今からここを出ていきます。だから、お願いだから、あなたの大切な夕夜と話をしてあげてください」

ふいに美織の動きが止まった。押さえつけられた恰好《かっこう》のまま、まばたきもせずに夕夜と立川を凝視する。「あんた……」

烏丸は祈った。徐々に、ゆっくりと、美織の表情から激しさが抜け落ちていった。看守たちがうなずき合って手を放す。

体を起こした美織は、立川を見ながら指輪のない自分の左手を軽く持ち上げてみせた。

「あなた、子どもいる？　結婚は？」

「……どちらもいいえですが」

立川は面食らった様子で、同じように左手を示してみせる。美織はずいぶん長い間、その手を見つめていた。

「あなたみたいな人と結婚してたら、きっとよかったんだろうな。いいよ、そこにいて」

まばたきをひとつして、彼女は夕夜に視線を移した。

「夕夜はごめんねする必要ないよ。夕夜は悪くない。悪いのはママだよ」

優しく告げ、アクリル板にそっと手のひらを押し当てる。

「ねえ夕夜、よく聞いて。真昼が死んじゃったのはママのせい。夕夜が苦しくて悲しい思いをしたのもママのせい。それに、夕夜がパパに会えないのもママのせいなの。ママね、昔パパにひどいことしちゃったんだ」

烏丸は思わず身を乗り出した。それは正近雄飛のけがのことを言っているのか。自分が刺したと。

「夕夜が生まれる前に、ママは悪いことをしたの。パパはママをかわいそうに思って助けてくれたんだけど、そのあとでけんかになって、ママはパパにけがさせちゃった。パパは悪くないんだよ。言ったでしょ、夕夜のパパは、マサチカユウヒはヒーローだって」

やはりそうだ。美織は八年前の傷害と狂言誘拐を告白している。

母親の言葉をどれほど理解しているのか、夕夜はしゃくりあげながら食い入るように美織を見つめている。

「ママはもう夕夜のそばにいられなくなるけど、夕夜にはパパがついてる。きっと見守ってくれてる」

「嘘だ。だって千夏ちゃんはマサチカユウヒなんて知らなかった」

「嘘じゃないよ。誰も知らなくても、ちゃんといる。それでも寂しくなったら、『ドン・キホーテ』っていう本を読んでみて。ママが大事にしてた本、知ってるでしょ。夕夜にはまだ難しいと思うけど、ママのお話によく似たお話がたくさん出てくるから……」

「読んだ。子ども向けのやつ。でも、ぜんぜん違ったよ。だって、あれはドン・キホーテのモーソーなんだもん。本当は騎士じゃないし弱いし、つまんないよ。ママのお話のほうがいい」

「そっかあ。そうだね。ママと一緒だ。ママもあんなラストはいや。悲しすぎるもん。幻想は幻想のままのほうがいいよね」

美織は苦く笑い、それから真剣な顔になって立川を見た。

「お名前、もういちど教えてもらっていいですか？」

「立川真司です」

「立川さん。どうか夕夜をよろしくお願いします。私はこんなになっちゃったけど、ヒーローがいることを夕夜に信じさせてあげてください」

深く頭を下げ、再び夕夜にほほえみを向ける。

「ごめんね、夕夜。会いに来てくれてうれしかったよ、ありがとう」

「明日も来る」

「だめだよ」

「じゃあママが来て。帰ってきて。おれ、もう悪いことしないから。真昼にもちゃんと謝るから」

「夕夜は悪くないよ。でもごめんね、それもだめなんだ。ママはもう夕夜に何もしてあげられないの」

夕夜はいやいやをするように激しく首を振る。賢い子だから、なぜ妹が死んで母親が逮捕されたのか、自分が養護施設に入らなくてはいけなくなったのか、因果関係を理解していないわけではないはずだ。その上でなお、母親を慕っている。

明日も来ようと言ってあげたかった。美織の刑期は短くはすまない。その間に夕夜の心も変化するだろう。愛情はもつだろうか。憎まずにいられるのか。

「体に気をつけて。これからだんだん寒くなっていくから、あったかくしてね」

美織は立ち上がり、もういちど立川に頭を下げた。

立川も無言で礼を返した。

泣きじゃくる夕夜に「元気でね」と告げて、美織は面会室を出ていった。

「誘拐をやろうって言ったのは私。ひとりじゃできそうにないから、雄飛くんを誘ったの」

取調室に場所を移したあと、面会室で口にした過去の事件について、美織はそんなふうに語り出した。その瞳《ひとみ》に涙はない。ほほえみもない。だがいつものふてぶてしい態度とは違って、沈着冷静な話しぶりだ。

「認めるんだね。八年前の誘拐事件はあなたの狂言であり、正近雄飛は共犯者だったって」

正近との出会い、親しくなった経緯《いきさつ》、それぞれが金を必要としていた理由などを、美織は感情を交えることなく説明した。彼に惹《ひ》かれたとか、親身に相談に乗ってくれてうれしかったとか、そんな情緒的な要素はいっさいなかった。

「あなたたちがしたことを最初から話してみて」

通学定期入りの脅迫状を選挙事務所に送るところから、睡眠薬を服用した美織が建設中のビルで発見されるまで、美織の供述には犯人しか知らない事実が多く含まれていた。美織の狂言誘拐であるということは確実と見ていいだろう。ただし、たとえば着ぐるみやバイクなどの道具はどうやって調達したのかという問いには、正近に任せていたので知らないと答えた。また、身代金の運搬役を当日になって変更したことについては、病院で目を覚ましたあとで兄の由孝から聞かされてはじめて知ったため、正近がなぜそうしたのかはわからないという。

「訊《き》かなかったの？」

「その前に口論になっちゃったから。狂言誘拐が無事に成功した夜、雄飛くんと電話で話したの。私は雄飛くんが一緒に逃げてくれるって思ってたのに、雄飛くんは行く気はないって言うから、顔を見て説得しようと思って、病院を抜け出して彼のアパートに行った。だけど話は平行線で、それならお金を半分渡すなんて嫌だなって。だって私のうちから取ったお金なんだし。言い争ってるうちについかっとなって、気がついたらキッチンにあった包丁でおなかを刺してた」

「そのあとは？」

「身代金の入ったバッグを持ってアパートから逃げ出して、それからどこにいたのかは混乱しててよく覚えてない。とにかく朝が来て、何も考えずに新幹線に乗って、最初に停まった名古屋で降りた」

その後のことはすでに調べがついているし、供述も取れている。

「そんな状況であなたは妊娠に気がついたんだよね。前にも訊いたけど、堕《お》ろそうとは思わなかったの？　お金がなかったからってのは、もうなしだよ」

事件の本筋とは関係ないが、訊いてみたかった。淀《よど》みなく流れていた美織の言葉が止まり、思いがけず長い沈黙になる。

「……ハレに何回か遊びに行ったことがあったの。望まない妊娠で生まれてきた子もたくさんいた。堕ろしたかったけど、あの子たちの顔が浮かんでできなかった」

「出生届を出さなかったのは、あなたが罪を犯して逃げてたから？」

「そう。私は雄飛くんを殺しちゃったと思ってたし」

「彼の安否を本当に知らなかったの？」

美織はうなずいた。半年前、正近が入院していた病院を訪ねて彼のことを訊いた若い女性は、やはり美織だった。前は自分ではないと否定したが、嘘だったと認めた。病院では何も教えてもらえず、正近が住んでいたアパートやハレはもうなくなっていて、交友関係もまったく知らなかったため、情報を得る術《すべ》がなかったという。

「正近さんからお兄さんの話を聞いたことはなかった？」

「子どものころに生き別れになったって人だよね。私は顔も名前も知らないけど、お兄さんのことが大好きだったって話はよく聞いたよ。そんな人にも消息を知らせてないんなら、やっぱりもう生きてないんだろうね」

ドライな言い方だったが、そのあとについたため息はしんみりとしていた。

「狂言誘拐だけど、正近雄飛の他に共犯者はいなかった？」

小塚旭を念頭に置いての問いに、美織ははっきり「いない」と答えた。

美織が知らないだけというのが正確なところではないのか。振り込め詐欺において末端の受け子がグループの全体像を把握していないように。

「なんで突然すべてを話す気になったの？」

「夕夜があんなことになって、今さらながらに、ああ私のせいだって思い知ったの。真昼のこともそう。ふたりとも私の子とは思えないくらいいい子なんだよ。夕夜は私が家に帰ると玄関まで飛んできて荷物を受け取ってくれるの。真昼はよく変なダンスを踊って私と夕夜を笑わせてくれた。おしゃまなとこもあって、最近は勝手に私の服を着たり化粧品を使ったりして……なんでそんなことにあんなに腹が立ったんだろ。怒鳴ったり叩《たた》いたりしたんだろ」

机の下で美織が手首に爪を立てているのがわかったので、烏丸は「やめな」と指先で軽く机を叩いた。うつむいていた美織が、ゆっくりと青白い顔を上げる。

「ずっと逃げ続けてきたけど、私は私の人生に向き合わなくちゃいけない」

狩野ならどう判断するだろうと、つい考えてしまった。今日、予期せず顔を合わせたせいだ。面会室では約束どおり置物のように黙っていたが、はじめてその目で美織を見て、夕夜に語りかける言葉を聞いて、何を読み取ったのか。

烏丸は軽く首を振り、日に日にうっとうしさを増す髪を払った。

いずれにせよ自供したからには、美織はひとまずは傷害罪で再逮捕されるはずだ。殺人罪での勾留《こうりゅう》期限が迫るなか、これでまた身柄をつなぐことができる。

まだ時間はあると、烏丸は自分に言い聞かせた。

17

九月もあと少しになった。千夏もみんなもまだ半袖《はんそで》で、こうやって外で遊んでいると汗をかくけど、暦の上ではとっくに秋で、これからはどんどん夜が長くなっていくんだそうだ。百日紅《さるすべり》はやっぱり十月までもたずに弱ってきた。ぐんなりと垂れたピンクの花の下に、蟬の死骸《しがい》が転がっている。

「こないだ夕夜がいなかった日、あれってママに面会に行ってたんだって」

ティエンちゃんの言葉が耳に入って、千夏ははっと顔を向けた。ティエンちゃんは鉄棒に腰かけて脚をぶらぶらさせながら話していて、周りの子たちも特に興味はなさそうだ。夕夜くんの名前を聞いただけでおなかが痛くなっているのは、たぶん千夏ひとりだ。

ゴキブリを食べさせられて病院へ運ばれた夕夜くんは、次の日には帰ってきた。でも顔は腫《は》れて全身ぽつぽつだらけで、またひとりだけ別行動になった。数日後やっとリビングに姿を見せたと思ったら、小さい子が遊んでいたおままごとの道具をいきなり蹴飛《けと》ばして、また先生に連れていかれた。文鳥のときと同じだ。

でも今度は夕夜くんにつかみかかる人はいなかった。ゴキブリの一件のあと、リーダー格の昴くんはよその施設に移った。ティエンちゃんの情報によると、特別なプログラムを受けるためらしい。どういうことかよくわからないけど、昴くんがいなくなったせいか、それとも死にそうな夕夜くんを見て怖くなったのか、他の男子たちも夕夜くんに関わろうとしなくなった。

しばらくそっとしといてあげて、と先生は言う。あの女の刑事さんたちもずっと来ていないようだ。夕夜くんの周りはすっかり静かになった。夕夜くんなんていないみたいに。

名前が出たのも久しぶりだった。ママに面会に行ったというけど、それは夕夜くんにとってあんまりいいことじゃなかったのかもしれない。だって夕夜くんはあいかわらずみんなと一緒に過ごせない。まだ調子が悪いからだろう。

千夏も結局、話せていない。ずいぶん時間がたってしまったから、会えたとしても前みたいに話せる自信がなくなってきた。正直、会いたくない。でもやっぱり気にはなる。

「千夏ちゃん、ズボンにごみついてるよ」

希愛《きあ》ちゃんが払い落としてくれたのは、小さくちぎれた紙だった。ビンゴカードだとわかって、またおなかが痛くなった。ゴキブリ事件の日、持っていたそれをとっさにポケットに押し込んだまま、忘れて洗濯に出してしまったのだ。叱られなかったけど、一緒に洗った洗濯物はちぎれた紙まみれになった。今日のズボンはあのときはいていたものので、身に着けたのはあれ以来はじめてだった。

「ありがとう」

おなかに力が入らなくて、とても小さな声しか出ない。また悪いことが起こりそうな、不吉な感じがする。

予感はすぐに、現実になった。

18

小金井からの電話が途絶えがちになっていた。人間相手に完璧《かんぺき》な攻略法など存在しないとわかってはいても、信頼関係を結べているという手ごたえがあっただけに、旭は落胆した。探りを入れてわかったのは、出ていった妻が戻ってきたという事実だった。おそらく妻が小金井に記者との交流を絶たせようとしている。

編集部で別の記事を書きながらも小金井のことを考えていると、同僚の吉上《よしがみ》に肩を叩かれた。彼は美織の事件を担当している。

「こないだ松葉美織が息子と面会したんだが、内容についてなんか心当たりない？」

吉上は旭が事件の関係者であることを知っている。旭がかつて松葉修の選挙事務所で働いていたという情報は、編集部全体で共有されていた。誘拐事件で身代金の受け渡し役を務めたことや、雄飛との関係までは明かしていないが。また、雄飛が美織の息子の父親であると目されていることも、今のところは伏せていた。

「面会の件自体、初耳ですけど」

旭の返答に、吉上は「むう」と口をすぼめた。「そういうことにしとこう。……美織の息子が施設でアレルギー発作を起こしてぶっ倒れて、それでいっぺん親子の対面をさせようって判断になったらしいんだが、松葉家の人間に何か動きはなかったか？　面会に誰かが付き添ったとか」

「なんで俺が知ってると思うんですか？」

答えの代わりに吉上は意味ありげな笑みを浮かべた。トップ記事を扱う記者は鋭い。美織の事件が発生してから旭のスマホに着信が増えたことに、彼は気づいている。

まさにそのとき、デスクの下に置いたバッグのなかでスマホが振動した。メールだ。好奇心を隠さない吉上に「すみません」と断って、旭はスマホを手に廊下に出た。ドアをきちんと閉め、室内の騒がしさと一緒に吉上の視線を遮断する。

メールを開いた旭は混乱した。

――なんだ、これは。

三時間後、苦心して書き上げた記事に上司のチェックをもらい、喫茶店に移動した。前に刑事の聴取を受けたのとは別の、はじめて入る店だ。念のために店内に知っている顔がないことを確認してから、店の電話を借りて、さっきのメールの送り主に電話をかける。こんな慎重な行動を取らされていることが腹立たしかった。

「小塚です。あのメールは何ですか?」

相手が出るなり、前置きなしに尋ねる。

「ごめん、忙しかったかな。でもどうしても君に話さなければいけないことがあってね。直接会えないかな?」

松葉由孝の声は、あのころと変わらず涼やかだった。

「直接って、アメリカから帰国されたんですか?」

「来ればわかるよ」

旭は逡巡《しゅんじゅん》ののち、伺います、と返事をした。

19

とびきり熱くて濃いコーヒーで寝不足の目をこじ開けながら、烏丸は昨夜《ゆうべ》遅くに室内干しにした洗濯物を見るともなしに見た。へとへとになって帰宅してハンガーにかかったままのそれらを目にすると、疲れがいや増すのはわかっているが、しかたない。

美織の自供は捜査員たちを喜ばせた。しかし、美織は誘拐事件における犯行の全容を把握しておらず、共犯者とされる正近は、依然として消息不明のまま死亡説が大勢を占めつつある。

朝食の仕上げに栄養ドリンクを飲み干し、ふと思うところがあって手帳を確認する。ああ、やっぱり。今日は久々の午前休だったのだ。寝不足が過ぎて、睡眠を取っていい日だったことを忘れてしまうとは。美織の取り調べは午後からの予定だから、いまからでも寝直そう。

三十分ほどうとうとしたところでスマホが鳴った。反射的に応答すると、電話をかけてきたのは寺尾だった。所用のために横浜まで出てきたので、ついでに古巣の県警本部に顔を出そうと考えたらしい。寺尾はこちらが寝ていたのを察し、激励の言葉だけですぐに電話を切ろうとするのを、烏丸が引きとめた。県警本部に近い海辺の公園で待ち合わせることにして、十五分で支度をして家を出る。

烏丸が到着すると、明るい草地に腰を下ろしていた寺尾がコンビニの袋をちょいと持ち上げて合図をした。

「昼飯にゃ早いからなあ」

袋からペットボトルの冷たいお茶を取り出し、隣に座った烏丸に差し出す。どこか喫茶店にでも、という烏丸の申し出は事前に断られていた。酒以外のものに余分な金を払うのは性に合わないという。

「被疑者が自供始めたってな。ヤスコ、がんばったじゃないか」

褒められても、どう答えていいものかわからなかった。たしかに美織は語り始めたものの、それが烏丸の手柄と言えるかどうか。

「被害者を見つけたの、元一課の狩野なんだって？　地域課にいてこれだけでかいヤマに行きあうとは、あいつは持ってるやつだなあ」

「捜査にはでしゃばらせませんよ。なにせ地域課なんですから」

美織と夕夜が面会した際の、狩野の様子を思い出す。本人が自覚しているかどうか知らないが、狩野の本性は無情な狩人《かりうど》だ。どんな状況でも対象の観察を怠らない。

寺尾はなぜかにやにやして、それから自身の近況を語り始めた。現在は地元のショッピングモールで警備の仕事をしているという。あと十年、いや十五年は働かなきゃならない計算だと肩を落とし、昇任試験を受ける重要性を強く烏丸に説いた。

「おまえは勘違いしてるかもしれんが、俺が警察官人生でいちばん後悔してるのは、最後のヤマがおじゃんになったことじゃなくて、巡査部長のまま退職しちまったことだよ。警部補になっときゃ、退職金も貯金の額もぜんぜん違ったからなあ。バードウォッチングと蕎麦《そば》打ちの老後は、夢と消えたよ」

昇任試験を狩野にも勧めろと言われ、曖昧《あいまい》にうなずく。警備員の仕事がいかにストレスフルかをとうとうと語ってから、寺尾はふと思い出したように声を潜めた。

「……そういえばよ、松葉美織の息子の父親かもしれないっていうM。あいつが関与した現金強奪未遂事件の捜査に、俺もほんの少しだけ関わったんだよ」

「え、そうなんですか？」

「っつっても、ささいなもんだよ。Mを襲撃グループに誘った先輩ってのが、俺が所轄の少年係にいたときに何回か補導したやつで、警視庁から情報の照会を受けたんだ。つい最近、俺の働いてるモールにその元少年が客として来たんだが、親戚《しんせき》の子どもみたいにじゃれついてくるから本物のアホだと思ったね。そんなんだから四年近くも実刑食らうんだよ」

うんざりした口調だが、寺尾らしさが感じられるエピソードだ。華々しく事件を解決する刑事だけが優れた警察官というわけではない。寺尾は慕われている。

「元少年は、正……Mの消息について何か言ってましたか？」

「言ってたら、とっくに報告してるよ。でも、そうだな、ムショに入ってすぐのころは、自分たちを売った野郎をぶっ殺してやりたい気持ちでいっぱいだったたって言ってたな。

当時の仲間と関係を断ってからは、どうでもよくなったらしいが」

「実際は密告なんてなかったんですよね。だけど襲撃グループの元少年たちは、実行直前に仲間割れして出ていったMを疑った。なんで仲間割れしたんでしょう」

「おまえも少年係にいたから知ってるだろうが、あいつらどのポケモンが最強かで刺した刺されたになるからよ。理由を特定しようとしても無駄だし、当人たちだって覚えてねえよ。そういう仲間内のちょっとしたけんかで、Mはなさけねえくらいびびっちまって、これじゃ使いもんにならねえってんでグループを追放になったんだってよ」

小塚旭から聞いた話を思い出した。最後に会ったときの正近雄飛は、襲撃グループに殺されるかもしれないと言ってひどく怯《おび》えていたという。絶望のふちに立たされた弟と、救えなかった兄。彼らの人生の歯車が狂った最初のきっかけは何で、いつだったのだろう。

ジャケットのポケットでスマホが振動し、見ると葉桜の名前が表示されていた。寺尾に促されて電話に出る。

「午後からの取り調べは中止だ」

「え、美織に何かあったの？」

また体調を崩したか、もしや自分の手首を引っかく以上のことをしたか。

たちまち背筋が冷たくなったが、実際の理由は予想もしないものだった。

「松葉由孝が横浜の自宅で殺害された。被疑者は松葉塔子。すでに山手署に自首して、二係が取り調べに当たってる」

この知らせは烏丸を混乱させた。美織の兄である由孝は、たしか外国に留学中で、そのため夕夜を引き取ることはできないという話だったはずだ。その彼が殺害された？しかも由孝と美織の母親である塔子に？

死亡推定時刻は、今日、九月二十四日の午前零時から一時半ごろ。死因は、刃物で頸《けい》動脈《どうみゃく》を切断されたことによる出血性ショック。現場は松葉家のリビング。包丁で息子の首を刺したと、塔子自身が警察に電話をかけてきたことにより判明したという。

こちらの事件との関連は不明だが、関係者が重なるため、二係と互いに情報を共有しながら捜査を進めることになった。二係による松葉塔子の取り調べの様子が、会議室のスクリーンに映し出される。

塔子は六十前とは思えないほど老けていた。体調を崩して寝込んでいると、週刊ヨノナカの記事にはあったが、実際ベッドから起き上がるのもやっとだったのではないかというほど衰弱して見える。資産家のひとり娘であり元議員夫人という情報から想像する姿ではなかった。

塔子は抜け殻のようにうなだれながらも、取調官の質問には丁寧に答えていた。面差しは娘と重なる部分があるが、話し方はまるで違う。

殺人の経緯について取調官が尋ねると、衝撃の事実が塔子の口から明かされることとなった。

「由孝は海外留学などしておりません。ずっと自宅におりました」

会議室は騒然となった。二係の係長が係員を呼び寄せ、裏を取るように命じる。

「由孝が引きこもるようになったのは、妹の美織が失踪《しっそう》したあとくらいからです。繊細なところのある子でしたから、ショックだったのだと思います」

「あなたの体にはたくさんの傷やあざがありますね。原因は何ですか？」

「……由孝の暴力です」

「具体的には？」

「殴られたり蹴《け》られたり、熱湯をかけられたこともありました」

「日常的に暴力をふるわれていたわけですね。いつからですか？」

「あの置き去り事件が発覚したころからです。自分の妹があんなむごいまねをしたということに、心が耐えられなかったんでしょう。夜中に大きな声をあげたり暴れたりするもので、静かにしなさいと注意しました。由孝は外国にいることになっていたのに、あれではご近所に気づかれてしまいますから。それが気に障ったらしく、暴力の矛先が私に向くようになりました」

「そのことはご主人もご存じでしたか？」

「はい。止めようとしてくれましたが、年齢と体格の差でどうにもなりませんでした」

「警察に通報しようとは考えなかったんですか？」

そのとき、弱々しかった塔子の目に急に光が灯《とも》った。背筋が伸び、体が大きくなったようにさえ見えた。

「通報なんてするわけないでしょう。松葉家の恥になります。それに由孝がああなってしまったのは、私のせいなんですから」

「と言うと?」

「あの子は長男ですので、松葉家の跡取りにふさわしい人物になってもらわなくてはと、幼いころから厳しく接してきました。私はなれなかったんです、女でしたから。父にはずいぶんがっかりされました。だから、私の分までがんばってもらいたかったんです。厳しすぎるんじゃないかと夫にたしなめられたこともありますが、もともと松葉家の人間でない彼にはわからないのだと聞く耳を持ちませんでした」

詳しく話を聞くと、塔子が教育と呼ぶ行為は明らかに度を越していた。勉強時間を確保するため、睡眠や食事の時間はぎりぎりまで削る。漫画やゲームはもちろん、学校の友達と遊ぶのも禁止。由孝が家にいる間はずっと張りついて監視し、何かあれば、つねる、ものさしで叩《たた》く、頭から水を浴びせる。テストの結果が悪いときには、庭に立たせて復習させたり、食事を抜いたりもした。

「すべてあの子のためでしたが、由孝にしてみればつらかったと思います。ずっと我慢してきたのが爆発したんでしょう。気が優しくて虫も殺せない子だったのに、かわいそうに」

かわいそうという言葉に、背筋が寒くなった。塔子はたぶん本気でそう思っている。

「だから黙って耐えてきたわけですか。では、なぜ殺害したんですか？」

「昨夜は虫の居所が悪かったのか、いつにもまして暴力が激しかったんです。このままでは殺されると恐怖を感じ、台所に逃げ込んで思わず包丁を手に取りました。由孝が追いかけてきたのでリビングへ逃げ、そして……」

塔子は両手で顔を覆った。

「由孝にはただただ申し訳なく思っています」


この事件は美織に強い衝撃を与えたようだった。

「お兄ちゃんを、お母さんが……？」

瞳《ひとみ》が宙をさまよう。自分が言葉を発した自覚もなさそうだ。烏丸が概略を話して聞かせる間も、美織はあらぬ方向を見て唇を震わせていた。

「お母さんがお兄さんにしてたこと、あなたは知ってたの？」

烏丸の問いかけに、美織はようやく我に返った様子でまばたきをした。

「隠してなかったから。悪いことをしてるなんて思ってなかったんでしょ。兄もつらいとか嫌だとか言わなかったし」

「あなたはそれを見ててどう思った？」

「かわいそうだなって」

「あれは教育虐待だよ」

「ふうん、そういう言い方があるんだね」

「虐待を目撃させるのも虐待なんだよ。あなたも虐待の被害者だってこと」

「今さらどうでもいいよ」

美織は吐き捨てるように言って、目を逸《そ》らした。

どうでもよくはない、そのことは美織の裁判に影響を与えうるのだと説明しても、興味がないとばかりに知らん顔をしている。塔子の今後にも関心はないという。あれほどの動揺を見せたにもかかわらず。

「そんなことより夕夜はどうなの？」

この新たな事件は、夕方にはもうニュースになっていた。渦中の松葉家でまたしてもというのに加えて、母親が我が子の命を奪うという構図は美織の事件と同じだ。塔子による虐待行為が世に知れ渡るのも時間の問題で、そうなればますます騒がれるだろう。

すぐに立川から電話がかかってきた。事件の詳細を教えられる範囲で教え、逆に夕夜の様子を尋ねると、テレビで事件を知ってしまって混乱しているという。今のところホルンにマスコミが詰めかける事態にはなっていないが、他の子どもたちの反応も含め、慎重に状況を見て対応を考えるとのことだった。

この事件に関して美織から特別な情報は得られず、早々にこれまでと継続した取り調べに戻った。誘拐、傷害、それに正近雄飛の行方について、供述に不自然なところはないかとさまざまに角度や深度を変えて質問を繰り返しているが、美織の答えは一貫している。

「彼女、なんか変わりましたよね。夕夜くんと面会してから」

西の言葉に前半は同意するが、後半は意見が違う。

「面会してからじゃないよ。面会したいって言ったときから」

「烏丸さん、意外と細かいっすね」

「美織は本当のことを話してると思う？」

「正近の消息を知らないって話ですか？　前は嘘だと思ってたけど、本当なんじゃないかって気がしてきましたよ。他の供述も信用できそうだし」

「うん。子どもたちに対して殺意があったってこと以外はね……」

その違和感はシューズの底に挟まった小石のように、胸の片隅にずっとわだかまっている。それどころか、美織と話せば話すほど存在感を増している。

「うーん、俺には何が変なのかわかんないっす。もしそれが嘘なら、何のためにそんな嘘をつくんです？　罪が重くなるのに」

そうなのだ。前は誘拐や傷害の件を追及されたくないがために、置き去り事件のみでさっさと片を付けてしまおうとして、容疑を丸呑《まるの》みにしているのだと思っていた。だが誘拐も傷害も認めた今、なおも嘘をついているとしたら、それは何のためなのか。美織は何を隠し、守ろうとしているのか。結局、疑問はそこに戻ってくる。

今日は西を早めに帰してやって、烏丸は会議室の椅子に腰を下ろした。他の捜査員たちは出払っているようで、烏丸ひとりだ。手元には松葉由孝殺害事件の捜査資料がある。

こめかみを親指でもみながら紙をめくる。被害者と加害者の基本情報。司法解剖の結果。殺害現場の状況。凶器特定の経緯。終わりのほうには、この数日間に集められた近所の住民らの証言も付されている。

塔子が暴力をふるわれていたことに、住民らは薄々気づいていたようだ。いわく、悲鳴が漏れ聞こえた。いわく、腕にあざがあるのを見た。ただし海外にいるはずの息子が加害者だとは夢にも思わず、夫の修をひそかに疑っていたらしい。

また、かつて由孝が虐待を受けていたことについても同様だった。それらしい声や音を耳にしたり、折檻《せっかん》を目撃したという者までいた。小学校時代の担任教諭によれば、由孝は他の子に比べて瘦《や》せていて、いつも元気がなく、栄養失調のようだったという。彼女が担任だった期間に、由孝は二回、校内で倒れて病院に運ばれている。一回目は三時間目の授業中にふらついて倒れ、二回目は昼休みに気を失って倒れた。

烏丸はため息をついて資料を閉じた。松葉家はずっと前からめちゃくちゃだったのだ。家の外観は立派でも、中は白蟻に食い荒らされていた。だが体面を重んじる彼らは誰にも救いを求めず、そしてまた周囲の誰も手を差し伸べようとはしなかった。近所の住民たちが通報しなかったのは、関わり合いになりたくなかったのか、古くからの共同体にひびを入れることを嫌ったのか。地域における松葉家の力がそれだけ大きかったのかもしれない。隠されていた闇が表出したとたんに、皆べらべらとしゃべり出す。

会議室のドアが開き、制帽をかぶった中年男の顔がのぞいた。烏丸は闖入者《ちんにゅう》をにらみつけた。

「何しに来たの？」

「神倉署は俺のホームだよ。顔くらい出したっていいだろ」

「葉桜ならいないよ」

「みたいだねえ」

他に誰もいないのを確認すると、狩野はぶらりと中へ入ってきて、烏丸の隣に勝手に腰を下ろした。缶コーヒーを差し出しながら、その目は机の上の捜査資料を捉《とら》えている。

「まだ捜査に未練があんの？」

「そういうわけじゃないけどさ」

じゃあどういうわけなのだ。烏丸は黙って缶コーヒーを受け取り、代わりに捜査資料を狩野のほうへ押しやった。隠したって、どうせ葉桜あたりが教えてしまう。

「これ、犯人は松葉塔子で決まり？」

「見りゃわかるだろ」

塔子自身が犯行を自供しているし、凶器の文化包丁からは塔子の指紋しか出ていない。致命傷となった首の刺創の状態から見ても、傷を負わせたのは力のない女性である可能性が極めて高いというのが、解剖を行った医師の所見だった。

「でもさ、この遺体の状態は引っかからない？」

「え？」

狩野が指さしているのは、現場で撮影された由孝の写真だ。年齢は三十。若いころの写真と比較すると、体重が倍近く増えたようだ。ソファに座って天を仰ぐようにして事切れており、たるんだ首から流れた血で、ひとつに結わえた長髪が固まっている。

「新品みたいにきれいな服だと思わない？」

遺体はポロシャツとチノパンを身に着けていた。血で汚れているが、たしかにまだ新しそうだ。

「由孝が家にいることを近所の住民は誰も知らなかった。ってことは、かなり徹底した引きこもりだったんだろ。まあ、こんだけ見た目が変わったら、ちょっとくらい出歩いてても気づかれなかったかもしれないけど。俺だったら、引きこもって誰にも会わないのに、こんな恰好《かっこう》はしないな。ジャージか、なんならパンイチでも」

パンイチの狩野など想像したくもないが、言われてみれば奇妙だった。

「……サイズもぴったりみたいだね」

「それに、ひげもきれいに剃《そ》られてる。死亡推定時刻が午前零時から一時三十分の間だっていうのに、まるで剃ったばっかりみたいだ。由孝はなんで身だしなみを整えてたんだろうな」

烏丸は缶コーヒーを開けてひとくち飲んだ。あまりの甘さに成分表示を見て、ふたくち目は飲まずに机に置く。

「もうひとつ、なんで由孝はソファに座って死んでんのかね。塔子を追いかけてきて返り討ちにあったわけだろ。切りつけられて倒れたとき、たまたまソファに腰かける恰好になった？　ま、そういうこともあるよね。服装のことだって、単に由孝がおしゃれだったのかもしれないし、ひげの伸び方なんて個人差あるし」

ほい、と返された捜査資料を、烏丸は受け取らなかった。

「そうじゃないとしたら？」

顔をしかめて言う。言わされたような気がしておもしろくない。

待ってましたとばかりに狩野は答えた。

「出かけるか、人に会う予定があったとか」

「こんな時間に？」

「帰ってきたところだったかもよ」

「修も塔子もそんなことは言ってなかった。警備会社に提供させた松葉邸の防犯カメラ映像にも、帰宅する由孝の姿は映ってない」

「勝手口のカメラは、嫌がらせで壊されたって小耳に挟んだけど」

狩野はいつもどおりへらへらしている。六年前、刑事だったころと同じに。

「仮に人と会う予定があったとしたら、電話なりメールなりでやりとりしたんじゃないかと思うけど、由孝のスマホやパソコンは調べたって？」

被疑者である塔子のスマートフォンは解析に回したと聞いたが、由孝については不明だった。同じ資料を見て、その可能性に気づいた狩野と気づかなかった自分、両方に腹を立てながら、烏丸は自分のスマートフォンを手に取った。

「え、もしかして二係に確認しようとしてる？　よその捜査に口出したら嫌われるよ」

「おまえが言うな」

二係には、前に大磯《おおいそ》署で一緒だった津久井《つくい》がいる。

「結果がわかったら教えてよ。俺はもうラーメン食って帰るから」

よっこいしょと立ち上がった狩野を、烏丸はとっさに呼び止めた。

「あんたさ……」

こないだ美織を見てどう思った？　訊《き》こうとして、寸前で思いとどまった。狩野に訊くなんてどうかしている。

烏丸は缶コーヒーを爪ではじいた。

「差し入れ持ってくるなら、もっとましなもんにしろよ。それから、こないだテラさんに会ったよ。元刑事の寺尾さん」

狩野は軽く目を瞠《みは》った。彼が寺尾に対してどういう思いを持っているのか、あるいは何も感じていないのかはわからない。

「いまは警備員やってるんだって。例の現金強奪未遂事件の襲撃グループのひとりと知り合いで、最近会ったって言ってた。捜査がんばれって。あと、あんたも私もちゃんと昇任試験受けろってさ。先達からのアドバイス。伝えろって言われたから伝えとく」

「あいかわらず優しいねえ。お礼の電話しとくわ」

20

夕夜くんのおばあさんがおじさんを殺した。

おじいさんが有名人だからか、世間はまた大騒ぎになった。忘れられつつあった夕夜くんの事件も改めてテレビで取り上げられたりして、誰かからちゃんと説明されたわけじゃないけど、千夏たちは両方の事件にすっかり詳しくなった。

夕夜くんはあいかわらずみんなの前に出てこない。特におばあさんの事件が起きてからは、用意された個室にこもりきりらしく、姿を見かけることもない。もし誰かに夕夜くんのことを訊かれても何も答えないよう、先生から重ねて注意があったけど、教えてほしいのはこっちのほうだ。夕夜くんはどうしているんだろう。考えるとおなかが痛くなる。

「先生たちが話してるの聞いちゃったんだけど、もしかしたら夕夜は別のとこに移るかもしんないって」

消灯後、同室のティエンちゃんがひそひそ声で言った。

「え……なんで？」

「なんでって、夕夜の事情、みんなに知られまくってんじゃん。夕夜がここにいることもばれてるっぽいし、これじゃ外にも出られないよ。それに、ここに来てからずっと調子悪そうだし」

だよねえ、と希愛ちゃんが大人っぽくため息をつく。

「夕夜もついてないよね。おばあさんだのおじさんだの言われたって、会ったこともない人たちなんでしょ。おじさん、めちゃイケメンだったけど」

公開されたおじさんの写真は高校生のときのものだった。引きこもりだったから今の写真はないんだと、クラスメートの誰かが言っていた。おばあさんの写真もだいぶ昔のものみたいだったけど、スーツを着て堂々と笑っている姿は、女優さんみたいにきれいだった。あのおばあさんが、あのおじさんを。想像できないし、想像しようとすると怖い。

「だるい」

ティエンちゃんがつぶやいて、なんとなくおしゃべりはそこで終わった。だるい、は年上の子たちがよく使う言葉だ。わかる気がする。ホルンにいる子たちはたぶんみんな、それを感じたことがあると思う。

千夏はタオルケットを頭の上まで引っぱった。夕夜くんはどこかへ行ってしまうんだろうか。千夏の知らない遠くへ。前に話してくれたドン・キホーテの旅みたいに。

もやもやした気持ちのままいつの間にか眠りに落ちて、気がついたら朝だった。怖い夢を見た気がするけど思い出せない。

起床時間の六時半はとっくに過ぎていて、部屋にはもう誰もいなかった。一階から声や物音が聞こえてくる。千夏も慌てて起きようとして、いやに体が重いことに気がついた。昨夜ティエンちゃんが言ったのとは違う、体の「だるい」。

のろのろと上半身を起こしたとき、部屋のドアが開いて先生が顔を出した。起きてこない千夏を心配して様子を見に来てくれたのだった。熱はなかったけど念のために学校を休むことになり、先生が運んできてくれた朝ごはんを半分くらい食べて、またベッドに横になる。しばらくすると、行ってきます、行ってらっしゃい、の声が聞こえてきた。今のは、最近学校に行き始めたティエンちゃんだ。

千夏はタオルケットに潜って体を丸めた。人が出ていく気配はあんまり好きじゃない。取り残された気分になるから。

そうしているうちに、またうとうとしていたようだ。あれっと思って目を開けると、壁にかけられた古いアニメの時計は十一時過ぎを指している。

喉《のど》が渇いていたので、起き上がってパジャマのまま部屋を出た。ちょっと足元がふわふわするけど、ずいぶんよくなった感じがする。

食堂のほうへ歩いていくと、なんだか様子が変なことに気がついた。先生や職員さんたちがいるはずなのにいやに静かで、どことなく空気がぴりぴりしているみたいな。いつもは閉まっている調理室のドアが開け放たれていた。そこから、夕夜、と呼びかける男の人の声が聞こえてきて、千夏はぎくりと足を止めた。誰の声かわからないけど、押し殺したような緊迫した感じで、とにかく普通じゃない。

足音を忍ばせておそるおそる調理室を覗《のぞ》いてみると、そこには何人かの先生と職員さんたちがいた。その体越しに夕夜くんの姿を見つけた瞬間、息が止まった。

夕夜くんは調理台を背にして立っていた。その小さな両手に握りしめているのは、包丁。尖《とが》った刃先は自分のおなかのほうに向いている。

先生たちはそんな夕夜くんを固唾《かたず》を呑《の》んで見つめている。少し距離を取ったまま、誰も動かないし声も出さない。先生たちの前に立川さんがいた。それにふたりのおまわりさん、狩野さんと月岡さんも。

夕夜、と立川さんが呼びかける。さっきの声も立川さんだったみたいだ。とても緊張しているのがわかる。

「それを放すんだ。みんな心配してる」

「心配なんかしなくていい。おれは悪いやつだから」

答える夕夜くんの声は奇妙にのっぺりしている。顔は幽霊のように真っ白で表情がない。

膝《ひざ》ががくがくして、千夏はぺたんと尻餅《しりもち》をついた。

「千夏ちゃん」いちばん近くにいた先生が驚いたように振り向いて、体を支えてくれる。だけど千夏の目は夕夜くんを見つめたまま、立ちあがることもできない。夕夜くん、どうしたの？　そう訊きたかったけど声が出なかった。いつしか口で呼吸をしていた。おなかがきゅうっと痛くなる。

「夕夜は悪いやつなんかじゃない」

　そう言って歩み寄ろうとした立川さんに、夕夜くんは包丁の刃先を向けた。とたんに立川さんは凍りついたみたいに動けなくなり、その喉から空気が漏れるような異様な音がした。

「ここは俺たち警察に任せて、みなさんは外へ出てください」

　夕夜くんのほうを向いたまま狩野さんが言い、大人たちはためらいながらも指示に従う。千夏も先生に支えられてゆっくりと立ちあがった。立川さんはまだ動けないでいる。夕夜くんはまたゆっくりと刃先を自分のほうへ向けた。先生たちが思わずあげた悲鳴も、とっさに止める声も、夕夜くんには聞こえていないみたいだ。

　そのとき、月岡さんが動いた。一瞬で夕夜くんに近づき、その手から包丁を取りあげた。ほぼ同時に狩野さんが夕夜くんの体を捕まえ、月岡さんから引き離す。

　出ていこうとしていた先生たちが立ち止まる。夕夜くんは身をよじり足をばたつかせて暴れている。青ざめた唇から乱暴で汚い言葉が次々に吐き出される。

　医務室へ、と誰かが言った。月岡さんが狩野さんに手を貸し、夕夜くんはふたりがかりで抱きかかえられるようにして調理室から連れ出されていった。千夏はドアのそばにいたにもかかわらず、目の前で運ばれていく夕夜くんになにも言葉をかけられなかった。

立川さんはその場に立ったまま、夕夜くんが連れ出されていったドアのほうを見つめていた。

大人たちが慌ただしく調理室を出ていく。ひとまずよかった、という声が聞こえる。

汗が噴き出し、体が揺れるくらいに心臓が脈打っている。全身の震えが止まらない。


薬を飲んで眠っていた夕夜くんは、一時間くらいで目を覚ました。すっかり落ち着いて、けがもしていないという。

ひとりで自分の部屋にいる気になれず、昼ごはんを食べる気分にもなれずに、リビングでぐずぐずしていた千夏は、先生から知らせを聞いて医務室に行ってみることにした。風邪はどこかへ行ってしまったらしく、体はもうなんともない。だけど気持ちがひどく重い。夕夜くんは死のうとしていたんだろうか。

医務室の前まで来たものの、どんなふうに話をしたらいいのかわからなくて足が止まった。ためらっているうちに医務室のドアが開いて、難しい顔をした立川さんが出てきた。考えごとをしているふうで、廊下の端で縮こまった千夏には気がつかなかったようだ。もしかしてティエンちゃんが言っていたように、夕夜くんは別の施設に移動になるのかもしれない。そのほうが夕夜くんにとってはいいのかもしれないけど、なんか……。

「君も具合が悪いのかな？」

立川さんのあとからいつも診療に来てくれるお医者さんが出てきて、パジャマ姿の千夏に気がついた。千夏は慌てて首を振り、勇気を出して口を開いた。「あの、夕夜くん……」までしか言えなかったけど、先生は「もう話せるよ」と笑顔でうなずいてくれた。

もういちど勇気をかき集めて、お医者さんと入れ替わりに医務室に入る。だけど千夏の姿を見た瞬間、夕夜くんは目を大きく見開いて、ぷいと横を向いてしまった。次に会えたら声をかけよう、前に傷つけてしまったことを謝って、またお話を聞かせてほしいと伝えよう、そう自分に言い聞かせていた気持ちが、たちまちしぼんだ。大丈夫？とひとこと尋ねることもできずに、千夏は逃げるように医務室を出た。

千夏を呼ぶ密《ひそ》やかな声が聞こえてきたのは、自分の部屋に戻ろうとひとり廊下を歩いているときだった。うつむいていた顔を上げて辺りを見回すと、物陰から狩野さんが手招きしている。

狩野さんは無人の食堂に千夏を連れていき、制服のポケットから折り畳んだ一枚の紙を取り出した。

「この人に見覚えないかな。すごく太った男の人なんだけど」

そう言って見せられたのは似顔絵だった。長い髪をひとつにくくった丸い顔が描かれている。

「……よく来る人に似てます。たぶんマスコミの人。でもあの人はひげぼうぼうだから、違うかもしれないけど」

狩野さんは顎《あご》をなで、やっぱそうかとつぶやいた。

「この人、何か悪いことしたんですか?」

「警察が捜すのは悪いやつだけじゃないよ」

不安になって尋ねた千夏に、狩野さんはへらっと笑ってみせる。それならいいけど、狩野さんの言葉はあんまり信用できない感じがする。

狩野さんがふいに入り口のほうへ顔を向け、「どうした?」と尋ねた。見れば、少しだけ開いたドアの隙間から誰かがじっとこちらをうかがっている。千夏はびくっと肩を震わせ、そのあとでそれが夕夜くんだと気づいた。

「ちょうどよかった。夕夜にも訊《き》きたいことがあるんだ」

似顔絵をポケットにしまいながら、狩野さんは夕夜くんを食堂に招いた。

「あ、千夏ちゃんはもういいよ。ありがとう」

今度は千夏が、夕夜くんと狩野さんを見る番だった。入り口の外から動こうとしない夕夜くんと目が合ってしまって、とっさに逸《そ》らす。でも、もう一度こわごわそちらを見てみると、やっぱり目が合った。あいかわらず無言で無表情だけど、夕夜くんは千夏を追ってここへ来たんじゃないかと、そのとき思った。

「わたしもここにいていいですか?」

余計なお世話かもしれないと心配しながら言うと、夕夜くんの瞳《ひとみ》がかすかに揺れた気がした。狩野さんは意外だという顔をしたけど、「まあいいか」とあっさりうなずき、両手を膝についてて千夏と目の高さを合わせた。

「あのね、実は俺は悪いおまわりさんなんだ」

突然、何だろう。千夏はぽかんとして、目の前の笑顔を見つめる。

「さっき調理場で、夕夜は自分を悪いやつだって言ったろ。悪いやつどうし、俺には気持ちがわかるんだ」

千夏から夕夜くんへと狩野さんは視線をスライドさせた。

「話したいことがあるんじゃない？」

夕夜くんは答えなかったけど、狩野さんはかまわず自信たっぷりに続ける。

「君は自分を悪いやつだと思ってるのに、君は悪くないってみんな言う。それじゃ本当の気持ちは話せないよな」

夕夜くんは下を向き、そのまま動かない。一方、狩野さんは屈《かが》めた腰を伸ばしてとんとん叩《たた》いたりしている。おっさんはつらいよ、と笑いかけられたけど、どんな顔をしたらいいのか千夏にはわからなかった。ここにいたいと言ったものの、やっぱり出ていったほうがいい気がしてくる。

いつもの悪い癖でぐずぐず迷っているうちに、夕夜くんが少しだけ顔を上げ、また目が合った。さらに顔が上がり、頭の角度がまっすぐになる。

夕夜くんは狩野さんに視線を移し、ドアを開けて食堂に入ってきた。白くて細い喉《のど》が何度も動いて、しきりに唾《つば》を飲み込んでいるのがわかる。千夏もつられて唾を飲む。

「……ママが出ていった日」

夕夜くんの声はか細く、しゃべり方はぎこちなかった。

「おれは真昼のままごとに付き合ってやってたんだ。真昼は前の日に赤ちゃんの人形を買ってもらってて……それまでは真昼がママ役、おれが赤ちゃん役だったんだけど、このときはおれがパパ役になって……」

唇が震え出し、千夏はおろおろしてしまう。だけど夕夜くんはつっかえつっかえでも話すのをやめず、狩野さんも口を挟まずに聞いている。

「ふと気がついたらママが、怖い顔してそばに立ってた。見たことない顔で、すげえびびった。さっきまでにこにこして、おれたちの朝ごはん作ってくれてたのに。晩ごはんはおれの大好きなハンバーグにしようかって言ってたのに」

夕夜くんは歯を食いしばったけど、間に合わなかった。真っ赤になった両目から、ぼろっと涙がこぼれた。

「ママはいきなり怪獣みたいになって暴れ出した。めちゃくちゃに物を投げて、死ね、死ね、死ねって叫び続けて……それで飛び出していっちゃった」

激しくしゃくりあげながら、夕夜くんはしゃべり続ける。あとからあとから涙と言葉があふれてくる。話したいことがあるんじゃないかと狩野さんが言ったのは、正しかったんだと思った。

「あのとき真昼はすごくはしゃいでて、声が大きくなりすぎてたかもしんない。おれたちが言いつけを破ってうるさくしたからママは怪獣になったんだ。おれのせいだよ。お兄ちゃんなのに。真昼のことお願いねって言われてたのに。おれのせいでママは出ていって、真昼は死んじゃった。ママは牢屋《ろうや》に入れられた。おれが悪いのに。おれが死んだらよかったんだ」

「夕夜くんは悪くないよ！」

思わず言ってしまってから、そう言ってはいけなかったのだと思い出したけど、やっぱり千夏には夕夜くんが悪いとは思えない。夕夜くんと真昼ちゃんはおままごとをしていただけだ。千夏もお姉ちゃんとよくそうやって遊んでいた。むしろ真昼ちゃんに合わせて遊んであげていた夕夜くんは偉いと思う。

いつの間にか千夏も泣いていた。夕夜くんがぐしゃぐしゃの顔でこっちを見た。

「文鳥にもひどいことした。あのきょうだいを見てたら頭がかーっとして、わけわかんなくなって、文鳥もおれも世界じゅうみんな死んじゃえって思ったんだ。そしたら今度はおじさんが死んじゃった。全部、おれのせいなんだ」

どうにかしてあげたくてそばに行ったけど、どうしたらいいのかわからない。パジャマだからハンカチを渡してあげることすらできなくて、途方に暮れる。

お父さんとお姉ちゃんの顔が浮かんだ。おじいちゃんとおばあちゃんのことを思った。わたしに何か原因があるんじゃないか——頭をよぎるたびに急いで押し込めてきた考えが、急激に膨らんでいく。

狩野さんが近づいてきて、千夏と夕夜くんをまとめて抱きしめた。

「君たちは悪くない。誰が何と言おうと、君たち自身がどう思おうと、絶対に悪くない。夕夜が謝らなきゃいけないのは文鳥に対してだけだ」

ぽんぽんと背中を叩かれたら、なぜか新しい涙があふれ出した。体の厚みもにおいも違うのに、お父さんの優しい顔がまぶたの裏に浮かぶ。ごめんなさいと繰り返す夕夜くんのくぐもった声が、すぐ隣で聞こえていた。

そうしていた時間はたいして長くなかったんだろう。食堂から出ると月岡さんがいて、千夏と夕夜くんを優しい目で見ていた。途中で先生が捜しに来なかったのは、月岡さんが止めてくれていたのかもしれない。

泣き疲れたのか、夕夜くんはぐったりしている。だけど、すっきりしているようにも見える。

「元気になったら、またお話聞かせてくれる？」

千夏は思い切って言った。

お話を作って聞かせることは、たぶん夕夜くんにとって家族の思い出と直結しているんだと、今なら想像できる。ママも真昼ちゃんも喜んでくれていたんだろう。だから千夏に話している途中で、ふと我に返って足がすくんだ。自分のせいでふたりは不幸になったのに、そんなことをしていいのかわからなくなった。だけど、語っているときの夕夜くんは楽しそうだったから。それに、お話はおもしろかったから。

夕夜くんは迷子の目で千夏を見つめた。そして、小さくうなずいた。

千夏はとたんにうれしくなって、胸いっぱいに息を吸い込んだ。

「行こう」

おまわりさんたちにさよならを告げて、ふたりで歩き出す。君たちは悪くない——自分を悪いおまわりさんだという狩野さんに言われても、と思わないでもなかったけど、それでも自分が少し強くなった気がする。

愛想よく手を振ってくれた狩野さんが、背後でつぶやくのが聞こえた。

「文鳥ねえ。初耳だったわ」

21

二係の津久井から連絡があったのは、烏丸が電話をかけてから三日後の午後だった。

松葉由孝のスマートフォンを解析したところ、削除された妙なメールが見つかったというのだ。由孝から送信したもので、事件と関係があるかどうかは不明だと前置きした上で、津久井は復元されたメールの内容を送ってくれた。

『久しぶり。僕は僕の罪に気づいたよ。そして君の罪にも。罪と社会についての話をしないか』

意味がわからなくて三度も読み直したが、やはりわからない。

送信日時は九月二十二日の午前十時。由孝が命を落とす前々日だ。送信相手は——。

烏丸はすぐさま津久井に電話をかけた。

「小塚旭だったんですか?」

相手の応答を待たずに言葉をぶつけてしまう。つい声が大きくなり、津久井がとっさに電話を遠ざける姿が目に浮かぶ。

「うっるせえなあ。たしか例の誘拐の……」

「身代金の運搬役です。共犯の疑いも」

本人は否定しているが、このメールがあれば任意同行をかけられるのではないか。小塚を運搬役に指名したのは由孝であり、その由孝が、小塚が何らかの罪を犯したと言っている。

「着信にも一件、気になるのがあった。このメールが送信された三時間後に、東京は文《ぶん》京区《きょうく》の〈葛《くず》の葉〉って喫茶店から電話がかかってる」

小塚の勤める週刊ヨノナカは、千代田区《ちよだく》神田《かんだ》神保町だ。文京区からほど近い。

「小塚の件はこっちに預からせてくれませんか」

図々《ずうずう》しいのを承知で言うと、津久井は鼻で笑った。

「できるわけねえだろ。こっちはこっちで必要だと思えば動く」

ならば先手必勝だ。烏丸は礼を言って電話を切ると、地図アプリで週刊ヨノナカと葛の葉の位置を検索した。徒歩圏内で、思った以上に近い。

葉桜経由で上に報告すると、すぐに捜査員が東京へ派遣された。二時間もしないうちに、葛の葉で電話を借りたのは小塚旭であるという確認が取れた。写真を見た店主は、この人だと言い切ったそうだ。電話を借りるという行為が最近では珍しかったのと、その男の歯並びが芸能人のように美しかったので、記憶に残っていたらしい。

「小塚を任意で引っ張る」

捜査本部長の宣言に、捜査員たちの顔が引き締まった。

しかし二係が動くほうが早かった。彼らは烏丸たちよりも先に小塚に任意同行をかけた。由孝殺害事件当夜、松葉邸の近くを歩いている小塚旭を、近隣住民のドライブレコーダーが捉《とら》えていたのを発見したのだ。

「ビンゴかよ」

二係から提供されたドライブレコーダーの映像を見て、烏丸は舌打ちをした。

時刻は午後十一時八分。駅の方向から松葉邸の方向へ足早に歩いていく男性が、ヘッドライトに照らし出される。まぶしそうに片手で庇《ひさし》を作ったのは、間違いなく小塚だった。その地点から松葉邸までは徒歩十分ほどなので、十一時二十分前後には到着する計算になる。まさに狩野の推測が当たったわけで、それゆえに出た舌打ちだった。

由孝の死亡推定時刻からすれば、由孝が殺害された場に小塚が居合わせた可能性もある。だとすれば松葉夫妻はそれを隠していたことになり、その点もまた狩野の推測どおりだった。

そこへ、外に出ていた原田ペアが帰ってきた。原田は二係に先を越されたと知って悔しがったものの、表情は明るい。彼らは世田谷で歯科医院を営む小塚の家族に話を聞きに行っていた。

「妹から興味深い証言が得られましたよ」

小塚の妹である彩は、現在二十三歳で、都内の大学の歯学部に在籍している。父親違いの兄との関係はあまり良好でないらしく、小塚が事件に関わっていた可能性を匂わせると、ショックを受けた様子もなく積極的にしゃべってくれたという。

「二〇一一年十一月ごろの小塚の様子について、何か覚えてることはないかと訊《き》いたんですが、八年前にもかかわらず彼女はよく覚えてました。そのころ愛犬が死んだんで、前後の記憶が鮮明なんだとか。小塚が松葉の選挙事務所で働いていたことを家族は知りませんでした。本人は大学の課題のための集まりがあると説明してたが、妹は嘘だと思ってたそうです。なぜなら、小塚が変わったからだと」

それまでの小塚は、いわゆる優等生タイプだった。真面目でおとなしく、気遣いのできる好青年だった。だが思春期の彩の目には、そんな兄が卑屈に映った。ただただ周囲から浮かないように、平凡に無難に日々を送ろうとしているように見えた。

ところが、そんな態度がある時期を境に変化した。家にいない時間が増え、いても自室にこもっていることが多くなり、家族の会話にも以前ほど注意を払わなくなった。何か隠しごとをしていて、それに没頭しているようだった。妙にいきいきとして、自信を漂わせていた。

「まるで別人になったようだったと妹は言ってました。それまでとは違う層の人間と付き合うようになったんじゃないかと思ったそうです」

それが正近雄飛か。小塚が没頭していた隠しごとというのも、誘拐計画を練っていたと考えればぴたりと合う。

「また、これも関係がある話かどうかわかりませんが、二〇一二年の四月、義理の祖母から遺産相続で譲られた百万円を小塚が一週間で使い果たし、家族でかなり揉《も》めたそうです」

喫茶店で会った際、金の使い方を調べてくれても構わないと言っていたが、あれはブラフだったのか。

松葉塔子のときと同様に、二係による小塚の事情聴取の映像を見た。強面《こわもて》の津久井が相手でも、小塚が怖気《おじけ》づく様子はない。

「たしかに由孝さんからメールをもらいました。『僕は僕の罪に気づいたよ。そして君の罪にも。罪と社会についての話をしないか』――覚えてしまいましたよ。意味がわからなくて何度も読んだものですから」

「意味がわからなかった？」

「ええ、さっぱり。なんだか気味が悪いし無視してもよかったんですけど、こっちも記者なんで、ちょっと欲が出ましてね。由孝さんは渦中の松葉家の人間ですから、何かおもしろいネタが取れるんじゃないかと思って電話してみたんです」

「わざわざ喫茶店の電話を借りてか」

「刑事さんはあんなメールを送ってくる人に自分の電話番号を知られたいですか？」

「由孝はあんたの電話番号を知らなかったのか。連絡を取ってなかったのか？」

「選挙事務所のスタッフを辞めたあと、向こうからはときどき連絡がありました。でも誘拐事件なんかに巻き込まれてこっちはもう関わりたくなかったんで、フェードアウトしたんです。あそこじゃそれなりに親しくしてたとはいえ、友人ってわけじゃなかったし。何年か前に電話番号がどっかに流出したっぽくて変えたんですけど、由孝さんには教えてません。メールアドレスだけ当時のままなんですよ」

「ならメールで返信すればよかったろ。やりとりを残したくなかったんじゃないのか」

「よしてください。じかに話したかったんですよ。文章よりもそのほうが得られる情報が多いですから。刑事さんが今、俺の声の調子やしゃべり方から何かを読み取ろうとしてるように」

小塚はため息をつき、首筋をさすった。

「でもまさか、由孝さんがあんなふうになってるなんてね」

言いながら小塚はこちらを見た。録画しているカメラのレンズを。八年前の事件を捜査している刑事が映像を見ていることを、確信している目つきだった。烏丸は腕組みをしてその視線を受け止めた。

津久井はがりがりと脂っぽい頭をかいた。

「メールに書かれた『罪』ってのは何なんだ」

「『僕の罪』はわかりません。松葉美織が起こした事件に対する責任を感じて、抽象的な意味合いで言ってるのかなと思ったりしましたけど」

「なら『君の罪』、すなわちあんたの罪ってのは？　狂言誘拐の証拠をつかまれたのか？」

「あれ、何か見つかったんですか？」

小塚はおもしろそうに片頰を上げた。

「見つかったわけがないですよね。やってないんだから。とはいえ、由孝さんがとんでもない思い込みをしてる可能性はあるわけでしょう？　放っておいて勝手にネットに書かれでもしたら、面倒なことになる。だから、会うことに同意したんです。すると由孝さんが、あの日あの時間に家に来てくれと指定してきました。家の周りにマスコミが張りついてて、日中は目立つからって。俺もマスコミなんですけどね」

松葉邸のほうへ向かう姿がドライブレコーダーに映っていたことについて、小塚は堂々と説明をつけてみせた。

「指示されたとおりに勝手口をノックすると、由孝さんが出てきました。またしても驚かされましたよ。外見の変化もさることながら、目の澄み方が尋常じゃなかったんです。わかります？　ああ、この人は俗世間とは違う世界に生きてるんだなっていう感じ。自分とはまったく違う生き物というか。正直、ぞっとしました。記者をやってて、おっかない連中に対する耐性はそれなりにあるつもりなんですけどね。しかも由孝さんの右手には拳《けん》ダコがありました。そんな手の持ち主が、俺に会うために何年かぶりに服を新調したってほほえむんです。ネタを取るにはまずは命を懸けろ、と先輩記者に言われたことを思い出しました」

いい大学を出たのにご苦労なことだな、と津久井がくさしたが、小塚は動じなかった。

「由孝さんは哲学と社会学に没頭して、隠者のような生活をしてるということでした。なんだかよくわからない罪とやらについてその場で語り出して、君にも罪があるんだから、ともに社会に対する贖罪《しょくざい》の方法を見出《みいだ》さなくてはならない……とこうですよ。かつての彼を思い出して切なくなる一方で、うちの雑誌にとっては得だと思いました。海外留学と嘘をついて、実は引きこもり。もしかしたら家族の誰かを殴っているかもしれない。大衆の興味をこの事件に引き留められるネタだ」

由孝が哲学と社会学に傾倒していたことは、彼の蔵書やパソコンのデータからもわかっている。

「でも結局、俺はなかに入らず引き返したんです。緊急の電話が入ったから」

「緊急？」

「とある事件の関係者から連絡があったんです。俺にとって思い入れのあるネタだから、下手を打って関係性を壊したくなかった」

「その人の名前を訊いても？」

「教えられません。通話履歴を照会されたら、わかってしまうことではありますけどね。事情を説明すると、由孝さんは理解してくれました。俺は勝手口から先には足を踏み入れてないし、松葉さんご夫妻には会ってません。もちろん由孝さん殺害にも関与してません」

うろたえることも気色ばむこともなく、一定の調子で小塚は否認した。誘拐事件に関してそうしたのと同じように。

実際、松葉邸からは小塚が滞在していたことを示す痕跡《こんせき》は見つかっていない。殺害現場であるリビングは、犯行後に塔子自身の手で隅々まで掃除されていた。松葉の家を血で汚したまま出ていくことはできないというのがその理由だった。

「由孝のスマホからは、あんたに送った例のメールが削除されてた。なぜだと思う？」

「さあ、まったくわかりません」

その件について塔子は、夫の修がやったことだと供述し、修もそれを認めている。由孝が何か困ったことをしでかしてはいないかと死後にスマートフォンを見て、小塚に宛てた胡乱《うろん》なメールを見つけ、八年前のようにまた迷惑をかけてはいけないと考えてとっさに削除したのだそうだ。ロックはかかっていなかった。パニックで冷静な判断ができなかったと本人は語っている。そのスマートフォンからは、由孝本人と松葉夫妻の指紋が検出されたが、小塚の指紋は出ていない。

小塚と塔子と修、三者の供述に矛盾はなかった。

「最後に、義理の祖母から相続した百万円の使い道は？」

意外な質問だったのか、小塚は眉《まゆ》をひそめた。

「この件とは無関係だと思いますけど」

「それはこちらで判断する」

「ギャンブルですよ。雄飛に三万円しか渡してやれなかった夜からたった数か月後に、あぶく銭が手に入ったんです。使ってしまわないとやってられなかった」


小塚は帰された。二係の事情聴取が終わったからといって、じゃあ次はこっちで、という具合にはいかない。烏丸たちが訊《き》きたかったことは二係が訊き、ひとまず穴のない説明がなされている。

松葉邸からの帰りはタクシーを使ったと小塚は言った。だがそのタクシーは見つかっておらず、見つかったとしても何らかの対処がなされているだろう。また、小塚が小金井という男性と三十分に亘《わた》り通話をしていたことも、通話履歴の照会ですぐさま証明された。ただし、通話をしていたからといって現場にいなかったという証明にはならない。

「くそ生意気な小塚が嘘をついてるとしたら、松葉夫妻と口裏合わせをしてるってことだよな。でも両者にどんな利害の一致があるわけ？」

葉桜以外の捜査員が出払っているのをいいことに、烏丸は不機嫌をあらわにしてつぶやきながら、会議室をぐるぐると歩き回る。

「やっぱポイントは、例の削除されたメールだよね」

烏丸のひとりごとに答えたのは、陣中見舞いと称してやってきた狩野だった。相棒の月岡とともに大量の甘酒缶を持ってきて、そのまま会議室に居座っている。月岡は入り口付近に起立して控えているが、狩野のほうは机に捜査資料を広げて我が物顔だ。葉桜が甘やかすのがよくない。

「みっちゃんはどう思う？」

狩野は持参した甘酒を自分で飲みながら、月岡に尋ねた。甘酒は飲む点滴って聞くよ、などと言っていたが、実際は単に安売りをしていたから選んだに違いないと、烏丸は邪推している。

「私は捜査情報に通じてないので何とも言えません」

月岡は謙虚な口ぶりで答えた。いつ見ても清潔感があって制服がよく似合う。刑事を目指していると葉桜から聞いたが、この制服姿が町から消えるのはもったいない気もする。

「何でもいいんだよ。印象とか想像でも」

「ではお話を伺った限りでの印象ですが、小塚旭という人は、自分は絶対に大丈夫だと確信しているように感じます」

ああたしかに、と烏丸はうなずいた。月岡の表現はしっくりきた。

たいていの人は事情聴取を受けるとなると、たとえ無実であってもうろたえる。身に覚えがあればなおさら、しどろもどろになる者が多い。ちょっと頭が回るやつなら、ぼろを出さないために黙秘する。たとえうまくしゃべったとしても、第三者の証言などと食い違う恐れがあるからだ。しかし小塚の場合は、基本的に沈黙するということはなく、しかもすらすらと淀《よど》みなく語る。最初のころの美織とは対照的だ。

「葉桜」

狩野が捜査資料から顔を上げた。

「みっちゃんが今、すごくいいこと言ったかもしんない」

しまりのない表情と口調はいつもどおりだが、長めの前髪の下で笑みの形をした両目が光っている。月岡はと見れば、軽く目をみはって小首を傾げている。

「小塚旭の聴取の映像、見せて。調書や報告書なんかも、小塚に関するものは何もかもくれ」

「何かわかったのか」

葉桜の問いに狩野は答えず、手渡された紙束を次々にめくっていく。皆が固唾《かたず》を呑《の》んで見守るなか、紙のこすれる音だけが繰り返される。

ひどくもどかしい沈黙のあとで、狩野は言った。

「小塚旭は自分は絶対に大丈夫だと確信なんかしていない」

「なんでそうなる？」

「正確に言えば、大丈夫だと確信していることと、大丈夫だと確信できないことがあるんだ。その境目がどこなのかの見極めは難しいけど、おそらく鍵《かぎ》はあいつだ」

「あいつ？」

「葉桜、提案があるんだけどさ」

告げられた言葉に、誰もが当惑を隠さなかった。

22

神倉駅の改札を抜けてロータリーに出た瞬間、白い光が寝不足気味の旭の目を容赦なく射貫《いぬ》いた。まぶたの奥の痛みを散らそうと、まばたきをしながら歩き出す。平日だが、小京都とも呼ばれる町にはそこそこの人出があった。十月初旬の心地よい晴天の下、陽気でのんきな顔をした観光客が大半のなかで、自分が浮いているのを感じる。

土産物屋が並ぶ通りから横道に入ろうとしたところで、背後から声をかけられた。

「お兄さん、ちょっとお話いいかな。職務質問ってやつね」

声をかけてきたのは、制服姿の警察官だった。それとも実はコスプレなのか。そう疑いたくなるほど、男には警察官らしいところがない。全体的にだらしない雰囲気で、顔つきもへらへらしている。

「俺は神倉駅前交番のおまわりさんだよ」

警察官は駅のほうを顎《あご》で指し示した。

職質に引っかかるのははじめてではないが、慣れているからといっていい気はしない。特に今日みたいな日は。心のなかで舌打ちし、口を開く。

「これから神倉署に行くんですよ。事情聴取に呼ばれてるんです」

「え、ほんと？　ちょっと署に確認するわ。新手の職質切り抜け術だったら困るからね」

警察官は無線を口元に当て、あーあーと声を出した。

「こちら神倉駅前交番の狩野。職質をかけた男性が、そちらで事情聴取を受ける予定だと話してるんだが、確認どうぞ。相手の名前は……名前は？」

問いかけられ、旭はため息をついて答える。

「小塚旭」

「小塚旭さん。……あ、はーい。了解でーす」

狩野は軽薄な調子で通話を終え、改めてこちらを見た。

「じゃ、うちの交番に行こっか」

「は？」

「それがさ、署の取調室がいっぱいで使えないんだって。だから交番を貸してもらえないかって言われちゃってさ。取調官が出向いてくるから待っててくれって。こっちの都合もちょっとは考えろってんだよ、パトロール中なのに。ねえ？」

不自然かつ不愉快な状況だった。わざわざ呼びつけておいて、取調室が使えない？

「俺は日を改めてもかまいませんけど」

「まあまあ、せっかく来たんだからそう言わずに。お茶くらい出すからさ。俺の相棒、安いお茶でもそりゃあ上手に淹《い》れるのよ。実家が和菓子屋なんだって」

妙な押しの強さに抗《あらが》えず、しかたなく交番へ向かうことになった。周囲からの視線が小蝿のようにまとわりついてくる。

交番は無人だった。

「あら、みっちゃんは留守か」

狩野はがっかりした様子で制帽を取り、奥の部屋へと旭を案内した。彼らの休憩に使われているスペースなのか、小さなシンクとテーブルセットが設置されている。

「どうぞ、座って」

奥の椅子を勧められ、とりあえず従った。狩野は旭に背を向け、湯飲みに直接ティーバッグを入れて電気ポットから湯を注ぐ。

「事情聴取って刑事課？　それとも生安とか？」

「刑事課です」

素っ気なく答えると、「だと思った」と返ってきた。

「なんでですか？」

「勘」

作法もへったくれもないやり方で、狩野は緑茶の入った湯飲みを旭の前に置く。自分にも同じものを用意し、向かいに腰を下ろした。

「お茶菓子、食べる？　スナック菓子だけど」

「けっこうです」

「実は俺も何年か前までは刑事課にいてね。取り調べなんかもしてたんだよ」

「そうですか」

　無意味なおしゃべりに付き合わされることに、早くもうんざりし始めていた。こいつらがもう少し職務に熱心なら、自分たちが記事にするようなろくでもない事件のいくつかは減るんじゃないかと思う。

「あれ、リアクション薄いね。元刑事って言ったら、たいていもっと反応してもらえるんだけどなあ。もう聴取は何度か受けてんの？」

「ええ」

「じゃあ、ひょっとして重要参考人？」

「さあ、こっちはただ知ってることを話してるだけなんで」

「このへんの人じゃないよね。わざわざ足を運ぶのは面倒だろうに、ご協力感謝しますよ」

　旭は眉《まゆ》をひそめた。なぜそんなことがわかるのだ。

「え、電車で来たんだよね？　改札から出てきたし」

「そんなところから見てたんですか」

「気を悪くしたならごめんね。うさんくさい人間には自然と目が行っちゃうんだわ」

「どこがうさんくさいのか、後学のために教えてほしいですね」

「そいつは勘弁してよ。企業秘密ってやつだ」

狩野はだらしなく頬杖《ほおづえ》をついてお茶をすすった。

「ところで、なんで署の取調室がいっぱいなのか不思議でしょ。ここだけの話、今、社会的に注目度の高い事件を扱ってんの」

「神倉で注目度の高い事件というと、松葉家関係ですか？」

「そうそう。あ、君もそれ関係？」

認めても問題はないだろう。そうだと言うと、狩野は「そうかあ」と肩を落とした。

警察官にしてはやや長めの髪が額に落ちかかる。

「置き去り事件の現場に最初に臨場したのって俺なのよ」

驚いた。つまり、この男が美織の子どもたちを発見したのか。死んだ真昼と、死にかけた夕夜を。

「ご遺体はけっこう見てきたけど、子どもがあんなふうに亡くなってるのを見るのははじめてでさ。どんな形になるにせよ、早く解決してほしいもんだよ」

「別件についても捜査してるみたいだし、まだかかるんじゃないですかね」

「君のほうが俺よりよっぽど詳しそうだね。俺は捜査にはぜんぜん関わってないもんだからさ。うちのカイシャは縄張り意識が強くて、本部の捜査一課も出張ってきてる刑事課の事件に、地域課のだらだらおまわりなんかお呼びじゃないんだよね。小塚さんはどうという参考人なの？　被疑者の彼氏とか？」

「俺は松葉美織とは無関係です」

「へえ、なら誰と関係が？」

答えかけてやめた。考えなしに受け答えをしていて、事情聴取の内容とうっかり齟齬《そご》が生じでもしたら厄介だ。ここで話したことが刑事の耳に入らないとは限らないし、注意するに越したことはない。そもそも答える必要などないのに、弾みで口が動きそうになるから、このテンポはよくない。

「話したくないですね」

「ま、そりゃそうか。警察が知りたがることなんて、普通に話したくないことが多いよね」

狩野があっさり引き下がったので、なんとなくほっとしたそのとき、

「正近雄飛」

不意打ちのように登場した名前に、一瞬、息が止まった。

「の関係者だったりして」

「……なんでその名前を？」

捜査には関わっていないと言ったばかりではないか。

狩野は頭に手を当て、しまったという顔になった。

「あー、うっかり捜査情報しゃべっちゃったわ。いや、捜査には関わってないんだけど、

元刑事課のよしみで捜査資料をちょこっと見せてもらったんだ。え、本当に正近雄飛の関係者なの？　ひょっとして消息を知ってたりする？」

　警戒心が頭をもたげる。にわか捜査員を気取るつもりか。

「話したくないと言いませんでしたっけ」

「雄飛くんは美織の息子の父親なんだよね？」

　旭はわざとらしく腕時計を見た。本来ならとっくに事情聴取が始まっている時間だ。

「取調官はまだ来ないんですか？」

「あ、そうだね。ちょっと訊《き》いてみるわ」

　狩野は表の部屋へ行き、しばらくして戻ってきた。

「悪いね、まだかかるみたい。君の前の事情聴取が長引いてるんだって。なんなら俺が代わりに事情聴取しようか？」

「内容を知ってるんですか？」

「冗談だよ。でも、個人的に訊いてみたいことはあるかな。たとえば、正近雄飛の子どものころの話とか」

　旭は茶をひとくち飲んだ。湯の味しかしない。

「子どものころ？」

「いま思い出したんだけど、小塚旭くんって雄飛くんとは兄弟同然だったんだよね。一緒に車上生活してたんだって？」

「あのころのことはもう忘れましたよ」

　母は旭にお父さんとの生活を忘れさせようと必死だった。新しい家族と新しい環境で、幼い旭の心を塗り替えようとしていた。成功していれば、旭は今ごろまったく別の人生を歩んでいただろう。

「そうか、二十年近くも前なんだっけね。俺くらいの歳になれば、二十年前なんてほんのちょっと前って感じなんだけど。警察学校での汗と涙の日々は、今でもはっきり思い出せるよ」

「おいくつなんですか？」

「見えないだろうけど、もう四十五よ。警察官歴は二十年以上になるね」

　すると、旭と雄飛が保護されたときにはもう、狩野は神奈川県警にいたわけか。導かれるように、あれからの十八年を思った。お父さんが死に、雄飛が消え、そして美織が我が子を死なせた、長いようであっという間の年月を。

「ところでさ、指紋ってどのくらいの期間、残るか知ってる？」

「なんです、藪《やぶ》から棒に」

「事件の話をしたくないみたいだから、暇つぶしに小ネタでも披露しようかと思って」

　狩野は両の手のひらをこちらへ向けて、指を大きく広げてみせた。ずいぶんと長い指だ。

「……さあ」

本当は知っていた。塔子が由孝を殺害した際、彼女と修との三人がかりで旭がその場にいた痕跡《こんせき》を消したが、帰宅してからやはり不安になって指紋について調べたのだ。

「付着したものと環境によるんだよ。条件が整えばかなり長く残るんだ。何十年も前の指紋が検出できたなんて例もある。すごくない？」

「そうですね」

「反応薄いなあ」

あの夜のことを思い出す。旭が松葉邸に着くと、八年前とは別人になった由孝に出迎えられ、リビングに通された。夜中の来客に驚いた修と塔子も起きてきた。塔子は身支度も中途半端な状態で、旭にコーヒーを淹れてくれた。ちょうど小金井からかかってきた電話は、切らずに通話状態にしておいた。切るべきだったが、大事なネタ元の機嫌を損ねたくなかったし、再び妻に出て行かれて旭しかすがる者がない彼を放り出せなかったというのもある。彼は泥酔状態だったので、こちらの対応がおざなりでも大丈夫だろうと判断した。実際、小金井に後日確認したところ、彼は自分の不始末を謝るばかりで何も聞いてはいなかった。由孝の死後、カップをはじめ旭が触れた可能性のあるものは、すべて洗い、拭《ふ》き、あるいは捨てた。先日の事情聴取の感触では、手抜かりはなかったようだ。松葉夫妻は旭を裏切らない。また、小金井との通話は、旭のアリバイとして完全ではないが一定の効果を持つことになった。由孝の事件において、旭は安全圏にいる。

「正近雄飛の指紋があったら、行方を知る手がかりになるんじゃないかなあ」

だった。

「かもしれませんね」

「俺は残ってると思うんだよね」

旭は思わず狩野を見つめた。

姿を消す前の雄飛の持ち物は、アパートを解約した際にすべて処分された。旭が雄飛のふりをして大家に電話をかけ、その旨を依頼して金を送ったのだ。また、雄飛は何度も補導されているものの、指紋は採られていない。雄飛の指紋は残っていない——はずだった。

「どうかした?」

あの文庫本。美織が雄飛に貸していた『ドン・キホーテ』。美織があれを持っていたと、前に烏丸は言った。雄飛を刺したあと彼女が持ち去ったものは、身代金だけではなかったのだ。今は夕夜のもとにあるという。

だが、紙に付着した指紋は残留期間が比較的長いとはいえ、八年も前の指紋を有効な形で検出するとなると、よほど保存状態がよくなければ不可能なはずだ。

「……考えたこともなかったんで。何か指紋が採れそうなものがあったんですか?」

「お、やっと興味持ってくれたね。何だと思う?」

挑発的に訊かれ、自信が揺らぐ。

「熱いお茶より冷たいもののほうがよかったね」

「え?」

「汗かいてるみたいだから」

　はっとして首筋に手をやった。かすかに湿った肌が冷たい。

「俺って暑さに強いタイプらしくてさ。こっちは平気なのに、相手だけがいつの間にかびっしょり汗かいてるってことがよくあんのよ」

　冷静になれと旭は自分を戒めた。万が一、本から雄飛の指紋が検出されたとしても問題はない。雄飛の行方は警察にはわからない。雄飛さえ見つからなければ大丈夫だ。

「たしかに今日は十月にしては暑いですね」

　旭は意識して笑みを浮かべた。

「ところで、まだだいぶかかるようなら、次の予定もあるんでやっぱり出直しますよ。刑事さんにそう伝えてください」

「あ、そう？　わざわざ来てもらったのに、ほんと申し訳ないね。刑事課の連中には、俺からきつく言っとくよ」

　あっさり受け入れられ、面食らった。今までの引き留めは何だったのか。

　狐につままれたような気持ちで外へ向かいながら、狩野との会話を思い返す。何かまずい受け答えはあっただろうか。いや、問題ないはずだ。

　駅に入る前に交番のほうを振り返ると、狩野は表に立っていて、愛想よく手を振ってみせた。改札を通ったあとで再び見ると、もうその姿はなかった。

　駅前に設置された時計が目に入る。指定されていた事情聴取の開始時刻から一時間が経過している。狩野に奪われたのは時間だけだ。

旭は端に寄り、バッグからスマホを取り出した。普段、仕事やプライベートで使っているものとは別の、もう一台のスマホ。別人の名義で契約した、いわゆる飛ばし携帯だ。飛ばし携帯を使って連絡を取る相手は、たったひとりに限られる。相手も同じく旭専用の飛ばし携帯を持っているが、もしもの場合に備えて互いの電話番号は登録していない。やりとりを文字に残さないようメールなどでの通信もしない。

暗記している番号を入力して通話ボタンをタップする。雄飛の指紋の件は〝あいつ〟にも知らせておいたほうがいいだろう。交番のおまわりさんの与太話だとは思うが、念のためだ。

呼び出し音を十回聞いたが、相手は出なかった。珍しい。仕事中でも休日でも彼は飛ばし携帯を手放さないし、旭からの電話を無視することはありえない。いったん切ってしばらく待ってみたが折り返しの電話もないので、もう一度かけてみる。やはり出ない。

頭のなかに黄信号が灯《とも》った。電話に出られない事情があるのか。今どこで何をしているのか。まさか事情聴取を受けているなんてことは……。

旭のそばで、スーツ姿の若い男が同じように電話を耳に当てている。その深刻な顔を見て、よくあることだと自分に言い聞かせる。考えすぎだ。あの妙な警察官に調子を狂わされているだけだ。警察があいつに目をつける理由がない。

飛ばし携帯を手に持ったまま歩き出そうとしたものの、やはり気になって足を止めた。

思いついて、普段使っているスマートフォンから神倉署に電話をかける。捜査一課の烏丸を呼び出すと、少し待たされたあと本人に替わった。

「小塚さん、今日はたいへん失礼しました」

「松葉家関連で取調室がいっぱいだそうですね。前の事情聴取が長引いてると聞きましたけど、捜査に進展があったんですか？」

「そういったことはお話しできません」

「さっき交番の警察官に、雄飛の指紋が残ってるかもしれないと言われたんです。何かわかったんなら教えてください」

「ああ、そのことですか」

全身が硬くなり、スマートフォンを握る手に力がこもった。本当の話だったのか。

「検出されたんですか？」

「ですから捜査情報は……」

「こっちは最大限、協力してるんですよ。任意の事情聴取に三度も応じ、今日で四度目になるはずでした。無駄足を踏まされなければね。少しくらい融通を利かせてくれてもいいんじゃないですか？」

「申し訳ないですが、立て込んでますので」

強く出てみても、烏丸の対応は変わらなかった。

明かりの消えた黒い画面を、旭は慄然《りつぜん》として見下ろした。自分の指紋がたくさん付着しているのが視認できる。

雄飛の指紋が検出されたとしても、それだけでは意味がない。だがもしも、あいつが指紋を採取され、雄飛の指紋と照合されることになれば。

汗が背中を流れ落ちていくのを感じた。対処しなくては。それも早急に。

そのとき、通話が切れたばかりのスマートフォンが電話の着信を告げた。小金井からだ。よりにもよってこんなときに。逡巡《しゅんじゅん》している時間が惜しかった。旭は通話ボタンを押し、小金井が何か言うより早く「あとでうかがいます、今は時間がなくて」と告げて電話を切った。そしてもう一度、飛ばし携帯からあいつに電話をかける。呼び出し音が連なる。また出ないのか。出られないのか。

そばで電話をしていたスーツの男が、スマートフォンをしまって近づいてきた。

「すみませんが、そのスマートフォンを見せていただけませんか」

明らかに旭に向かって言っている。彼は上着の内ポケットから黒い革製の定期入れのようなものを取り出し、旭の眼前で開いてみせた。

「神奈川県警神倉署の月岡といいます。小塚旭さんですね。今かけている電話のお相手について、署でお話を伺ってもよろしいでしょうか。あなたの仕事にとって大切な、小金井貞夫《さだお》さんよりも大事な通話相手のようですね」

何が起きているのか理解できず、旭はその場に棒立ちになった。中途半端に耳から離した飛ばし携帯は、画面に十一桁《けた》の番号を表示し、呼び出しを続けている。

月岡の視線が動くのを追いかけて、背後を振り返った。改札の外に、狩野がへらへら笑いながら立っていた。当惑した顔の小金井とともに。

神倉署では取調室ではなく会議室に案内された。長方形の長辺に三脚ずつ椅子をセットした机と、脚付きのホワイトボード、それだけでほぼいっぱいの狭くて殺風景な部屋だ。一方の壁には窓があるが、今はブラインドが下ろされている。

「さっきはどうも。こちら、ご存じですよね」

内側からドアを開けた烏丸が、奥の席に腰かけた若い男を振り返った。

児童福祉司の立川真司がそこにいた。

背筋を伸ばし、こわばった顔でこちらを見つめている。その切れ長の目を見た瞬間、旭は危機的な状況にあることを悟った。

まるでいまから会議を始めるところだというように、机の上にはノートパソコンやファイルが載せてある。その左脇に置かれた二台のスマホに、旭の目は吸い寄せられた。飛ばし携帯がなぜそこに。刑事の目の前に。

小塚さんもかけてくださいと、烏丸は立川の隣の席を示した。自身は立川の向かいの席に座り、机の上に置いた書類などを脇へ寄せる。その隣に狩野が腰を下ろす。旭と狩野、立川と烏丸が向き合う恰好《かっこう》になった。月岡は会議室には入らず、ふたりの警察官の背後でドアが閉ざされた。

「ああ、そうだ。小塚さんも所持品を出してもらえませんか？　実は署内で情報漏洩《ろうえい》が発生しまして、録音や録画ができる機器は見えるところに置いておいてほしいんです」

そういうことか。察するに、立川も夕夜の件での打ち合わせか何かの口実で呼び出され、こうしてスマホを出すよう要請されたのだ。立場上、立川は警察に対して素直にふるまわなければならない。少なくとも記者よりは。

「……それは強制ですか？」

「ご協力いただきたいですね」

旭はバッグから仕事用のボイスレコーダーと二台のスマホを出して机に置いた。飛ばし携帯を出すのは避けたかったが、二台を使い分けるところをすでに月岡に目撃されている。これが飛ばし携帯であることと、発信した相手との本当の関係さえ突き止められなければ大丈夫だ。まだなんとかなる。信号は黄色で、赤になってはいない。

「小塚さんもスマホを二台お持ちなんですね」

「用途によって使い分けてるんです」

「小金井さんと私は同じスマホで、立川さんは別のスマホですか」

烏丸は無表情で言い、しらじらしく首を傾げてみせる。

「さっきかけましたよね、電話。立川さんに」

状況が読めた。旭が駅から電話をかけたあのとき、立川のスマホはこうして烏丸の目の前にあったのだ。そして烏丸は、神倉駅にいた月岡と連絡を取り合っていたのだろう。

「おふたりはどういうご関係ですか？」

「記者として電話をしたとだけ言っておきます。ネタに関することは話せませんから」

「あの短時間に三度も、あんなに長く呼び出し続けるなんて、よほど急ぎの用件だったんですね。しかも交番を出た直後にかけて、次に私に捜査状況を尋ね、またすぐに立川さんにかけてる」

「せっかちなんですよ。記者にとって時間は貴重なんで」

「小金井さんが泥酔してかけてきた電話には、松葉家を訪問している最中だったにもかかわらず付き合ったのに？　そしてさっきは、それほど大事な小金井さんからの電話を切って立川さんにかけたんですね。小金井さん、しょんぼりしてたそうですよ。あなたとは強い信頼関係ができてるって話してくれたばかりだったから」

小金井か、立川か。つまり旭は気づかないうちに選択を強いられ、それを見張られていたというわけだ。

「……小金井さんがなぜ神倉駅前にいたんですか？」

「松葉由孝殺害の晩にあなたと通話した件について、もうちょっと詳しく話を聞きたかったから、気分転換にもなると思って神倉にお呼びしたんです」

もちろん実際は、タイミングよく旭に電話をかけさせるために呼んだのだろう。でなければあそこで狩野と一緒にいた説明がつかない。

烏丸は素知らぬ顔で、追及の矛先を立川へと移す。

「でも小塚さんがあんなにせっかちに電話をかけてきたのに、立川さんは三度とも出ませんでしたね。私はどうぞ出てくださいと言ったのに」

「表示されてるのが登録してない番号でしたから」

「ちなみに立川さんは二台をどんなふうに使い分けを？」

「仕事とプライベートです。小塚さんの電話はプライベートのほうにかかってきたので、緊急の案件ではないと思いまして」

すみません、と立川は旭に向かってちょっと頭を下げる。自然体を装おうと努力しているが、旭の目にはあまりうまくいっているようには見えない。それとも、自分は彼をよく知っているからそう思うだけだろうか。

「なるほど。ちょっとそのスマホを見せていただいてもいいですか？」

「え？」

旭は見かねて口を挟んだ。「なんでですか？」

思った以上にとげのある口調になった。

「さっきから何なんです。彼のスマホがどうしたっていうんですか。立川さん、見せることないですよ。本来はこうして机に出しておく必要もないんですから」

「小塚さんのスマホも見せてくださると話が早いんですけど」

「だから……」

制帽を脱いでやりとりを眺めていた狩野が、「まあまあ」と気楽な調子で割って入った。

「ところで小塚さん、ネタに関することは話せないってさっき言ったよね？」

「言いましたが、何か？」

「記者ってのはそうだろうね、と俺も思うんだよ。だからこそ、烏丸とはじめて会ったとき、あなたが自分から小金井さんの件を話したのはなぜなんだろうって」

「え？」

「覚えてない？　烏丸に美織の事件の記事をなぜ自分で書かないのかと訊《き》かれて、あなたは取材中の事件の話を自分から持ち出したんですよ。痛いところを突かれて、無意識に防御したのかな？」

烏丸との会話を思い出そうとするが、うまくいかない。そうだったか？

「今日の聴取はきょうだいそろってちょろいかも」

狩野が烏丸にかけたその言葉に、心臓をなでられたような気がした。机の上にあった立川の手が、小さく跳ねるように動いた。

――きょうだい。

烏肌が立ち、血管がどくどくと脈打ち始める。

「で、例の書類は見つかった？」

「ああ、言ってなかったっけ。あったよ、児相の倉庫に。十八年も前のもんがよく残ってたよ」

十八年前？

無意識に声に出していたらしく、烏丸と狩野が同時にこちらを向いた。

「あなたも知りたがってた指紋の件です。あなたと正近さんが保護されたときに作成された書類から、正近さんの指紋が検出できるかもしれません。指紋は成長しても変わりませんから」

完全なる不意打ちだった。あのときの書類だと？　文庫本じゃなかったのか。思いがけない方向から飛んできた強烈な一撃は、旭の脳を激しく揺さぶり痺《しび》れさせた。

「あ、それはこっちでもらいますよ」

立川の手元にあったファイルに烏丸が手を伸ばす。夕夜関連のファイルだ。

旭ははっと我に返った。それには立川の指紋がついている。

「渡すな！」

とっさに叫んでいた。

同時に立川がファイルをつかんでいた。

静止と静寂の数秒間があり、ファイルを持った手を中途半端に浮かせたまま、立川は青ざめた顔でこちらを見た。

鋭さを増した烏丸の目が、立川を捉《とら》え、旭を捉える。鋭さのなかに隠しきれない興奮を見て取った瞬間、旭は罠《わな》にはまったことを悟った。

「なんで止めるの？」と烏丸が問う。

なんとかごまかせないか。逃げ道を探すが見つからない。どこも行き止まり。混乱する頭で考えてみれば、今ファイルを渡そうが渡すまいが、警察が立川に目をつけた時点で結果は同じだったのだ。どのみち立川の指紋は調べられる。そもそも、こうして一緒に仕事をしているのだから、警察はすでに立川の指紋を手に入れているはずだった。

旭は歯を食いしばり、食いしばった歯の間から声を絞り出した。

「……なぜわかったんですか」

「何のこと？」

しらじらしく首を傾げる烏丸をにらみつける。

「きょうだい、と言いましたよね」

「言ったよ」

「彼が雄飛だと、なぜわかったんですか」

烏丸の目が光った。

「認めたね」

「え？」

「立川真司が正近雄飛だってことを」

言葉が脳に到達するまでに時間がかかった。

立川が——ユウヒが、口を半開きにしてこちらを見ている。黒い髪。あっさりした顔立ち。切れ長の目。整形によって容貌《ようぼう》は変わったが、不思議なことに表情は変わらない。

「狩野がきょうだいって言ったのは、あなたと妹の彩さんのことだよ。今日の午前中に事情聴取してたの」

彩？　まったく思い浮かばなかった。顔もよく思い出せない。

アサヒは狩野のほうへぎこちなく首をひねった。自分がさびついた機械になった気がした。狩野は頬杖《ほおづえ》をつき、この場でひとり、のほほんとしている。

「あんたに呼び止められてからのすべてが罠だったんだな」

予定されていた事情聴取ができなくなったこと。松葉家がらみの事情聴取が盛んに行われており、アサヒの前の聴取が長引いているという話。ユウヒの指紋が検出できる可能性。アサヒの心に不安の種を植え付け、ユウヒに電話をかけさせることが狙いだったのだ。一課の刑事でなく一見無能なおまわりさんが罠にかける役を担ったのも、油断を誘うための作戦だったに違いない。

さらに罠は二段構えだった。立川とのつながりを感づかれたことで、アサヒは自覚している以上に動揺した。そうでなければ、きょうだいという言葉を即座にユウヒに結びつけることも、渡すなと叫ぶこともなかっただろう。

「とんだ茶番だ」

アサヒは鼻で笑った。少なくとも自分ではそうしたつもりだ。

「わざわざこんなまねをしなくても、本当はもうわかってたんでしょう。ユウヒの指紋はすでに検出され、立川の指紋と照合済みだったんじゃないんですか？　俺たちの口からそれ以上の事実が出てくるとでも思いました？」

文庫本からユウヒの指紋が検出され、かつ立川の指紋と照合されることを恐れていたが、立川は立場上、あの本に触っていてもおかしくない。本はいま夕夜のもとにあり、立川は彼を担当する児童福祉司なのだから、触りましたと言えばそれですむと思っていた。

だが、十八年前の指紋が出てしまってはチェックメイトだ。

対して、答える烏丸の態度は淡々としていた。

「正近雄飛の指紋は検出できなかったよ。最初から期待はしてなかったけどね」

「……は？」

「だから、あなたの口から聞けて助かったよ。狩野が言い出した正近雄飛イコール立川真司って説に、私は半信半疑だったんだけど」

虚勢はもろくも剝《は》がれ落ちた。つまりアサヒが余計なことをしなければ、警察には決め手がなかったのだ。正真正銘、アサヒのミスだ。

ユウヒを見た。ユウヒはこわばった顔で狩野を見ていた。

「……どうして気づいた？」

狩野の口角は上がっている。ユウヒの問いを受け、頰杖をついたまま目だけをアサヒのほうへと動かす。

「自爆の傷をえぐるようで悪いけど、理由のひとつは旭くんだ。自分は絶対に大丈夫だと確信しているよう――月岡が君のことを評した言葉だよ。君は松葉美織が逮捕されている状況について、不安も関心も示さなすぎたんだ」

どういうことだ。頭が働かない。

「状況から考えて、八年前の誘拐事件は、松葉美織と正近雄飛と小塚旭の共犯だった」

「俺は……」

「否認してるのは知ってるけど、とりあえず聞いてよ。君は記者であり、誘拐事件の関係者であったにもかかわらず、置き去り事件から距離を取った。記者として致命的だし、さっき言ったとおり、記事を書かない理由を述べたときの不自然な態度は見過ごせない。君と松葉家には特別な関係性があるという疑いには妥当性がある」

先回りして反論を封じられた。刑事でもない巡査が場を仕切ろうとしているのを、烏丸も止めようとはしない。

「かつての共犯者である美織が、置き去り事件で逮捕された。別件での逮捕とはいえ、捜査が過去の誘拐事件にまで及ぶ可能性はあり、実際にそうなった。俺が旭くんなら、どうにか捜査状況を知ろうとするね。でも君はやっぱり動かない。たとえ自分が安全圏にいるとしても、美織がどんな供述をするのか気になっちゃうのが人間ってもんだ。だから俺はね、旭《か》くんが捜査状況を把握する別の方法を持ってるんじゃないかって思ったのよ。自分で嗅ぎ回るより確実で自然な方法を。誰か情報源がいるんじゃないかって考えたところで、立川さんと正近雄飛のある共通点に思い当たった」

「共通点……？」

「それはちょっと後回しにするね。いいかい？　立川さん＝正近雄飛と仮定すると、面会後の美織の態度の変化に説明がつくんだよね。美織が黙秘を続けてた間は誰も面会ができなかった。彼女は弁護士をつけてないし、手紙のやりとりもしてない。面会許可が出たあとも、会ったのは夕夜だけ。つまり外の人間と接触する機会はそのときしかなかったわけだ。そして面会のあと、美織は突然、正近雄飛と共謀して狂言誘拐をやってのけたことを自供した。面会の場にいたのは、夕夜、烏丸、看守、俺、それに立川さん」

名前を口にするとき、狩野は再びユウヒを見た。逃げろとアサヒは叫びたくなった。ユウヒは軽く握った拳《こぶし》を机に乗せ、じっと話を聞いている。

「思えば、立川さんは夕夜担当の児童福祉司として、烏丸と綿密に連絡を取り合ってる。夕夜の事情聴取にも立ち会うし、母親である美織の状態や捜査状況についてもある程度は情報を共有してるはずだよね。あの面会のとき、美織と立川さんは何らかのメッセージを伝え合ったんだ」

「あんたもその場にいたんでしょう。そういう会話があったんですか？」

「それがわからないんだよね。結婚してるか、みたいなやりとりはあったけど、その場では何も不審に思わなかった」

「だったら……」

「ってことは、メッセージは互いにだけわかる形で仕込まれてたんだ。そんなことができるとすれば、美織と立川さんはかなり親しい関係のはずだ。これまでの捜査で判明してる限り、美織にとってそんな相手は正近雄飛しかいない。そんなわけで、ちょっと調べてみたわけよ。立川さんは神奈川県の職員だから、県の採用担当者に言って履歴書を見せてもらったんだ。それでわかったのは、立川さんが鹿児島県出身で、二〇一二年に高卒認定を受けて、福祉の道に入ってるってこと。小中学校時代は引きこもりで高校には進学せずにずっと家にいたって、職場の人には話してたんだってね」

狩野がひとりでしゃべるだけで、ユウヒは黙っている。アサヒも言葉が出てこない。

「二〇一二年といえば、正近雄飛が消息を絶った年だ。雄飛が消えてすぐに、立川真司が表に現れてる。そしてこの二〇一二年に、旭くん、君は祖母から相続した百万円を使い果たした。ギャンブルに使ったと君は説明したけど、本当は正近雄飛が立川真司になるための整形費用に使われたんだね。根拠はさっき言ったように、正近雄飛と立川真司のある共通点だ。立川さん、わかるかな？」

ユウヒはやはり答えない。

「当時のカルテによれば、正近雄飛は包丁で腹を刺されているから、立川さんのおなかには傷跡が残っているだろう。でも、俺が言いたいのはそれじゃない。ホルンの調理室で夕夜が包丁を持ち出したあのとき。刃先を自分のほうへ向けられたとたんに、立川さんはひどく怯《おび》えた様子で凍りついたように動けなくなった。もちろん怖がるのは普通だけど、それまでは夕夜に呼びかけたり歩み寄ろうとしたりしてたのに、あの反応は思い返せばあまりに唐突で過敏だった。似たような反応を示したことがあるのが、じつは正近雄飛なんだよ。足立区で起きた現金強奪未遂事件の直前に、彼はグループを追い出されてる。当時のメンバーがそのときのことを知り合いの元刑事に話したそうなんだ。グループ内でけんかがあって、誰かが刃物を持ち出した。正近はそれを見たとたん、みんながあきれるほど異様に怯えて動けなくなった。おそらく正近は、美織に刺されたことが原因で刃物にトラウマ的な恐怖心を抱くようになってたんだ」

喉《のど》も口もからからに干上がっている。ホルンで起きたその騒動のことはアサヒも聞いていたが、そんな状況で狩野は立川の変化を見落とさなかったのか。

「鹿児島の児童相談所にも問い合わせたら、向こうの担当者は、立川さんちの真司くんに一度も面会できなかったことを、しぶしぶ認めたよ。立川家っていうのは、地元の警察も介入するのに二の足を踏むような、そうとう厄介な家らしいね。立川真司は事実上の居所不明児童だった」

頬杖も笑みもそのままに、昼下がりの喫茶店で「これからどうする？」と問いかけるような軽い調子で、狩野はユウヒを見つめて続けた。

「正近雄飛が立川真司に成り代わったんだね」

笑わなければと思った。荒唐無稽《こうとうむけい》だと一笑に付してしまわなければ。だが全身がこわばって、頬の筋肉ひとつ思いどおりにならない。

ユウヒの拳に力が入り、また緩むのが、視界の端に映った。拳《けん》ダコはとうに消えたのに。耳のピアスホールもふさがったのに。

ユウヒが静かに顔を上げた。

「成り代わったんじゃない。戻ったんです」

アサヒははじかれたようにユウヒを見た。やめろ、何を言うんだ。認める必要なんかない。狩野に見抜かれたのは手痛い誤算だが、証拠はないのだ。アサヒのへまなど、しらばっくれてしまえばいい。

「いいんだ」

ユウヒは首を横に振った。

「俺の事情に巻き込んで、兄ちゃんにはずいぶん迷惑かけた」

「言うな」

まだなんとかなる。まだ行ける。

ほほえみらしきものをちらりと浮かべてから、ユウヒは狩野に向き直った。

「俺が正近雄飛です。そして生まれたときの名前は、立川真司でした」

声はこの上なく明瞭《めいりょう》で、ごまかしの余地などみじんもない。

頭のなかの信号が黄から赤に変わった。赤は止まれ。もうどこへも行けない。

場所を変えようと烏丸が言った。ひとりずつの正式な取り調べに切り替えようというのだろう。しかしユウヒは拒否した。

「このまま兄もいるところで話がしたいです。これは俺たちの話ですから」

烏丸と狩野が視線を交わす。警察官たちの無言の会話は短く、烏丸が「いいよ」と答えて居住まいを正した。

ユウヒはゆっくりと深呼吸をして、それから落ち着いたトーンで語り始めた。

「八年前の事件については、だいたい美織が供述したとおりです。ただし誘拐にはもうひとり共犯者がいました。美織もそのことは知ってましたが、それが兄であることは知りませんでした」

烏丸が視線をよこしたが、アサヒは無視した。もう否定する気はない。ユウヒと自分とは一蓮托生《いちれんたくしょう》。八年前の秋の夜、ユウヒからお父さんの死の真相を打ち明けられたあの夜に、決めたのだ。兄弟でいようと。

あのとき、努力しても結局「普通」にはなれなかった自分を受け入れた。俺は正近旭だ。表面は小塚旭でも、本質はそうだ。アサヒとユウヒ、ふたりの根っこはずっと同じ場所にある。

「美織に刺されたあと俺に残ったのは、腹の傷と、金が必要な現実でした。俺は焦って、狂言誘拐よりもっとまずい計画に飛びついて、裏切り者として追われる羽目になった。きっと殺されるんだって半分あきらめてた。でも兄が三万円をくれて、俺が何とかするから、今はこれで逃げられるだけ逃げてくれって言ってくれたんです。身を潜めている間に、里親の父が亡くなりハレの閉鎖も決まってしまった。いっそ自分から死のうと思った。だけど兄が俺をあきらめなかった。あとになって百万円をくれて、正近雄飛として死んで、別人として生き直せと勧めてくれた」

ユウヒをあきらめるという選択肢はアサヒにはなかった。それは自分という人間をあきらめるのと同義だったから。

「俺は三歳のときに親元からさらわれたそうですが、そんな事実は公にはされず、戸籍もそのまま残っていました。立川真司に戻ることはいつでも可能だったんです。立川の親を訪ねてそうすると告げると、好きにしろと言われました。ただし、そのことは誰にも言うなと。息子が連れ去られたのを放置してたことは彼らにとっても具合が悪かったんでしょう、こっちから口止めする手間が省けましたよ」

ユウヒは立川真司となり、顔を変え、過去を捨てた。無力感と後悔が指の先まで詰まった十代の少年は、徐々に新たな人生を歩み始め、大人になって児童福祉司という職業を選んだ。アサヒは他人のふりをしながら、見えないところで弟と寄り添って生きてきた。そうやって密《ひそ》やかに穏やかに人生が続いていくのだと思っていた。

ところが、あの置き去り事件が起きた。最初は、自分たちとは無関係の痛ましい出来事でしかなかった。しかし被疑者の身元が判明して、状況は一変した。

「美織が逮捕されたと知って、まずいと思いました。過去の誘拐のこともばれてしまうんじゃないかと。そしたら芋づる式に、現金強奪のグループに俺の存在が知られてしまう結果につながるんじゃないかって。名前と顔を変えても不安は拭《ぬぐ》いきれなかった」

「だから夕夜の担当に立候補した？　捜査状況や美織の様子を知るために。あれは美織の身元が判明した直後だったよね。そして夕夜と美織を面会させるよう求めたのも君だった」

「美織に会って、俺が正近雄飛であることを知らせ、俺にとって不都合な供述をしないよう口止めするのが目的でした。夕夜は人質です。夕夜と接していて、美織は息子のためなら要求を呑《の》むと踏んだんです」

「君ら、テレパシーが使えるわけじゃないよね？」

「整形しても声は変わってないから、ほのめかすようなことをいくつも口にすれば、俺が雄飛だってことは伝えられるんじゃないかって。だけど面会に警察官がふたりもついてくると知って、無理かもしれないと思い直しました。でもそんな目論見《もくろみ》も不安も、美織の姿を見た瞬間に吹き飛んでしまった。夕夜と同じように、俺もショックを受けたんです。高校生のころの彼女とはまるで別人だった。俺と関わったことで美織はこうなってしまったんじゃないかって思ったら、申し訳なさで頭がいっぱいになった。夕夜にアナフィラキシーを起こさせてしまったことも含めて、彼女に心から謝罪しました。……結果的に最初の目論見は成功しました。あれだけしゃべったおかげで、美織は俺の声にやっと気づけたみたいだった。さらに俺の手を見て確信したんだと思います。彼女は俺の手が好きだとよく言っていたから。あとは状況と目配せだけで、こっちの要求と後悔を読み取りました」

「で、君にとって不都合な情報は伏せて狂言誘拐と傷害を自供した？」

「俺と会って夕夜のことを考えて、合理的に判断したんだと思います」

そこで、狩野に場を譲っていた烏丸が口を挟んだ。

「そりゃ違うよ」

両目が怒りに燃えている。軽蔑《けいべつ》と不可分の怒りだ。母がアサヒの言動に元夫の影響を見て取ったとき、こういう目をしていた。

「あんたに会う前から、松葉美織は覚悟を決めてた。ひと目、夕夜くんと会って、それから自供する気だったんだよ。あんたと再会して内容は変えたかもしれないけど、自供したのは彼女の意志だった」

「……そうですか」

「あんた、児童福祉司だろ。しかも夕夜くんの父親だろ」

「夕夜には申し訳ないと思ってます」

「申し訳ないって」

「もう逃げ隠れはしません。誘拐事件の詳細もすべてお話しします。ただ、兄は俺に懇願されてしかたなく協力しただけなんです。分け前を受け取ることも拒否しました」

非難を甘んじて受けるユウヒの姿に、胸が詰まった。美織は覚悟を決めていたと烏丸は言ったが、ユウヒもまた覚悟を決めている。

「なるほどねえ」

狩野が感心したように言って、頬杖《ほおづえ》をやめた。

「一回死んで生き直してる人間ってのは、やっぱ強いね。ここまで追いつめられてもなお、誠実そうな顔で嘘をつく」

驚愕《きょうがく》を表に出さずにいられたか、自信がない。この男は、どこまで。

「嘘……？」

当惑を装うユウヒも、内心はひどく動揺しているだろう。烏丸ひとりが何のことだかわかっていない様子だ。

「隠してることがまだあるよね」

「いったい……」

「旭くんはなぜ松葉由孝に会いに行ったのか。旭くんは基本的に美織の事件と距離を置こうとしているのに、この行動はやっぱりおかしい。なので、俺はまずこう考えた。松葉由孝も狂言誘拐の共犯者だったんじゃないかって。君の罪、僕の罪、という仄《ほの》めかしもあったしね。美織は旭くんが共犯であることを知らないが、由孝は知っている、または今になって気づいたという図式は成り立つ。雄飛が消えて美織と旭くんをつなぐラインは消失しても、由孝は残っている。由孝がアメリカにいてくれるおかげで旭くんは安全圏にいられたけど、実際は自宅で引きこもりをしていたとなったら話は別だ。旭くんは由孝を説得しに行った……でも、これだとしっくりこない。松葉夫妻が苦労して旭くんの来訪を隠した説明がつかない。由孝は狂言誘拐の共犯者じゃないし、旭くんが由孝に会いに行った理由は別にある」

そこでいったん言葉を切ってから、狩野は告げた。

「文鳥」

ユウヒの体が震えた。狩野は目を細め、前髪の作る影のなかからユウヒを見つめる。

「夕夜は文鳥のきょうだいに暴力をふるったんだってね。でも、君はその件を烏丸には伝えなかった」

「……それが何か。必要ないと判断したんです。夕夜が精神的に不安定な状態にあることは知らせてあったので、個別の案件をいちいち報告しなくてもいいと」

「立川さんの熱心で細やかな仕事ぶりは、子どもたちからも職員たちからも聞いてる。君はその件を警察には隠したかったんだ」

机の下でアサヒは自分の手をつかんだ。無意識に握りしめていた拳《こぶし》が震えそうだったからだ。

「夕夜は話してくれたよ。誰にも言えずに抱えてきた罪を」

「夕夜に罪なんかない」

ユウヒの声がひびわれる。

「自分がどう思うかって話だよ。事実がどうであれ自分で罪だと思えば、自責の念に苛《さいな》まれる。自分が自分を許せるまで、ずっと自分を罰し続けることになる。誰にも打ち明けられなければ、なおさらだ」

スティックシュガーの安っぽい甘さが舌によみがえった。お父さんを殺したアサヒ。その原因を作ったユウヒ。互いの罪を分かち合うまでの十年間を思い出す。

「美織が子どもたちを置き去りにしたとき、夕夜は真昼ちゃんとままごとをしてた。真昼ちゃんは前日に赤ちゃんの人形を買ってもらったばかりで、自分はママ役になり、それまでは赤ちゃん役だった夕夜をパパ役にしたそうだ。夕夜が文鳥に暴力をふるったとき、文鳥のきょうだいは交尾しようとしてたらしいね。夕夜はそれを見て、あのときのままごとを思い出したんだ。ままごとをして騒いだから、ママが怒って怪獣になり、マンションを出て行ってしまったんだと夕夜は思ってる。でもそうじゃない。美織が急に錯乱状態に陥ったのは、フラッシュバックを起こしたからだ」

「……フラッシュバック？　何の根拠があって」

黙って狩野をにらみつけるユウヒに代わって、アサヒは抵抗を試みた。しかし答えはちゃんと用意されていた。

「夕夜はゴキブリを食べさせられてアナフィラキシーショックを起こした。甲殻類アレルギーの交叉《こうさ》反応ってやつでね。実は、夕夜の関係者のなかにアレルギー体質の人がいたんだ」

拳をつかむ手に力をこめる。その手のひらも汗ばんでいる。

「松葉由孝。彼は小学生のとき、何回か学校で倒れたことがある。栄養や睡眠が不足してたのか精神的なものか原因は不明だけど、昼休みに倒れたっていう一回はそれとは別だ。詳しく訊《き》いてみたら、休み時間はいつも自分の席で勉強してた由孝を、その日は担任がたまにはみんなと外で遊べって運動場へ行かせたんだってさ。由孝はクラスメートに交じってドッジボールをしてたけど、しばらくすると突然、気を失った。全身に発疹《はっしん》があり、呼吸困難も起こしてたって。食物依存性運動誘発アナフィラキシーっていって、アレルギーの原因物質を摂取後、数時間内に運動をすることで発症するらしい。その日の給食はシーフードカレーで、海老《えび》が入ってた」

「夕夜は由孝の甥《おい》ですよ。体質が似てたって何も不思議じゃない」

「ちなみに、アレルギー体質は親から子へ遺伝すると考えられている。同じものに反応するとは限らないけどね。雄飛くん、アレルギーはどう？」

それって、と烏丸が吐息混じりの声を漏らす。

「君が本当に夕夜の父親なのかどうかは、DNA鑑定をすればわかることだよ」

ユウヒが下を向いた。全身の骨や筋肉、食いしばった歯の軋《きし》む音が聞こえるようだった。

正近雄飛は夕夜の父親ではない。ユウヒと美織がそういう関係になったことは一度もない。アサヒも昔はふたりの仲を疑ったものだが、ユウヒの口からきっぱり否定された。ユウヒにとって美織は、ハレで接してきた子どもたち、過去の自分と似た境遇にある子どもたちのひとりにすぎなかった。

「美織が夕夜の父親を偽ったこと。きょうだいのままごとを見たときの過剰な反応。アレルギー。由孝が夕夜の父親だと想定するのは、さほど無理な話ではないんじゃないかな」

ユウヒが夕夜の父親ではないのと同様に、それも調べればわかってしまうことだ。

いつの間にか狩野の笑みは消えていた。

「フラッシュバックを起こすほどのトラウマになってるとしたら、本意じゃなかっただろう。美織は実の兄から性的暴行を受けて夕夜を妊娠した。由孝が旭くんへのメールに書いた『僕の罪』が妹を妊娠させたことだと考えれば、最近になって罪に『気づいた』っていうのも納得だ。ホルンをたびたび訪れて夕夜の情報を探ってた男がいたよね。俺は見てないけど、その風貌《ふうぼう》は由孝と酷似してる。由孝は夕夜の誕生日やアレルギー体質を知って、自分の子だと確信したんじゃないかな」

今日は暖かい秋晴れで、背後には窓があるはずなのに、背筋が凍りついたようだった。それに、いやに暗い。

ふいに、子どものころにしょっちゅう見ていた神社の狐を思い出した。賽銭《さいせん》を盗みに入るとき闇のなかからこちらを見つめる目が、本当はいつも少し怖かったのに、お父さんとユウヒの手前、なんでもないふりをしていた。狩野の目つきは、あの狐を思い起こさせる。

「以上のことを踏まえて、八年前の例の疑問に立ち返ろう。身代金受け渡しの当日になって急に運搬役が変更された件だ。犯人の指示は、由孝以外の人物に替えること。他の誰かを指名するんじゃなくて、ただ由孝を外せと言ってきた」

狐が見ている。ひたひたと迫ってくる。

「身代金の運搬役は着ぐるみを着て走らされた。松葉修の証言によると、由孝に代わって運搬役になった旭くんは、着ぐるみに付着してたダニだかノミだかに刺されて大変だったらしいね。ここでさっきのアレルギーの話だけど、甲殻類アレルギーの人間がゴキブリにも反応するのと同じ理屈で、ダニにも反応することがある。つまり犯人の最初の指示どおり由孝が運搬役を務めてたら、アナフィラキシーショックを起こしてたかもしれないわけだ。身代金の受け渡し後は山奥のトイレに閉じ込められてたから、救助は望めなかっただろう」

あの時点ではアサヒもまだ知らなかった。着ぐるみで走らせることにも、無人の廃キャンプ場の先にゴールを設定することにも、トイレのドアに細工をすることにも、アサヒが理解していたのとは違う意味があったのだ。

狂言誘拐の裏に隠されたもうひとつの――真の目的。

「君たちは由孝を事故に見せかけて殺そうとしてたんだ」

由孝はもちろん、アレルギーには注意していたはずだ。しかし交叉反応まで意識している人間はそう多くはないだろう。

ユウヒが刺されて入院したあとで、アサヒはすべてを知らされた。殺人計画も、その動機も。結局、実行しなかった理由も。

「土壇場で中止したのは、怖気《おじけ》づいたから？」

狩野の声が遠い。病院から電話をかけてきたユウヒの、悲痛な声がよみがえる。

――兄ちゃんと一緒に過ごすうちに迷いが大きくなっていったんだ。兄ちゃんに殺人の片棒を担がせていいのか、お父さんのときと同じことをするのかって。

悩んだ末にユウヒは独断で計画を中止したが、それは美織への裏切りにほかならなかった。

そもそもユウヒと出会ったころの美織は、自己評価が極端に低く、置かれた境遇をしかたのないものと受け入れていた。母の厳しい教育に耐える兄をかわいそうに思い、自分だけが楽をしていると申し訳なくさえ感じていた。それは間違いだと教えたのはユウヒだ。ユウヒに出会って、美織は目覚めた。自分が受けてきた暴力の理不尽さとむごさに気づき、絶望した。怒っていい、憎んでいいと知った。由孝を殺したいと訴えた美織に、ユウヒは安易に同意した。由孝にはそれだけの罪があり、美織にはそうする権利があると背中を押した。にもかかわらず、ユウヒはアサヒのために約束を反故《ほご》にしたのだ。

狂言誘拐をやってのけたあと最初に目を開け、そこに由孝の姿があったとき、美織の胸中はどんなものだっただろう。美織に刺されたことは誰にも言わないとユウヒは決め、そして八年の月日が流れた。美織が由孝の子を産み落としているなんて夢にも思わずに。

こちらの返答を得ることには執着せず、狩野はユウヒを見て続ける。

「君が夕夜の担当に立候補したのは、捜査の情報を得るためだったって言ってたけど、本当に安全策を取るなら、まったく関わらないほうがよかった。現状、正近雄飛の存在を消すことには成功してたわけだしね。自分で担当せずとも、捜査情報を得ることは充分可能だろうし。実際、君が美織に会わなければ、俺たちは雄飛を見つけられなかった」

　アサヒも何度も言ったことだった。関わるなと口をすっぱくして止めた。ユウヒは決断力と行動力に優れる半面、感情的で短絡的だ。

「君がこの期に及んで真実を隠そうとするのを見て、ひらめいたよ。夕夜が由孝の子であることに、君は最初から気づいてた。そして夕夜と美織の力になりたいと思ったんだ。美織と面会したのももともと口止めのためじゃなく、夕夜には自分がついてるって伝えたかったんじゃないの。そもそも君の夕夜への関わり方は、ただ保身のために利用してるようには見えないよ。やっちゃんもそう思わない？」

「……まあね」

「君みたいな優しい人が相手だと、俺たち警察は筋読みに困るわ。自分を刺して金を持ち逃げした女とその子どもを、自分の身を危険にさらしてまで助けてやろうだなんて、まったく合理的じゃない」

　どんなに言葉を尽くしても、理屈ではユウヒを説得することはできなかった。ユウヒを衝《つ》き動かしたのは、八年前から抱き続けていた罪の意識だ。あのとき自分が裏切らなければと、ユウヒは自分を責めた。夕夜のために力を尽くすことは、美織を切り捨てた過去の穴埋めでもあったのだ。

「美織は雄飛くんの意図を正確に受け取ったんだね。夕夜の出生の秘密に思い至ったとき、面会で彼女が口にした言葉の意味がわかったよ。父親は正近雄飛だと強調したあとで、『ドン・キホーテ』を引き合いに出して言った。幻想は幻想のままがいいって。それから、夕夜にヒーローがいることを信じさせてくれって。あれは雄飛くんへのメッセージだったんだ」

〝夕夜が残酷な真実を知ることがないようにして〟

由孝に対する殺人計画だけは隠し通すと、美織は決めていた。その動機——夕夜の出生の秘密を守り通すと。

頼まれるまでもなく、ユウヒもともとよりそのつもりだった。俺は実の父親のことなんて知りたくなかったとユウヒは言った。事件が明るみに出れば、いかに周囲の大人が配慮しようが、夕夜自身もどこかで真実を知ってしまうかもしれない。夕夜がホルンにいることが公然の秘密になってしまっているのが証左だ。人の口に戸は立てられない。ましてや今は調べるということが容易な時代だ。

そして、逆に秘密を公表したがる者もいた。

『僕は僕の罪に気づいたよ』——由孝はアサヒを家に呼び、美織への性的虐待を告白した。夕夜が自分の息子であろうことも。同席した松葉夫妻は顔面蒼白《そうはく》になり、口もきけずに震えていた。彼らは気づいていなかったのだ。息子が陥っていた地獄の下に、さらなる地獄があったことに。

──虐待の連鎖だよ。祖父から母へ、母から僕へ、僕から美織へ、美織から夕夜と真昼へ。連鎖の果てに幼い命が失われてしまったんだ。この家で起きたことは、つまびらかにされ公表されなければならない。社会のために。

だから記者である君を呼んだんだと、由孝は真剣な面持ちで主張した。怖いほど澄み切った、心の底から悲しそうな目をしていた。

まるきり容姿が変わった由孝を前にして、アサヒは改めて八年という歳月を思った。その間、由孝は引きこもり、ひたすら社会正義について考え続けていたのだ。水底の石が苔《こけ》に覆われるように、清らかな精神を独自の思想が厚く厚く包んだ。思いとどまらせようとするアサヒの言葉は、そのなかにいる由孝には届かなかった。無垢《むく》な正義感の命じるままに、彼はすべてを破壊してしまう。

止めたのは塔子だった。由孝がアサヒとの会話に集中している隙を突いて、包丁で喉《のど》を切り裂いたのだ。教育の名を借りた暴力で息子を苦しめた彼女は、最後まで暴力に頼った。ごめんね、ごめんね、ごめんね。血まみれで口をぱくぱくさせる息子にすがりつき、塔子は謝罪を繰り返した。お母さん、ひどいことをしてごめんね。何もできなかった修は、床にうずくまってうなり声をあげた。

「……『ドン・キホーテ』のラストがどんなのか、知ってるか」

ずっと黙って下を向いていたユウヒが、低い声で言って顔を上げた。ゆがんだ顔とぎらぎらした目を見た瞬間、アサヒの喉からあえぐような息が漏れた。

「狂気の騎士ドン・キホーテは、正気に返ってただの老いた郷士キハーノに戻る。そしてキハーノ自身が、ドン・キホーテの冒険のすべてを否定し、狂気に陥ってた日々を恥じて死ぬんだ。そんなのは悲しくて嫌だとミオは言った」

ユウヒからそれを聞いたとき、八年前に一度だけ言葉を交わした少女の幻影を見た。向こうはアサヒを覚えていなかったようだが、彼女は暮れかけた公園でひとり『ドン・キホーテ』を読んでいた。アサヒの目には幸せそうに映ったあのとき、少女は何を思っていたのだろう。自分が地獄にいると知っていた。もう幻想からは覚めていたはずだ。

「虐待の連鎖という現実にミオは負けた。あいつが夕夜に残してやれるものは、もう幻想しかないんだ。取り上げなくてもいいじゃないか。そのくらい、いいじゃないか」

ユウヒはなじりながら、すがっていた。これはユウヒ自身の叫びなのだと思った。

その声を、狩野は動じるふうもなく受け止める。

「俺たち警察の仕事は、解き明かすこと。解き明かしたものをどう扱うかは、司法の仕事だ」

「クソ野郎が」

「君たちの嘘は、真昼ちゃんの死を矮小化してしまう」

ユウヒは大きく目を見開いた。

「生きてる人間の未来はもちろん大事だけど、だからってもの言えぬ被害者が軽んじられちゃいけない。それに、夕夜は自分のせいだっていう間違った罪悪感に苦しみ続けてる。真昼ちゃんとふたりきりで閉じ込められたあの地獄に囚《とら》われてる。夕夜を地獄から救うために必要なものは何なのか。君たちは幻想こそが答えだと思ってるようだけど、なんで正解だと言い切れる？　夕夜を救うのはまったく別のものかもしれないのに？　君たちも、もちろん俺も、夕夜じゃない。夕夜の苦しみは夕夜だけのものだ。君たちは無意識のうちに、自分たちの苦しみを夕夜に被《かぶ》せて、夕夜を救うかもしれない別の可能性を遮断してしまっているんだ。俺たち大人がなすべきは、夕夜がいつか事実を知ったとして、そのときにしっかりと立っていられる人間になれるよう、力を尽くすこと」

ぎくりとした。夕夜を救うのは幻想の父親なのかという疑問が、アサヒのなかには漠然と存在していたからだ。だが、他でもないユウヒがそう確信しているのなら自分は——。

ユウヒの口が開いたが、唇がわなないただけで言葉は出ない。

「幻想を必要としたのは夕夜じゃない、君たちだ。美織に対する罪悪感の埋め合わせに夕夜を利用するな」

狩野は突き放すように言って、烏丸に視線を移した。

「きっちり美織を落とせよ」

「……言われなくても」

全身から急激に力が抜けていくのを感じた。その一方で、いつかこうなることを前から知っていたような気もした。お父さんとアサヒとユウヒの三人ぼっちの世界だって、あんなにも突然に終わったのだから。

自分たちの乗った車はいつの間にかひどい悪路に迷い込んでいた。濃い霧に視界は閉ざされ、振動のたびにシートベルトが胸を圧迫する。ひとときも気が休まらない。そしてついにタイヤがぬかるみにはまり込み、抜け出せなくなった。狭い一本道で、方向転換も引き返すこともできない。どうしてこんなことになった。どこで間違えた。美織を乗せて降ろしたときか。いや、違う。きっともっと前だ。

虚脱状態になったユウヒが、のろのろとこちらへ顔を向ける。

「……兄ちゃん、ごめん」

アサヒはかぶりを振った。それでは足りないと思ったが、言葉が見つからなかったので、もういちど振った。ユウヒの喉仏が大きく動く。

「ところで、雄飛くんにひとつ訊《き》いていいかな」

狩野が首を傾げて言った。

「正近雄飛の人生を捨てたあと、神奈川に残ったのはどうして。里親もハレも失った以上、君を知る者のいない新しい土地で再出発したほうがどう考えてもよかったろ」

ユウヒは皮肉げに唇を曲げた。立川真司になってからはじめて見る表情だった。

「どこへも行きたくなかったからだよ。お父さんが人生を終えたこの町が、俺の場所だ。俺がそう決めた。どこかへ行くのはもうたくさんだ」

ユウヒの感傷と意地が、アサヒにはよくわかる。お父さんによって誘拐され、日本じゅうを連れ回され、最後には鹿児島に帰すと言われたユウヒ。お父さんの死後は、社会のルールによって兄であるアサヒと引き離され、社会の用意したお仕着せの枠のなかで生きることを強いられた。

　生まれ変わったならば、いたいところにいる。自分で自分の場所を決める。普通に生きてきた者、選択の権利を当たり前に持っていた者には、願いにすらならない願い。

　狩野の顔がふいに翳《かげ》った。

「自死ってのは嫌なもんだな。わけがわからないまま置き去りにされる」

　その瞬間、アサヒの心臓が大きく跳ねた。唐突に出てきた自死という単語に、ユウヒは当惑している。何か言わなくてはと思うのに、口のなかが乾いて舌がうまく回らない。

「旭くんが小金井さんに思い入れた理由、小金井さんが旭くんならと心を許した理由、わかる気がするよ」

「それってどういう意味ですか？」

「だって君たちの……」

　ユウヒの問いに答えようとして、狩野は途中ではっとしたように口をつぐみ、それからばつが悪そうに目を逸《そ》らした。

「狩野さん？」

　急に勢いを失った狩野に代わって、烏丸が口を開く。

「弟には本当のことを伝えてなかったんだね」

烏丸は静かなまなざしでアサヒとユウヒを順に見た。胸騒ぎが激しくなる。動かなくなった車のエンジンがうなりを発する。ぬかるみでタイヤが空回りする。

「当時あなたたち兄弟がどう聞いたかわからないけど、あなたたちのお父さん——正近卓爾さんは自死したんだよ。車に排気ガスを引き込んでの中毒死だった」

ユウヒはまるで知らない言語を聞かされたようだった。

アサヒの脳裏にお父さんの顔が浮かぶ。笑顔と、そしてふさぎ込んだ顔が。

「なに言ってんだよ！」

突然、ユウヒが激高した。立ち上がって身を乗り出し、烏丸につかみかかろうとする。

「そんなわけねえだろ。だってお父さんは……」

そう、アサヒが殺したのだ。ユウヒの言葉に乗せられ、甘いスティックシュガーで。そう信じ込んでいた。記者として働き出す前までは。

狩野が烏丸を庇《かば》うように身を乗り出す。落ち着けと烏丸が声を張り上げる。廊下に待機していたらしい月岡が飛び込んできて、ユウヒを取り押さえようとする。

アサヒはただ見ていることしかできなかった。頭のなかが空洞になったみたいに、何も考えられない。狩野の苦い声が右の耳から左の耳へと抜けていく。

「今さらこんなこと言われて、受け入れられないのはわかる。でも事実なんだ。車に遺書みたいなメモがあった」

「でたらめだ！」

「それで君たちの居場所と名前がわかったんだよ」

「お父さんは俺たちが殺したんだ！」

机にうつ伏せに押さえつけられたユウヒが、身をよじって叫んだ。

「殺した？」

狩野がいぶかしげに眉《まゆ》を寄せる。

「そうだよ、ガソリンタンクにスティックシュガーを入れたんだ！　それでエンジンが……」

「そんなことでエンジンは壊れないんだ」

アサヒは自分のものではない自分の声を聴いた。

ユウヒの言葉が止まり、動きが止まる。ほんの一秒のことだったが、完全な静寂が場を支配した。

「……嘘だ！」

再びユウヒが叫ぶ。しかし体は動かないままだ。

「お父さんが俺たちを残して死んだりするもんか！」

月岡による拘束が緩んだのか、ユウヒは首をひねってこちらを見た。そうだろ、と充血した目が訴えている。

だが、アサヒは答えられなかった。八年前のあの夜、手つかずのチャーハンを挟んで、ユウヒが語ったことを思い出す。

お父さんは子どもたちが成長するにつれて、車上生活に限界を感じ始めていた。アサヒが普通の生活をしたがっているのも知っていた。悟っていたのだ、三人の日々は遠からず終わりを告げると。それはお父さんにとって耐えられないことだったのかもしれない。彼はたしかにアサヒとユウヒを愛していた。けれど、ふたりのために自分を変えることはできなかった。だめだけど頼りになるお父さんと、子どもたちのままでいたかった。おんぼろカローラに収まる家族のままでいたかった。だから、そこで時間を止めることを選んだ。

「なんで黙ってるんだよ」

体を起こしたユウヒの瞳《ひとみ》が不安げに揺れる。答える余裕がアサヒにはない。

なぜそんな話になったのかは忘れてしまったが、砂糖でエンジンを壊すことはできないと教えてくれたのは会社の先輩だった。その言葉を否定したくてネットで検索を繰り返し、先輩が正しいことを知った。ならお父さんが死んだのは――。あのときの全身が総毛立つ感じ、血が逆流する感じは、今でもはっきり覚えている。

母親を問いつめ、真実を聞き出した。お父さんの死は自殺だったこと。遺書があったこと。遺書には母親の連絡先が記されており、警察から連絡を受けた母親が、息子には事故だと伝えるよう頼んだこと。

急に冷えた頭のなかで、冷徹な理性がいっせいに主張し始めた。

お父さんは立川家がどんな家か知っていてユウヒを帰そうとした。アサヒが母に引き取られる保証も、そこで大切にされる保証もなかった。遺書で子どもたちの居場所を教えただけで、その後のことは考えもしなかった。そんな別れ方になったのは、お父さんに現実を直視する勇気がなかったからだ。子どもたちと正面から向き合う勇気がなかったからだ。お父さんは自殺という手段を選んだが、心の針の振れ方がちょっと違えば、心中という形になっていたかもしれない。

「兄ちゃん？」

お父さんは父親であることを放棄したのだ。現実から逃げ続け、自分で作った三人ぼっちの世界からすら逃げ出した。そう理解したとき、自分の根っこがあったはずの地面が足元から崩れていくのを感じた。

この真実から、ユウヒだけは守らなくてはいけないと思った。二度も親に捨てられた人間にするわけにはいかない。

ユウヒは真実を知らないまま、優しい嘘を信じ、間違った罪悪感に苦しみ続け――そして、ここにたどり着いてしまった。

めまいがした。ついさっき同じような話を聞いたばかりだ。

――もし野犬の群れに囲まれたらどうする？

ふいにいつかのお父さんの声が聞こえた。強い男に見せかけようとしていたけれど、本当は臆病《おくびょう》で卑怯《ひきょう》だった父。

目を閉じた。

狩野も烏丸もユウヒも消えた。お父さんも消えた。

何もない。

赤信号も、黄信号も。

――俺がいなくても、おまえたちが勝てる方法がひとつだけある。それはな、おまえたちがふたりで力を合わせることだ。朝が来れば夜が来る、夜が来れば朝が来る。朝と夕は絶対に分かつことができないんだ。

「……都合のいいことばっか言いやがって」

つぶやいて、目を開けた。

雄飛がいた。

「小塚旭。立川真司。改めてひとりずつ話を聞かせてもらうよ」

烏丸がきっぱりと宣告する。

旭は雄飛の腕に手を置き、はいと答えた。

23

ママが出ていったあと、真昼はしょっちゅう大声で泣いた。大きな声を出しちゃいけないってママに言われてたから、一生懸命に泣き止ませようとしたけど全然だめだった。口を押さえたり叩《たた》いたりしてもますます泣いて、ママー、ママー、って叫ぶから腹が立った。

　食べ物がなくなったら、水道水でおなかを膨らませた。水ばっかり飲むせいで下痢した。真昼はおなかが痛いって泣き続けた。泣きながら漏らすから、臭くてたまらなかった。部屋いっぱいになったごみも臭かった。

　暑かったけど、クーラーは勝手につけちゃいけないことになってた。窓も開けちゃだめだったから、服を脱いだ。それでも暑くて、いつも頭がぼーっとしてた。頭が痛かったり吐きそうなときもあった。

　そのうち真昼がぐったりしてきた。ずっと床に寝そべったまま、遊ぼうって誘っても返事しないし、お話をしてやっても聞いてないみたいだし、コップに水を汲《く》んでやっても飲まなくなった。目がほとんど開かなくなって、唇が灰色になった。

　怖くなってママに電話したかったけど、前にかけたとき、かけてこないでって叱られたからかけなかった。ママ以外の人に助けてもらおうとは思わなかった。おれと真昼がいることを誰かに知られたら、三人で暮らせなくなるって言われてたから。

　だんだんおれも動けなくなって、お話だけずっと続けてたけど、気がついたら真昼が死んでた。真昼のことお願いねってママに頼まれてたのに、どうしようって思った。おれがクッキーの最後の一枚を食べちゃったせいだって思った。おれのほうが体が大きいからいいかなって思ったんだ。お兄ちゃんずるい、って真昼は泣いてた。

　でも、そのころからますます頭がぼーっとするようになって、何も考えられなくなった。おなかもすかなくなって、暑さや臭いも感じなくなった。ただ、死んだ真昼がかわいそうだった。おれも死んだらママはひとりぼっちになるから、ママもかわいそうだと思った。

だけど助かったあと、やっぱりおれも死んだらよかったと思った。真昼はひとりぼっちでかわいそうだ。真昼の代わりにおれが死んだらよかった。真昼にクッキーあげたらよかった。

真昼に会いたい。ママに会いたい。

24

「夕夜くんの事情聴取が終わったよ」

そう告げたとき、烏丸ははじめて迷いなく美織と対峙《たいじ》していると感じた。

「あなたはあの子たちに、本当にひどいことをしたんだよ。あなたのせいで、真昼ちゃんは苦しみ抜いて命を落とした。夕夜くんは今もずっと苦しみ続けてる。どんな事情があっても、あなたは子どもたちに対しては間違いなく加害者だよ。その罪は償わなくちゃいけない」

美織はうつむいて微動だにしない。

「だけど、死んでほしいなんて本当に思ってた？」

声音をやわらげて問いかける。

「あなたが死ねと叫んだとき、その言葉は誰に向けられたものだったの?」

そのとき美織の目に映っていたのは、自分を虐待する兄だったのではないか。彼女は兄から逃れようとマンションを飛び出し、それきり帰れなくなった。恐怖に心身を縛られて。意思の力ではどうしようもなくて。

子どもたちに対して殺意があったというのは嘘だと、今では烏丸は確信している。フラッシュバックを起こしたこととその原因を、美織はなんとしても隠したかったのだ。

「黙ってるのは夕夜くんのため? 幻想は幻想のままがいいって、面会のときに言ってたよね。でも、夕夜くんはそれを望んでるのかな。それって結局、あなたにとって都合のいい人格を押しつけてることにならない?」

美織が顔を上げた。見開かれた両目からは、強い動揺と、それでも抵抗しようという意志が見て取れる。

「あなたじゃないの? 現実から目を背けて、幻想を必要としてるのは。あなた自身が自分の傷を見たくない、触れられたくないんじゃないの?」

だが、それは今日で終わりにしてもらう。

「夕夜くんはずっと心に秘めてたことを、勇気を出して打ち明けてくれたよ。あなたもそうするときじゃないかな。面会のあとに自分で言ったでしょ、私は私の人生に向き合わなくちゃいけないって。そのときが来たんだよ」

色をなくした顔面が痙攣《けいれん》し、ぐしゃりとゆがんだ。顔を覆った両手の爪が皮膚に食い込む。指の隙間から、獣のようなうなり声が漏れてくる。それはしだいに大きくなり、叫びになった。はじめて見る美織の涙だった。

烏丸は止めなかった。これこそがずっと聞きたかった、松葉美織の声だ。

人ひとりを簡単に理解できるとは思わない。でも、聞きたい。聞かなければならない。正近父子の社会との隔絶も、松葉家の虐待の連鎖も、そうすることで変えられたかもしれないのだ。

長い長い慟哭《どうこく》が止んだとき、そこにいたのは打ちのめされてぼろぼろになった少女だった。直視することができなかった傷を、ようやく今、さらけ出そうとしている。

「……あの子たちのためなら、どんな恐怖も痛みも乗り越えられると思ってた。そんなママになりたかった」

泥のなかから発せられたような声だ。声に血がにじんでいる。

「弁護士を呼んでください。父とも会って話をします。もう逃げるのはやめる」

重い一音一音を、烏丸はひとつも漏らさぬよう受け止める。

「烏丸さん、私の話を聞いて」

「もちろん」

烏丸にできるのは話を聞き、事実を明らかにすることまでだ。裁きはその先にある。

25

電車のドアが開き、美織は神倉駅のホームに降り立った。二月の朝のきりりと冷えた空気が胸に流れ込んできて、思わず立ちすくむ。

八年ぶりに帰ってきた。荷物はボストンバッグひとつ。逃げ出したときはスポーツバッグひとつだったから、ちっとも変わっていない。あいかわらず逃げ隠れする生活だし、先行きは見えない。でも、あのときにはなかったものがある。

「行くよ」

ボストンバッグを肩にかけ、両手で子どもたちの手を引いて駅を出た。交番がある。誰にも気づかれないとは思うが、やはり緊張する。それを感じ取ったのか、右手を握る夕夜がぎゅっと手に力を込めた。はっとして顔を見れば、唇を真一文字に結んでいる。

一方、左手の真昼はぐんぐん進んでいこうとする。にぎやかな駅前の様子に目を輝かせ、土産物屋が並ぶ通りに興味津々だ。

「まひる、お店行くぅ」

「だめだよ。ママを困らせんな」

「やだよ、行くぅ」

夕夜がお兄ちゃんらしく妹をたしなめる。最近とみに、そういう振る舞いが増えてきた気がする。

「いいよ、行こっか。ふたりに好きなもの買ってあげる。引っ越し記念」

真昼は「クリームパン！」と即答し、夕夜は考えている。

行き交う人のなかに、見慣れた制服を見つけた。私立麗鳴館学園の制服。

黒い髪を伸ばしたおとなしそうな少女は、かつての自分に少し似ていた。あの子は幸せな女の子だろうか。それとも、幸せな夢を見ているのだろうか。夢を見て目覚めたとき、人は必ずよかったと思うのだと、何かで読んだことがある。楽しい夢だったなら、いい夢でよかった。悪夢だったなら、夢でよかった。

けれどもそれは、現実が幸せな者だけだ。安心して帰れる場所を持つ者だけ。

八年前のあの日、病院のベッドで目を覚ました美織はパニックに陥った。覆いかぶさるようにしてのぞき込む顔。

美織はどうにかして目を覚まそうとした。まだ悪夢のなかにいるのだと思ったから。

いや、思いたかったから。

だが耳に届く声はどんどん明瞭《めいりょう》になり、視界もクリアになっていく。全身がだるくて頭がぼんやりするのは、数時間前に自分で飲んだ睡眠薬のせいだと認識できるほど、意識もはっきりしてきた。

「美織、僕がわかる？」

声も出せずにただ凝視していると、額に手を当てられた。冷たくて少し湿り気のある手。心臓が凍りつき、ほぼ同時に体が勢いよく溶け出した。自分の輪郭が溶けて存在そのものが消えていくような気がした。

なぜ由孝がここにいるのだ。なぜ生きている。

「ひどい汗だ。どこか痛む？　具合は？」

由孝は白い眉間《みけん》にしわを寄せ、安堵《あんど》と心配が入り混じった表情で尋ねる。吐息が顔にかかり、その瞬間、頭皮にまで鳥肌が立つ。由孝の隣にいた誰か——母が、立ち上がってナースコールを押した。それではじめてその場に母もいたことに気づいた。

美織が状況を理解できていないように見えたのか、由孝がかいつまんで説明する。

「そういうわけで金は奪われてしまったけど、おまえが無事に戻って本当によかったよ」

心からそう思っているとわかる兄の声を聞きながら、震えが止まらなかった。

これまで幾度となく美織の自傷行為をなかったことにしてきた医師がやって来て、簡単な診察を終えた。美織はひとことも話していないのに、めまいを起こして倒れたことになり、今晩は入院して様子を見ることになった。知らないうちに制服から患者衣に着替えさせられているように、美織の意思に関係なく万事いつもどおりに整えられる。

「話は改めてお父さんもいる場でしましょうね」

母は念を押すように言い残して帰っていった。一緒に出ていく由孝は、戸口で振り返って「また明日《あした》」とほほえんだ。

また明日。また明日！

強烈な吐き気がこみ上げた。胸のむかつきとは長い付き合いだが、このごろは特にひどい。とっさに自分の手にかみついた。嘔吐《おうと》をこらえるためというより、そうしなければ絶叫してしまいそうだった。

どうにか衝動をやり過ごし、ベッドから下りる。今すぐ雄飛と話したいが、スマートフォンはスクールバッグごと母が持って帰ってしまった。制服も同様で、ハンガーにはネイビーのコートだけがかかっている。

雄飛くん。ねえ雄飛くん、どういうこと？

声に出ていたかもしれない。半分泣きながら、パジャマ型の患者衣の上にコートを着た。母が置いていった一万円札をポケットに突っ込み、学校指定のローファーを素足に履いて病室を出る。とっくに消灯時間を過ぎた病棟は、暗く静まり返っている。

病院を抜け出して最初に見つけたタクシーを捕まえ、神倉市立図書館までと告げた。直接、雄飛のアパートに向かわなかったのは、犯罪者としての理性的な判断ではなく、細かい場所を説明する余裕がなかったからだ。運転手に話しかけられたのかもしれないが、頭がいっぱいで、いっさい耳に入らなかった。降りたあとの記憶もまるでない。

気がつくと、目の前に雄飛のアパートがあった。どこかの部屋で戸外に置かれた洗濯機ががたんがたんと暴れている。その音に心臓が揺さぶられる。

一階の端の部屋からは明かりが漏れていた。駆け寄ってドアノブをひねると、鍵《かぎ》はかかっておらず抵抗なく開いた。

息を詰めてこちらを見た雄飛の目が、丸く見開かれる。

「……ミオ」

誰か別の人物だと思ったような反応だ。そう感じたとき、部屋に充満する香ばしいにおいに気がついた。これはチャーハンだ。雄飛がよく作る料理のひとつで、美織もごちそうになったことがある。見ればちゃぶ台には大盛のチャーハンがふたつと、缶ビールが並んでいた。

熱かった頭の芯《しん》がすうっと冷えた。

「楽しそうだね」

変に抑揚のない声が出る。

畳にあぐらをかいた雄飛は、戸惑った顔で美織を見た。

「いや、楽しかないけど……なんでここに？　てか、その恰好《かっこう》」

「病院から抜け出してきたの」

美織は無造作にローファーを脱ぎ、裸足《はだし》で部屋に上がった。近づくにつれ、雄飛の顎《あご》が上がっていく。口が薄く開いている。今の自分はきっと異様に見えるのだろう。

「どういうこと？　なんでお兄ちゃんが生きてるの？」

やっと雄飛の顔に察しの色が表れた。その鈍さに、体のなかでどす黒い何かがうごめいた。

「ごめん。あとでちゃんと説明するつもりだった。座って」

「誘拐は成功したんだよね？　でも身代金の運搬役はお兄ちゃんじゃなかった」

美織は立ったまま続ける。あせた畳に自分と雄飛の影がぼんやりと落ちている。

雄飛はため息をついて、がしがしと頭をかいた。

「聞いたのか」

「お兄ちゃんからね。目が覚めて最初にあの顔を見たときの、私の気持ちがわかる？」

「ごめん」

「どうして？　何か理由があってそうなったんでしょ？」

「理由は……俺の個人的な都合だよ」

「何それ。個人的な都合って何？」

「ごめん」

目を逸《そ》らした雄飛の顔を見て、ふと決行前夜の彼の様子を思い出した。あのときもこんなふうに目を逸らしてはいなかったか。あのときから殺害計画の中止が頭にあったのだろうか。わからない。信じていたから、考えてもみなかった。信じていたから。

「ミオには悪いことしたと思ってる。絶対、埋め合わせはする」

悪いこと。埋め合わせ。雄飛の口から出てくる言葉は、それこそ悪い夢のようだった。

「裏切り者」

言葉が先だった。低くかすれた自分の声を聞いて、ああ、そうだとわかった。自分は裏切られたのだ。ただひとり、信じていた人に。

体のなかの黒いものが膨れ上がって、皮膚を突き破ろうとしている。目の前がちかちかして、雄飛の顔もよく見えない。

由孝が憎い。両親が憎い。雄飛が憎い。何もかもが憎い。

台所に包丁とまな板が出しっ放しになっているのが、視界の端に入った。美織が病院で恐怖と絶望に直面していたとき、雄飛が誰かと楽しく食べるために調理した跡。美織はゆらゆらとそこへ近づき、包丁を手に取った。

「ミオ……！」

雄飛が何か言っている。聞こえない。どうでもいい。許せない。

ちゃぶ台ががたんと鳴って、ビールの缶が転げ落ちた。畳に映るふたつの影がぶつかり、重なり、ややあって離れた。

美織は立ち上がり、両足の間に横たわる雄飛の体を見下ろした。腹に突き刺さった包丁を中心に、スウェットの色がじわじわと変わっていく。

それを目にしてはじめて、美織は自分が何をしたのかを知った。ひっと喉《のど》を鳴らして後ろへ飛び退《の》き、勢い余って尻餅《しりもち》をついた。雄飛は苦悶《くもん》に顔をゆがめ、荒い呼吸を繰り返している。自分の口からも同じくらい荒い息が漏れる。

ここにいたくない。ただその思いだけに衝《つ》き動かされ、どうにか立ち上がろうとした。だが全身ががくがく震えてうまくいかない。床に置かれたスポーツバッグが目に留まり、そこまで這《は》っていった。中身を検《あらた》めようと手を伸ばし、コートの袖口《そでぐち》に血が付いているのに気づいた。悲鳴をあげ、袖を畳にこすりつける。半分泣きながら、袖をひとつ折り返す。バッグには思ったとおり札束が詰まっていた。汗ばむ手で持ち手をつかみ、ようやく立ち上がる。予想外に軽くて、たたらを踏む。

まろぶように玄関へ向かおうとしたとき、背後から呼び止められた。

「ミオ……」

背骨がぎくりと固まり、足がひとりでに止まった。胸が波打ち、汗が噴き出す。前へ進むことも、振り返ることもできない。

「あれも、持ってけよ。大事な、もんだろ」

そう言われて振り返ったことを、美織は後悔した。雄飛は倒れたまま、閉じかけた目でベッドのほうを見つめている。スウェットの染みがさっきよりも大きくなって、畳にまで血が広がり始めている。雄飛は助からないだろう。

死にゆく姿を直視することができず、彼の視線の先へと急いで目を移す。雄飛が何を指しているのかは即座にわかった。

『ドン・キホーテ』の文庫本、第一巻。美織が貸したものだ。

それを見た瞬間、なぜか叫び出しそうになった。寸前で唇をかみしめなかったら、獣のように吠《ほ》え続けていたに違いない。熱いかたまりが胸にこみ上げる。さっきまで自分を支配していたのとは別の、けれど同じくらい強い感情。

美織はベッドに突進し、枕元にあった文庫本を乱暴につかんで、身代金の入ったバッグに押し込んだ。なぜ自分は泣いているのだろうと思いながら。

無言のまま今度こそ部屋を飛び出すと、空気は思いがけず冷たかった。弾む息が白く、夜は暗いのだという当たり前の事実に一瞬たじろぐ。どこへ行けばいいのかわからない。でも、ここにはいられない。どこかへ行かなければならない。できるかぎり急いで。ひとりで。

涙に濡《ぬ》れた頰を力任せに拭《ぬぐ》い、闇雲に走り出す。

今は何も考えるまい。逃げて逃げて、逃げ続けるのだ。私から何かを奪おうとするすべてのものから。

「ママ？」

不満げな真昼の声で、我に返った。いつの間にかぼんやりしてしまっていたようだ。

真昼に引っ張られるままに、はっきりとした当てもなく歩き出す。

なぜこの土地に戻ってきてしまったのか、ここに至ってもよくわからない。戻るべきでない理由ならいくらでもあった。

それなのに、どうしてだろう。ほっとしている。懐かしさを感じている。

ボストンバッグには『ドン・キホーテ』の文庫本が入っている。ずっと一緒に旅をしてきた。

彼はきっともういない。傷つけておいて図々《ずうずう》しいと思う。でも、見守っていてほしい。あなたは私に勇気をくれた人だった。

美織は子どもたちの手を強く握り返した。

「三人で幸せになろうね」

きょとんと見上げたふたりの顔を、太陽の光が照らす。子どもたちは笑顔で大きくうなずいた。

26

二か月の鑑定留置ののち、松葉美織は同長男に対する保護責任者遺棄罪、同長女に対する保護責任者遺棄致死罪、並びに正近雄飛こと立川真司に対する傷害罪で起訴された。松葉修に対する身代金目的略取については、身代金目的略取等罪ではなく、詐欺罪での問疑が妥当となり、詐欺罪の公訴時効が成立していたため不起訴となった。小塚旭と立川真司の両名もまた、不起訴となった。

松葉由孝に対する殺人予備罪についても公訴時効が成立しており、三者ともに不起訴となった。

27

「桐谷《きりや》千夏です。今日はよろしくお願いします」

千夏が頭を下げると、ふたつに結わえた髪がぴょこんと揺れた。

その元気そうな姿を見て、烏丸はほっとした。夕夜とも立川とも親しかったというので心配していたのだが、ホルンの指導員に連れられて新横浜駅に現れた千夏は、緊張しているものの思いつめているふうではない。

前に見かけたときよりも髪が伸びた。クリーム色のダウンジャケットに、裾《すそ》にボアの付いたショートパンツと黒のレギンスという、なかなかおしゃれな恰好《かっこう》をしている。

「烏丸靖子です。こちらこそよろしく」

笑顔で挨拶《あいさつ》を返す烏丸の後ろから、狩野がのんびりと歩いてきた。

「あ、俺が最後？　千夏ちゃん、あけましておめでとう……ってもう言ったっけ」

「はい、パトロールに来てくれたときに」

「そっか。やっちゃんは初おめでとうだよね。あれ、そのダウン、卒配のころから着てない？」

「ふざけんな。去年買ったばっかのカナダグースだわ」

「ふっふ、俺のほうはいつもとひと味違うのだわ」

伊勢丹《いせたん》メンズ館で売られていそうなコートにジーンズというういでたちの狩野は、その場でターンした。制服を着ていないと、普段よりいっそうちゃらちゃらした印象になる。警察官だと知らなければ職質をかけたいくらいだ。

狩野は紙袋を提げていて、弁当とあんみつが入っているのが見えた。

「ああ、これ、いま駅ビルで買ってきたんだ。ここのあんみつがいけるって、みっちゃんから聞いてさ」

「へえ、あの子、スイーツ詳しいんだ。使えるじゃん。うちにくれ」

「前に葉桜にも誘われてたけど、刑事なんてなろうと思ってすぐになれるもんでもなし。ま、しばらくは俺の世話をしてもらうよ」

千夏を連れてきた指導員と別れ、三人で連れ立って新幹線のホームへ向かう。正月休みの新横浜駅には、家族連れの姿が目立った。自分たちも周りからはそう見えるのかもしれない。

「千夏ちゃん、新幹線ははじめて？」

ホームを見回していた千夏は、はっとこちらへ顔を向けて、はいと答えた。

「あの、これから乗る新幹線って、関ヶ原を通るんですよね」

「関ヶ原？　えっと、米原《まいばら》までだからどうだっけ」

狩野に目で尋ねたが、肩をすくめただけだった。烏丸がスマートフォンを出して調べようとするのを、千夏は恐縮したように遮る。

「あ、先生に訊《き》いたら通るって言ってたんですけど、あの掲示板に書いてなかったから」

「ああ、関ヶ原は新幹線の停車駅じゃないから。関ヶ原がどうかしたの？」

「古戦場ってどんなのかなって思って」

「千夏ちゃん、歴史に興味があるんだ」

そんな話をしているうちに、アナウンスが流れ、目的の車両がホームに入ってきた。流線形の車体を追いかける千夏の目は、きらきら輝いている。乗り込んでシートを回転させるだけでも、彼女にはちょっとしたイベントのようだ。

窓側の席に座るとすぐに、千夏はリュックから一枚の葉書を取り出した。クリスマスごろに夕夜から送られてきたものだ。そこに書かれた文字を読み直し、また丁寧にリュックにしまう。

新幹線は定刻通りに新横浜駅を出発した。一度も神奈川を出たことがないという千夏は、窓に額をくっつけるようにして景色に見入っていたが、富士山《ふじさん》に歓声を上げたあとはいつの間にか寝息を立てていた。昨夜は興奮してよく眠れなかったのかもしれない。膝《ひざ》から滑り落ちそうなリュックをそっと取ってやってから、烏丸は言った。

「結局、あの兄弟は逃げおおせた」

千夏の向かいでやはり外を眺めていた狩野が、「うん？」とこちらを向く。

「誘拐が狂言だった時点で起訴は難しいとわかっちゃいたけど、あのふたりが無罪放免おとがめなしってのは、なんだかね」

「ま、法的にはそうだね。でも彼ら自身はそれをわかってたわけじゃないだろ。だからこそ、ああいう形でもオチがつけられてよかったんじゃないかな」

「あんたは小塚と立川だけじゃなく、夕夜くんも落としたわけだ。夕夜くんが隠してたことを打ち明けてくれなきゃ、事件の本当の解決はなかった。それがわかってたの？」

「そんなたいそうなもんじゃないって。単に秘密に対して鼻が利くだけ」

「嫌な能力。刑事に向いてるよ。戻れば？」

狩野はわざとらしく目を丸くした。

「どういう風の吹き回し。それとも新手のいやみ？」

「あんたのやり方をいいとは思ってない。場合によっては人の心をめちゃくちゃに傷つけるからね。でも私らの商売は、結果を出してなんぼだろ。被害者がいるなら、必ず解決しなきゃいけない。あんたはそれだけはうまい」

新幹線は天竜川《てんりゅうがわ》に差しかかり、橋梁《きょうりょう》の影が狩野の顔面にまだら模様を描いた。表情を見失っているうちに、狩野は再び窓のほうへ首をひねった。

「なに、葉桜から何かもらった？　ないわあ。捜査の助っ人《と》くらいならともかく、刑事はない」

「昔のこと、さすがのあんたも責任感じてんの？」

「俺はもう降りたんだ。それに、交番のおまわりさんの仕事が好きなんだよ」

それ以上は言っても無駄に思えたし、言う気もなかった。バッグからスマートフォンとイヤホンを出し、電車の旅におすすめだというプレイリストを適当に選んでかける。

豊橋《とよはし》駅を過ぎたあたりで千夏を起こしてやり、狩野が買ってきた弁当とあんみつを食べて、米原駅で新幹線を降りた。ここからは特急と普通列車を乗り継いで、地元の人間しか名を知らないだろう町へと向かう。

夕夜の住む町。千夏がまた葉書を取り出して、そこに書かれた地名を確認する。

葉書には風景の写真が印刷されていた。祖父から譲り受けたカメラで夕夜が撮ったものだそうだ。夕夜ははじめて触れたカメラに夢中になり、乗れるようになったばかりの自転車でいろんなところへ出かけては写真を撮っているのだという。

そこへ行ってみたいと、珍しく自己主張した千夏の希望を叶《かな》えてやるために、烏丸と狩野が非番の日に同行することになった。

たいそうな田舎町だ。見渡す限り視界は平らで、広大な畑のなかに建物がぽつぽつと散らばっている。今にも雪が降り出しそうな曇天のせいもあってか、色彩に乏しい風景はうら寂しく、春の姿が想像できない。

スマートフォンの地図を頼りに歩いていくうち、目に映るのは畑ばかりになった。ずらりと並んだ大根や玉ねぎ。巨大なビニールハウス。道端に駐車された軽トラックやトラクター。神倉もけっして都会ではないが、千夏はこういう景色になじみがないようで、肥料のにおいにたじろぎながらも、目はあっちへこっちへ忙しそうだ。

そろそろこのへんのはず、と烏丸が周囲を見回したとき、千夏が、あっと声を上げた。烏丸にもわかった。

畑の畦道《あぜみち》で、少年が凧《たこ》を揚げている。ぴんと張った長い糸の先に、赤い凧が小さく見える。

少年のそばには、地味なジャンパーに身を包んだ老齢の男性がいた。松葉の姓を手放した男がこちらに気づいて会釈する。

「夕夜くん！」

千夏が声を弾ませて駆けていった。

凧を見上げていた夕夜が、ぱっと振り向いた。

くすんだ景色のなかで、上気したふたつの笑顔が出会う。

烏丸は大きく息を吸って空を仰いだ。

新しい年の空気は冷たく、天は広い。

〈主要参考文献〉
『ルポ　虐待――大阪二児置き去り死事件』杉山春著　ちくま新書
『性犯罪・児童虐待捜査ハンドブック』田中嘉寿子著　立花書房
『ドン・キホーテ』全六冊　セルバンテス作　牛島信明訳　岩波文庫
『ルポ　居所不明児童――消えた子どもたち』石川結貴著　ちくま新書
『ルポ　児童虐待』朝日新聞　大阪本社編集局　朝日新書
『働きながら、社会を変える。ビジネスパーソン「子どもの貧困」に挑む』慎泰俊著　英治出版

〈謝辞〉

狩野雷太シリーズを共に作ってくださった前担当編集者の榊原《さかきはら》大祐《だいすけ》氏に心より感謝申し上げます。ありがとうございました。

本書は、二〇二一年九月に小社より刊行された
単行本を加筆修正のうえ、文庫化したものです。

朝《あさ》と夕《ゆう》の犯罪《はんざい》

神倉駅前交番《かみくらえきまえこうばん》　狩野雷太《かのうらいた》の推理《すいり》

降田《ふるた》天《てん》

令和6年 9月25日　初版発行

発行者●山下直久

発行●株式会社KADOKAWA
〒102-8177　東京都千代田区富士見2-13-3
電話　0570-002-301（ナビダイヤル）

角川文庫 24312

印刷所●株式会社暁印刷
製本所●本間製本株式会社

表紙画●和田三造

ISBN 978-4-04-114727-6　C0193

◇◇◇

角川文庫発刊に際して

角川源義

　第二次世界大戦の敗北は、軍事力の敗北であった以上に、私たちの若い文化力の敗退であった。私たちの文化が戦争に対して如何に無力であり、単なるあだ花に過ぎなかったかを、私たちは身を以て体験し痛感した。西洋近代文化の摂取にとって、明治以後八十年の歳月は決して短かすぎたとは言えない。にもかかわらず、近代文化の伝統を確立し、自由な批判と柔軟な良識に富む文化層として自らを形成することに私たちは失敗して来た。そしてこれは、各層への文化の普及滲透を任務とする出版人の責任でもあった。

　一九四五年以来、私たちは再び振出しに戻り、第一歩から踏み出すことを余儀なくされた。これは大きな不幸ではあるが、反面、これまでの混沌・未熟・歪曲の中にあった我が国の文化に秩序と確たる基礎を齎らすためには絶好の機会でもある。角川書店は、このような祖国の文化的危機にあたり、微力をも顧みず再建の礎石たるべき抱負と決意とをもって出発したが、ここに創立以来の念願を果すべく角川文庫を発刊する。これまで刊行されたあらゆる全集叢書文庫類の長所と短所とを検討し、古今東西の不朽の典籍を、良心的編集のもとに、廉価に、そして書架にふさわしい美本として、多くのひとびとに提供しようとする。しかし私たちは徒らに百科全書的な知識のジレッタントを作ることを目的とせず、あくまで祖国の文化に秩序と再建への道を示し、この文庫を角川書店の栄ある事業として、今後永久に継続発展せしめ、学芸と教養との殿堂として大成せんことを期したい。多くの読書子の愛情ある忠言と支持とによって、この希望と抱負とを完遂せしめられんことを願う。

一九四九年五月三日

角川文庫ベストセラー

教室が、ひとりになるまで	浅倉秋成	北楓高校で起きた生徒の連続自殺。ショックから不登校になっている幼馴染みの自宅を訪れた垣内は、彼女から「三人とも自殺なんかじゃない。みんな殺された」と告げられ、真相究明に挑むが……。
フラッガーの方程式	浅倉秋成	何気ない行動を「フラグ」と認識し、日常をドラマに変える〝フラッガーシステム〟。モニターに選ばれた涼一は、気になる同級生・佐藤さんと仲良くなれるのではと期待する。しかしシステムは暴走して⁉
ノワール・レヴナント	浅倉秋成	他人の背中に「幸福偏差値」が見える。本の背をなぞって内容をすべて記憶する。毎朝5つ、今日聞く台詞を予知する。念じることで触れたものを壊す。奇妙な能力を持つ4人の高校生が、ある少女の死の謎を追う。
六人の嘘つきな大学生	浅倉秋成	成長著しいＩＴ企業スピラリンクスが初めて行う新卒採用。最終選考で与えられた課題は、「六人の中から一人の内定者を決めること」だった。議論が進む中、「●●は人殺し」という告発文が発見され……⁉
いつか、虹の向こうへ	伊岡瞬	尾木遼平、46歳、元刑事。職も家族も失った彼に残されたのは、3人の居候との奇妙な同居生活だけだ。家出中の少女と出会ったことがきっかけで、殺人事件に巻き込まれ……第25回横溝正史ミステリ大賞受賞作。

角川文庫ベストセラー

145gの孤独　伊岡　瞬

プロ野球投手の倉沢は、試合中の死球事故が原因で現役を引退した。その後彼が始めた仕事「付き添い屋」には、奇妙な依頼客が次々と訪れて……情感豊かな筆致で綴り上げた、ハートウォーミング・ミステリ。

瑠璃の雫　伊岡　瞬

深い喪失感を抱える少女・美緒。謎めいた過去を持つ老人・丈太郎。世代を超えた二人は互いに何かを見いだそうとした……家族とは何か。赦しとは何か。感涙必至のミステリ巨編。

教室に雨は降らない　伊岡　瞬

森島巧は小学校で臨時教師として働き始めた23歳だ。音大を卒業するも、流されるように教員の道に進んでしまう。腰掛け気分で働いていたが、学校で起こる様々な問題に巻き込まれ……傑作青春ミステリ。

代償　伊岡　瞬

不幸な境遇のため、遠縁の達也と暮らすことになった圭輔。新たな友人・寿人に安らぎを得たものの、魔の手は容赦なく圭輔を追いつめた。長じて弁護士となった圭輔に、収監された達也から弁護依頼が舞い込む。

本性　伊岡　瞬

他人の家庭に入り込んでは攪乱し、強請った挙句に消える正体不明の女《サトウミサキ》。別の焼死事件を追っていた刑事の下に15年前の名刺が届き、刑事たちは過去を探り始め、ミサキに迫ってゆくが……。

角川文庫ベストセラー

残像　伊岡 瞬

浪人生の堀部一平は、バイト先で倒れた葛城を送るため自宅アパートを訪れた。そこで、晴子、夏樹、多恵という年代もバラバラな女性3人と男子小学生の冬馬が共同生活を送っているところに出くわす。

ドミノ　恩田 陸

一億の契約書を待つ生保会社のオフィス。下剤を盛られた子役の麻里花。推理力を競い合う大学生。別れを画策する青年実業家。昼下がりの東京駅、見知らぬ者同士がすれ違うその一瞬、運命のドミノが倒れてゆく！

ユージニア　恩田 陸

あの夏、白い百日紅の記憶。死の使いは、静かに街を滅ぼした。旧家で起きた、大量毒殺事件。未解決となったあの事件、真相はいったいどこにあったのだろうか。数々の証言で浮かび上がる、犯人の像は――。

チョコレートコスモス　恩田 陸

無名劇団に現れた一人の少女。天性の勘で役を演じる飛鳥の才能は周囲を圧倒する。いっぽう若き女優響子は、とある舞台への出演を切望していた。開催された奇妙なオーディション、二つの才能がぶつかりあう！

私の家では何も起こらない　恩田 陸

小さな丘の上に建つ二階建ての古い家。家に刻印された人々の記憶が奏でる不穏な物語の数々。キッチンで殺し合った姉妹、少女の傍らで自殺した殺人鬼の美少年……そして驚愕のラスト！

角川文庫ベストセラー

今夜は眠れない
宮部みゆき

中学一年でサッカー部の僕、両親は結婚15年目、ごく普通の平和な我が家に、謎の人物が5億もの財産を母さんに遺贈したことで、生活が一変。家族の絆を取り戻すため、僕は親友の島崎と、真相究明に乗り出す。

夢にも思わない
宮部みゆき

秋の夜、下町の庭園での虫聞きの会で殺人事件が。殺されたのは僕の同級生のクドウさんの従妹だった。被害者への無責任な噂もあとをたたず、クドウさんも沈みがち。僕は親友の島崎と真相究明に乗り出した。

過ぎ去りし王国の城
宮部みゆき

早々に進学先も決まった中学三年の二月、ひょんなことから中世ヨーロッパの古城のデッサンを拾った尾垣真。やがて絵の中にアバター（分身）を描き込むことで、自分もその世界に入り込めることを突き止める。

おそろし
三島屋変調百物語事始
宮部みゆき

17歳のおちかは、実家で起きたある事件をきっかけに心を閉ざした。今は江戸で袋物屋・三島屋を営む叔父夫婦の元で暮らしている。三島屋を訪れる人々の不思議話が、おちかの心を溶かし始める。百物語、開幕！

あんじゅう
三島屋変調百物語事続
宮部みゆき

ある日おちかは、空き屋敷にまつわる不思議な話を聞く。人を恋いながら、人のそばでは生きられない暗獣〈くろすけ〉とは……宮部みゆきの江戸怪奇譚連作集「三島屋変調百物語」第2弾。

角川文庫ベストセラー

泣き童子
三島屋変調百物語参之続
宮部みゆき

おちか1人が聞いては聞き捨てる、変わり百物語が始まって1年。三島屋の黒白の間にやってきたのは、死人のような顔色をしている奇妙な客だった。彼は虫の息の状態で、おちかにある童子の話を語るのだが……。

三鬼
三島屋変調百物語四之続
宮部みゆき

此度の語り手は山陰の小藩の元江戸家老。彼が山番士として送られた寒村で知った恐ろしい秘密とは!? せつなくて怖いお話が満載! おちかが聞き手をつとめる変わり百物語、「三島屋」シリーズ文庫第四弾!

あやかし草紙
三島屋変調百物語伍之続
宮部みゆき

「語ってしまえば、消えますよ」人々の弱さに寄り添い、心を清めてくれる極上の物語の数々。聞き手おちかの卒業をもって、百物語は新たな幕を開く。大人気「三島屋」シリーズ第1期の完結篇!

黒武御神火御殿
三島屋変調百物語六之続
宮部みゆき

江戸の袋物屋・三島屋で行われている百物語。「語って語り捨て、聞いて聞き捨て」を決め事に、訪れた客が胸にしまってきた不思議な話を語っていく。聞き手の交代とともに始まる、新たな江戸怪談。

魂手形
三島屋変調百物語七之続
宮部みゆき

江戸神田の袋物屋・三島屋では一風変わった百物語が続けられている。これまで聞き手を務めてきた主人の姪の後を継いだのは、次男坊の富次郎。美丈夫の勤番武士が語る、火災を制する神器の秘密とは……。

角川文庫ベストセラー

孤狼《ころう》の血　柚月裕子

広島県内の所轄署に配属された新人の日岡はマル暴刑事・大上とコンビを組み金融会社社員失踪事件を追う。やがて複雑に絡み合う陰謀が明らかになっていき……男たちの生き様を克明に描いた、圧巻の警察小説。

最後の証人　柚月裕子

弁護士・佐方貞人がホテル刺殺事件を担当することに。被告人の有罪が濃厚だと思われたが、佐方は事件の裏に隠された真相を手繰り寄せていく。やがて7年前に起きたある交通事故との関連が明らかになり……。

検事の本懐　柚月裕子

連続放火事件に隠された真実を追究する「樹を見る」、東京地検特捜部を舞台にした「拳を握る」ほか、正義感あふれる執念の検事・佐方貞人が活躍する、司法ミステリ第2弾。第15回大藪春彦賞受賞作。

検事の死命　柚月裕子

電車内で痴漢を働いたとして会社員が現行犯逮捕された。容疑者は県内有数の資産家一族の婿だった。担当検事・佐方貞人に対し不起訴にするよう圧力がかかるが……。正義感あふれる男の執念を描いた、傑作ミステリー。

蟻の菜園
―アントガーデン―　柚月裕子

結婚詐欺容疑で介護士の冬香が逮捕された。婚活サイトで知り合った複数の男性が亡くなっていたのだ。美貌の冬香に関心を抱いたライターの由美が事件を追うと、冬香の意外な過去と素顔が明らかになり……。

角川文庫ベストセラー

臨床真理　柚月裕子

臨床心理士・佐久間美帆が担当した青年・藤木司は、人の感情が色でわかる「共感覚」を持っていた……美帆は友人の警察官と共に、少女の死の真相に迫る！　著者のすべてが詰まった鮮烈なデビュー作！

凶犬の眼　柚月裕子

マル暴刑事・大上章吾の血を受け継いだ日岡秀一。広島の県北の駐在所で牙を研ぐ日岡の前に現れた最後の任侠・国光寛郎の狙いとは？　日本最大の暴力団抗争に巻き込まれた日岡の運命は？『孤狼の血』続編！

検事の信義　柚月裕子

検事・佐方貞人は、介護していた母親を殺害した罪で逮捕された息子の裁判を担当することになった。事件発生から逮捕まで「空白の2時間」があることに不審を抱いた佐方は、独自に動きはじめるが……。

暴虎の牙（上）（下）　柚月裕子

広島のマル暴刑事・大上章吾の前に現れた、最凶の敵。ヤクザをも恐れぬ愚連隊「呉寅会」を束ねる沖虎彦の暴走を止められるのか？　著者の人気を決定づけた警察小説「孤狼の血」シリーズ、ついに完結！

氷菓　米澤穂信

「何事にも積極的に関わらない」がモットーの折木奉太郎だったが、古典部の仲間に依頼され、日常に潜む不思議な謎を次々と解き明かしていくことに。角川学園小説大賞出身、期待の俊英、清冽なデビュー作！